AF301787

Fiona Winter, geboren 1987 bei Frankfurt am Main, studierte vorerst Englisch mit dem Ziel, Übersetzerin zu werden. Nach Abschluss des Studiums zog sie nach Tokyo, wo sie als Sprachlehrerin arbeitete und ihren japanischen Mann kennenlernte. Seit 2011 studiert sie außerdem Psychologie und wohnt mittlerweile in Amsterdam, arbeitet als Übersetzerin und schreibt Romane.

Kisses next Door

Fiona Winter

Verrückt nach meinem Mitbewohner

Überarbeitete Neuausgabe Oktober 2020

Copyright © 2020 dp DIGITAL PUBLISHERS GmbH

Made in Stuttgart with ♥
Alle Rechte vorbehalten

Kisses next Door

ISBN 978-3-96087-828-8
E-Book-ISBN 978-3-96087-079-4

Copyright © 2013, Fiona Winter im Selfpublishing
Dies ist eine überarbeitete Neuausgabe des bereits 2013 bei Fiona
Winter im Selfpublishing erschienenen Titels *Liebster Mitbewohner*
(ISBN: 978-1-50026-556-4).

Copyright © 2016, dp DIGITAL PUBLISHERS
Dies ist eine überarbeitete Neuausgabe des bereits 2013 bei dp
DIGITAL PUBLISHERS erschienenen Titels *Ein Mitbewohner zum
Verlieben* (ISBN: 978-1-50026-050-0).

Covergestaltung: A&K Buchcover
Umschlaggestaltung: ARTC.ore
Unter Verwendung von Abbildungen von
depositphotos.com: © Rangizzz
shutterstock.com: © G-Stock Studio
Lektorat: Daniela Pusch
Satz: dp DIGITAL PUBLISHERS
Druck und Bindung: Books on Demand GmbH, Norderstedt

Kapitel 1

„Wir kennen uns seit der Schulzeit! Seit der Grundschule! Wie lange sind wir jetzt schon befreundet ...?" Ich tat, als müsste ich überlegen.

Daniel biss sich auf die Unterlippe.

„Seit beinahe zwanzig Jahren!"

„In der Grundschule waren wir noch gar nicht befreundet!", rief mein angeblich bester Freund aus. „Maja, es tut mir wirklich, wirklich leid. Aber ich kann dich nicht hier wohnen lassen."

Die Endgültigkeit in seiner Stimme trieb mir zum wiederholten Male an diesem Tag Tränen in die Augen.

„Oh nein, bitte nicht heulen!"

Ich zog die Nase hoch und kämpfte die Tränen zurück. „Wenn, dann heule ich nicht wegen dir! Obwohl du genau das verdient hättest! Heute ist der schlimmste Tag meines Lebens und ich verlange nicht mal von dir, dass du dich mit mir betrinkst oder von Club zu Club ziehst. Nicht mal verbalen Trost. Nur das blöde zweite Zimmer deiner WG, das sowieso seit zwei Wochen leer steht!"

„Jetzt nicht mehr."

Vor Schreck vergaß ich zu atmen.

„Das Zimmer ist weg", fuhr Daniel fort.

„Weg?", echote ich.

„Ich habe seit zwei Tagen einen neuen Mitbewohner."

Mit einem Mal wich jegliche Kraft aus meinem Körper. Ich lehnte mich mit dem Rücken gegen die Flurwand. Mein Blick blieb an der großen Reisetasche hängen, die ich in Eile mit den nötigsten Sachen vollgestopft hatte.

Ich war so sicher gewesen, dass ich in Daniels WG unterkommen könnte. Was jetzt? In ein Hotel? Die Vorstellung tat sich wie ein finsterer Abgrund vor mir auf. Ich sah mich ganz allein in einem kühlen, unpersönlichen Raum sitzen. Wahrscheinlich würde ich mir vor lauter Einsamkeit und unverarbeiteter Trauer Alkohol aufs Zimmer bestellen und dabei nicht nur mein dürftiges Gehalt vertrinken, sondern gleichzeitig zur Alkoholikerin werden.

„Warum fährst du nicht zu deinen Eltern?"

Ich kratzte meinen letzten Rest Energie zusammen, um Daniel böse anzufunkeln. „Du weißt genau, dass die mittlerweile im letzten Kuhkaff wohnen." Trotzdem besaß die Vorstellung, mich so richtig bemuttern zu lassen, einen gewissen Reiz. Aber länger als fünfunddreißig bis vierzig Minuten am Tag hielt ich diese Fürsorglichkeit auch nicht aus. Und den Rest des Tages säße ich dann zwei Zugstunden von meiner Arbeit und meinen Freunden entfernt zwischen Pferdeställen und Heuballen in der Ödnis fest.

„Was ist mit deiner Freundin von der Arbeit, dieser Elena?", bemühte Daniel sich weiter, mir Alternativen aufzuzeigen und somit sein schlechtes Gewissen zu beruhigen. „Kann sie dich nicht für ein paar Tage aufnehmen?"

„Die wohnt mit ihrem Freund zusammen und beschwert sich ständig, dass der Platz schon für zwei Personen nicht reicht."

„Ach stimmt, hast du mal erzählt. Und Nadine? Mit der bist du doch auch schon seit der Schule befreundet."

„Die ist gerade in Frankreich, Auslandssemester."

„Oh… okay. Wer käme denn noch in Frage? Ich kenne ja leider sonst keine Freunde von dir."

„Weil ich sonst keine Freunde habe. Danke, dass du mich daran erinnerst." Der schlimmste Tag meines Lebens wurde tatsächlich immer schlimmer. Jetzt war ich nicht mehr nur tieftraurig und verlassen, sondern merkte auch, dass es mit meinen selbsternannten *Wir-sind-immer-für-dich-da*–Freunden nicht wirklich weit her war.

„Okay, stopp!", befahl Daniel in diesem Moment. „Du hörst sofort auf, dich im Selbstmitleid zu suhlen. Du hast schließlich jede Menge Freunde! Du kennst doch so viele Leute von der Uni."

„Nur weil ich mit denen studiere und wir ab und zu gemeinsam in der Mensa essen, kann ich noch lange nicht bei denen einziehen!", rief ich lauter als beabsichtigt. Ich zwang mich, ein paar ruhige Atemzüge zu tun, bevor ich weitersprach. Ich musste jetzt praktisch denken. Alles Selbstmitleid, jegliche falsche Scham beiseiteschieben und alles auf eine Karte setzen. Ich blickte Daniel entschlossen in die Augen. „Ich weiß nicht, wo ich hin soll." Ich zögerte, weil mir jetzt schon Leid tat, was ich gleich sagen würde: „Wirf ihn raus."

„Was?"

„Wenn es sich bei deinem neuen Mitbewohner nicht um deine todkranke Mutter handelt – und wir beide wissen, dass du deine Mutter, selbst wenn sie krank wäre, niemals bei dir wohnen lassen würdest – muss es doch möglich sein, dass du ihm die Lage erklärst. Und ihn höflich darum bittest, sein Zimmer wieder aufzugeben. Du sagst, er wohnt erst seit zwei Tagen hier, wahrscheinlich hat er sich noch gar nicht eingelebt und findet es gar nicht so schlimm, sich noch mal nach was Neuem umzusehen.“

„Du … das ist nicht dein Ernst, oder? Egal, wie sehr du versuchst, es dir schönzureden: Niemandem macht es nichts aus, zwei Tage nach dem Einzug wieder aus der Wohnung geworfen zu werden!“

„Na ja, Rauswerfen ist im Grunde ja auch das falsche Wort … Du könntest einfach mal in Ruhe mit ihm reden. Oder wir alle zusammen. Genau! Ich erkläre ihm die Lage und du –“

„Maja“, unterbrach mich Daniel. „Das geht nicht. Wenn er irgendjemand wäre, ein Fremder, den ich über eine Annonce gefunden hätte, ja, dann würde ich das für dich tun. Ich schwöre, ich würde ihn irgendwie für dich loswerden. Aber mein neuer Mitbewohner ist auch ein Freund von mir und … ehrlich gesagt glaube ich, ihm geht es noch viel schlechter als dir. Du hättest vorher anrufen sollen, Maja. Dann hätte ich dir die Lage erklärt und du hättest noch ein paar Tage bei Leon bleiben können.“

„Das hat er mir auch angeboten, aber das kann einfach nicht euer Ernst sein!“ Meine Stimme kletterte mindestens zwei Oktaven nach oben.

Daniel hob entschuldigend beide Hände. „Nur bis du etwas Neues gefunden hast. Zumindest würdest du dann jetzt nicht auf der Straße stehen. Was ist eigentlich zwischen euch passiert, dass du Hals über Kopf aus der Wohnung geflohen bist?"

„Findest du, dass jetzt der richtige Zeitpunkt ist, um dir mein Herz auszuschütten? Hier, auf deinem WG-Flur mit diesen hässlichen grünen Wänden? Ich obdachlos und du auf dem besten Weg, unsere Freundschaft auf dem Gewissen zu haben?"

„Jetzt beruhig dich aber mal wieder!"

Ich atmete tief ein und wieder aus. Und tatsächlich brachte mich das auf einen neuen Einfall. „Okay. Ich bin ruhig. Und ich spreche jetzt selbst mit deinem ominösen Mitbewohner." Ich quetschte mich an Daniel vorbei und lief eilig den langen Flur entlang. Mein Ziel war die erste Tür auf der rechten Seite, direkt hinter einem kleinen Schuhschrank. Ich streckte die Hand nach der Klinke aus, als Daniel mich plötzlich am Arm packte und zurückkriss.

„Das kannst du nicht machen!", zischte er. „Es geht ihm wirklich nicht gut. Die zwei Tage, die er jetzt hier ist, habe ich ihn kaum zu Gesicht bekommen. Ich glaube, er ist depressiv."

„Depressiv?" Ich zwang mich, nicht hysterisch aufzulachen. „Über wen reden wir hier eigentlich? Kenne ich ihn?"

Daniel wich meinem Blick aus. „Du solltest lieber gehen."

„Ich habe dich was gefragt!"

„Nei… ja“, presste er hervor. Er hatte noch nie lügen können. Doch allein die Tatsache, dass er es versucht hatte, gab mir zu denken.

„Wer ist es?“

Daniel sah zu Boden. Fehlte nur noch, dass er sich gleich die Ohren zuhielt und zu summen anfing.

Mein Blick wanderte von Daniel zu der cremefarbenen Zimmertür und wieder zurück zu Daniel.

Da sah mich mein bester Freund plötzlich wieder an. „Kannst du mir nicht einfach vertrauen und glauben, wenn ich dir sage, dass es besser wäre, wenn du gehen würdest?“

„Nein!“ Mir war bewusst, dass ich schon wieder laut wurde und womöglich auch ein kleines bisschen überreagierte. Doch meine Selbstbeherrschung hatte ich heute, so schien es, am Frühstückstisch zurückgelassen.

„Maja, willst du jetzt auch noch Streit anfangen?“

„Wir sind doch schon längst mittendrin!“

Plötzlich hörte ich, wie hinter mir die Tür geöffnet wurde. „Falls es euch noch nicht aufgefallen sein sollte: Ihr seid extrem laut. Und ich hätte gerne meine Ruhe.“

Während ein Teil meines Gehirns grübelte, woher ich diese kühle Stimme kannte, fragte sich der andere, warum Daniel die Person hinter mir mit einem derart entsetzten Gesichtsausdruck anstarrte.

Ich fuhr herum und starrte ebenfalls. Gleichzeitig begann mein Herz wie verrückt zu schlagen.

Es war Felix.

Dieser siebenundzwanzigjährige Felix sah ein wenig anders aus als der neunzehnjährige Felix, den ich in Erinnerung hatte. Trotzdem erkannte ich ihn sofort wieder. Und plötzlich nahm dieser Tag, der bisher der schlimmste meines Lebens gewesen war, eine unerwartete Wendung. Er wurde zu dem Tag, den ich mir während der letzten acht Jahre immer mal wieder ausgemalt hatte, ohne wirklich daran zu glauben, dass er sich jemals ereignen würde.

Eigentlich hatte der Tag gut begonnen. Schon länger hatte ich mit dem Gedanken gespielt, mein Jurastudium abzubrechen, die staubtrockene Theorie einzutauschen gegen spannende, inspirierende Praxis. Ich wollte Design studieren. Und im Laufe der gestrigen Nacht, in der ich viel wach gelegen und gegrübelt hatte, war die endgültige Entscheidung gefallen. Danach hatte ich friedlich geschlafen, in dem wohligen Wissen, dass ich das Richtige tun würde: Nämlich meinem Traum folgen.

So wachte ich am nächsten Morgen mit einem Lächeln im Gesicht auf. Voller Enthusiasmus sprang ich aus dem Bett und gab Leon, der neben mir lag, einen Guten-Morgen-Kuss, bevor ich ins Bad ging. Danach setzte ich summend Kaffee auf und schob zwei Aufbackbrötchen in den Ofen. Ich konnte es kaum erwarten, Leon von meinem Entschluss zu erzählen. Um mich von meiner Ungeduld abzulenken, griff ich nach einem der Bleistifte, die bei uns in der ganzen Wohnung verstreut lagen und begann, auf meiner Serviette zu zeichnen. Als Leon endlich in seinem perfekt sitzenden Anzug und mit den perfekt liegenden Haaren in der Tür erschien, waren auf der Serviette bereits zwei menschliche Umrisse entstanden. Der eine mit langen Haaren und einem übermäßig breiten Grinsen, welches die gleichsam übermäßig großen Schneidezähne offenbarte, der andere mit gerunzelter Stirn und zusammengepressten Lippen, so dass ihm das angestrengte Denken unübersehbar ins Gesicht geschrieben stand. Das waren ich und Leon. Der echte Leon warf nur einen kurzen, resignierten Blick auf mein Werk und nahm dann mir gegenüber Platz. Er schätze es nicht besonders, wenn ich ihn mit meinem karikaturhaften Zeichenstil verewigte.

„Habe ich irgendwas nicht mitbekommen? Valentinstag vergessen? Dreijähriges? Oder wie komme ich sonst zu der Ehre?" Mit hochgezogenen Augenbrauen beäugte er den gedeckten Frühstückstisch.

Ich musste lachen, denn Leon vergaß niemals etwas. „Alles in Ordnung, keine Sorge. Ich habe heute Nacht eine Entscheidung getroffen, die mir gute Laune macht."

Zwar fiel mir sein wenig begeisterter Blick auf, doch nur am Rande. Ich war viel zu sehr mit meinem Enthusiasmus beschäftigt und erzählte ihm sofort alles von meinem Entschluss.

Damit begann der Tag, den Bach runter zu gehen.

Zuerst zogen sich Leons Augenbrauen zusammen. Seine Lippen kräuselten sich leicht. In seine Augen trat dieser leicht irritierte Ausdruck. Ganz so, als würde ihm eine penetrante Fliege ums Ohr summen. „Hast du dir das gut überlegt?"

Ich hatte nicht erwartet, dass er meine Begeisterung teilen würde, denn Leon ist sowohl eher ruhig als auch pragmatisch veranlagt. Deshalb grinste ich nur und betonte: „Das habe ich."

Leon biss in sein Brötchen, kaute und schluckte. „Okay."

„Okay gut oder okay schlecht?"

Er seufzte und legte sein Brötchen hin. Penibel wischte er seine Finger an seiner eigenen, zeichnungsfreien Serviette ab. Dann sah er mir in die Augen. „Ich muss gestehen, dass ich von deinen Plänen nicht gerade begeistert bin."

„Oh...." Ich hätte es mir denken können. Ein Mensch wie Leon dachte natürlich zuerst an die negativen Folgen: Der Zeitverlust, den ein Wechsel des Studienganges bedeutete. Noch mehr Jahre, in denen ich knapp bei Kasse sein würde. Aber sonst? Nein, mehr schlechte Seiten hatte meine Entscheidung beim besten Willen nicht. „Ich verstehe, dass das für dich plötzlich kommt", versuchte ich, ihm meine Enttäuschung über seine Reaktion nicht zu zeigen. „Aber es ist das Richtige für mich. Gut, es wird noch etwas länger dauern, bis ich Vollzeit arbeite, aber dafür wird es dann auch ein Beruf sein, der mir wirklich liegt."

Leon schwieg. Er nahm einen Schluck von seinem Kaffee und blickte dabei nachdenklich an mir vorbei.

„Und du weißt ja, dass ich mich schon lange für Kunst und Design interessiere. Eigentlich komisch, dass ich nicht früher darauf gekommen bin. Ich zeichne gerne und auch sonst bin ich gerne kreativ, ich –"

„Du machst viele Dinge gern", unterbrach mich Leon. „Musst du deshalb immer gleich versuchen, alles zu deinem Beruf zu machen? Nur um dann zu merken, dass deine Interessen als Studium oder Ausbildung nicht mal halb so viel Spaß machen wie als Freizeitbeschäftigung und dir wieder was Neues suchen?"

Ich starrte ihn an. Mit so einem Ausbruch hatte ich nicht gerechnet, Pragmatismus hin oder her. „Es kann ja nicht jeder sofort nach dem Abi Jura studieren, das Studium in Rekordzeit abschließen, in die Kanzlei seines Vaters einsteigen und darin die Erfüllung seines Lebens finden." Meine Stimme klang dünn und kläglich. Ich räusperte mich und sagte mit mehr Selbstsicherheit: „Ich bin eben anders als du."

„Stimmt", antwortete Leon mit dieser ruhigen, abgeklärten Stimme, die ich so hasste. „Ich bin eher zielorientiert und du ... eher nicht."

Ich schluckte, dann nickte ich langsam. „Kann sein. Ich will eben sicher sein, dass ich nicht Jahre meines Lebens darauf verschwende, einen Beruf zu erlernen, den ich dann nicht leiden kann. Es gibt so viele Möglichkeiten. So vieles, das mich interessiert. Bisher habe ich eben noch nicht das Richtige gefunden, na und? Ich habe doch Zeit."

„Ich finde, du machst es dir ein bisschen leicht. Immer, wenn ein Punkt kommt, an dem dir etwas keinen Spaß mehr macht, gibst du einfach auf. Anstatt in Erwägung zu ziehen, dass jeder mal eine lustlose Phase hat, die wieder vorübergeht."

„Ich gebe nicht auf! Aber wenn dieser ganze trockene Gesetzeskram mir schon jetzt zum Hals raushängt, wird es in zwanzig Jahren nicht besser sein!"

Leon sah mich nur abwartend an, wie so oft, wenn ich mich aufregte.

Normalerweise führte dieser Blick dazu, dass ich mich beruhigte, doch heute nicht. „Ich habe mich jedenfalls entschieden. Und nichts, was du sagst, wird etwas daran ändern. Es ist mein Leben und ich halte meine Entscheidung für richtig!"

Leon schwieg. Er nahm noch einen Bissen von seinem Brötchen, wischte sich die Finger wieder an der Küchenrolle ab und trank einen Schluck Kaffee.

„Strafst du mich jetzt mit Schweigen?“, wollte ich wissen.

„Sei nicht albern.“

„Dann sag, was du zu sagen hast. Wir sind lange genug zusammen, ich weiß, wenn da noch was ist, das du loswerden willst.“

Ich konnte sehen, wie Leon sich im Geiste seine Worte zurechtlegte.

Während ich darauf wartete, dass er sie ausspuckte, hob ich meine Kaffeetasse.

„Es tut mir leid, das kommt jetzt sicher plötzlich für dich, aber … Ich glaube, diese Beziehung macht keinen von uns beiden mehr glücklich.“

Ich erstickte beinahe an dem Kaffee, den ich in diesem Moment hinunterschlucken wollte. Brennend verteilte sich ein Teil davon in meiner Luftröhre. Ich hustete so heftig, dass mir Tränen in die Augen stiegen.

Leon lehnte sich über den Tisch und klopfte mir hilfsbereit auf den Rücken. „Geht’s wieder?“

Inzwischen hatte ich die Kaffeetröpfchen erfolgreich aus meiner Luftröhre gehustet. Nur die Tränen flossen immer noch.

„Ach Maja, jetzt wein doch nicht. Mir fällt diese Entscheidung auch nicht leicht.“

„Ich weine doch nicht, das kommt vom Verschlucken!“ Ich schnäuzte mir die Nase und wischte wütend über meine Wangen. Es nützte nichts. Immer mehr Tränen quollen hervor. „Wie kommst du nur auf so was?“, presste ich hervor. Mein ganzer Körper zitterte vor unterdrückten Schluchzern. „Drei Jahre, Leon! Seit einem wohnen wir zusammen. Wie kommst du plötzlich auf so einen Unsinn? Wo kommt das her?" Ein Teil von mir war der felsenfesten Überzeugung, dass es sich bei der ganzen Sache nur um ein äußerst grausames Missverständnis handeln konnte. Doch der andere Teil – der, der unaufhörlich frische Tränen aus meinen brennenden Augen trieb – ahnte, dass es nicht so war.

„Ich kann das einfach nicht mehr. Zusehen, wie du so orientierungslos durchs Leben treibst."

Ich lachte trocken auf, doch auch das klang mehr wie ein Schluchzen. „Plötzlich bin ich dir zu orientierungslos? Seltsam, als ich meine Ausbildung zur Erzieherin abgebrochen habe, um Jura zu studieren, hat sich das noch ganz anders angehört. Was hast du damals gesagt? *,Das ist eine tolle Idee, Schatz. Dann kannst du später in unsere Kanzlei einsteigen.'* Komisch, dass dich meine Unentschlossenheit erst jetzt stört, wo ich begriffen habe, dass ich doch keine Anwältin werden will!"

„Jetzt wirst du aber ungerecht. Und sei doch mal ehrlich: Kennst du irgendjemanden in deinem Alter, der ähnlich viele Studiengänge und Ausbildungen angefangen und abgebrochen hat wie du?"

„Was kann ich dafür, dass man in der Schule nicht richtig auf die Berufswahl vorbereitet wird? Ein einziges Pflichtpraktikum in der Oberstufe – das ist doch ein Witz!"

„Ich weiß nicht mal, ob ich alles fehlerfrei aufzählen kann", fuhr Leon fort, meinen Einwurf ignorierend. „Arzthelferin war die erste Ausbildung, oder? Dann das Germanistikstudium, Medizin –"

„Psychologie, nicht Medizin."

„Dann die Ausbildung zur Erzieherin, Jura, und nun Design? Ich werde einfach das Gefühl nicht los, dass du immer wieder etwas Neues ausprobieren und immer so weiter machen wirst, nur, um nicht arbeiten zu müssen.“

Mit offenem Mund starrte ich ihn an. Ich wollte wütend sein, ihn wegen dieser schrecklichen Unterstellung anschreien, doch ich fühlte mich einfach nur tief verletzt. „Ich arbeite doch“, flüsterte ich.

„Du hast einen Teilzeitjob, um während des Studiums über die Runden zu kommen. Das ist doch keine Arbeit.“

Sprachlos sah ich den Mann an, der so lange an meiner Seite gewesen war. Mit dem ich meine Träume und Geheimnisse geteilt hatte, dem ich näher gewesen war und mehr vertraut hatte, als irgendjemandem zuvor. Etwas in mir war sich sicher, dass ich nur die richtigen Worte finden musste und es würde alles wieder gut werden. Wir würden darüber reden, uns umarmen und alles würde so sein wie immer. Doch der vernünftigere Rest von mir wusste, dass das nicht stimmte. Dass egal, was wir beide tun oder sagen würden, etwas kaputt gegangen war, das man nicht mehr reparieren konnte. „Du denkst, mir gefällt einfach das Studentenleben? Die unregelmäßig stattfindenden Vorlesungen und die viele Zeit, die ich mir frei einteilen kann?“

Leon nickte.

Ich schüttelte ungläubig den Kopf. „Hast du mir jemals zugehört? Wenn ich dir von meinen Gefühlen und Sorgen erzählt habe? Von meiner Unsicherheit und meinen Ängsten, was die Zukunft angeht?“

„Natürlich habe ich das, aber –“

„Nein, hast du nicht! Wenn es so wäre, hättest du ein anderes Bild von mir! Und würdest nicht glauben, dass ich einfach faul bin und keine Lust auf ein erwachsenes Leben habe!"

„Ich glaube, dass du dich einfach gerne selbst belügst."

Plötzlich fühlte ich mich nur noch leer. „Das stimmt nicht."

„Siehst du. Deshalb kann ich das nicht mehr. Wie soll ich mit einem Menschen zusammen sein, der nicht einmal ehrlich zu sich selbst ist?"

„Hast du nur ein einziges Mal in Erwägung gezogen, dass deine Meinung über mich vielleicht falsch sein könnte? Dass ich wirklich so bin, wie ich mich sehe? Dass ich mich selbst besser kenne, als du mich?"

„Ehrlich gesagt, nein."

Ich nickte mechanisch. „Dann ist wohl alles gesagt."

Plötzlich sah ich Leon, den Esstisch und die Küche nur noch undeutlich vor mir. So, als hätte ich gerade genug Alkohol getrunken, um mich wie in Watte gepackt zu fühlen. Ich stand auf und schwankte.

Leon sah mich besorgt an. „Alles in Ordnung?"

„Ja, alles super. Ich geh' meine Sachen packen." Schritt für Schritt schleppte ich mich zur Küchentür und versuchte, dieses seltsam haltlose Gefühl auszublenden.

„Komm schon, Maja", rief Leon mir hinterher. „Wo willst du denn hin? Bleib hier, bis du was Neues gefunden hast. Es ist doch kindisch, so Hals über Kopf auszuziehen!"

Ich ignorierte ihn und ging ins Schlafzimmer, wo ich meine Reisetasche und meinen Rucksack unter dem

Bett hervorzerrte. Willkürlich stopfte ich alles in die Tasche, was mir ins Auge fiel: Kleidung, Bücher, Krimskrams. Mit meinem Rucksack ging ich ins Bad und warf meine Kosmetikprodukte hinein. Dann holte ich die Kisten, die ich schon beim Umzug von meinem kleinen, möblierten WG-Zimmer in Leons Wohnung benutzt hatte, aus der Abstellkammer. Mein komplettes Hab und Gut, mein gesamtes gemeinsames Leben mit Leon war überraschend schnell verstaut.

Als ich die schwere Tasche den Flur entlang zur Haustür zerrte, saß Leon immer noch am Frühstückstisch. Ich spürte seinen Blick auf mir, doch ich sah nicht in seine Richtung.

„Die Kisten hole ich die nächsten Tage ab", informierte ich die Haustür, bevor ich die Wohnung verließ.

Erst als ich bei minus fünf Grad mit einer Tasche, die ich kaum ziehen, geschweige denn heben konnte, auf dem Bürgersteig stand, begriff ich, was soeben geschehen war: Ich hatte keinen Freund mehr. Ich war Single. Ich war allein. Keine gemütlichen Abende vor dem Fernseher mehr, kein gemeinsames Kochen, kein Kuscheln, keine Gute-Nacht- und Guten-Morgen-Küsse, kein gemeinsames Lachen, kein „Ich liebe dich" mehr. Drei Jahre. Leon. Meine Zukunft, unsere Pläne. Alles war vorbei.

Ich schniefte und erst da merkte ich, dass mir Tränen über die Wangen liefen. Hastig wischte ich mir über das Gesicht und suchte in meinem Rucksack, in dem ich auch meine Handtasche verstaut hatte, nach einem Taschentuch. Natürlich fand ich keins.

„Scheiße", murmelte ich. Und dann: „Jetzt reiß' dich mal zusammen."

Doch meine Gedanken kehrten ungefragt zu Leon zurück und zu dem Grund für das Ende unserer Beziehung. Wie konnte er das so kühl und kalkuliert entscheiden? Hatte er mich überhaupt je geliebt? So bedingungslos und mit all den kleinen Fehlern, mit denen ich ihn geliebt hatte?

Ich spürte, wie mir schon wieder die Tränen kamen, doch ich spürte noch etwas anderes: Die Kälte. In meinen Fingern hatte ich bereits kein Gefühl mehr, ebenso in meiner Nase und meinen Ohren. Und langsam aber sicher kroch der Winter auch durch meine Jeans.

Ich konnte hier nicht stehenbleiben, bis ich meine Trennung von Leon verarbeitet hatte. Ich musste jetzt praktisch denken, den Luxus der Trauer aufschieben, bis ich wieder ein Dach über dem Kopf hatte.

In diesem Moment fiel mir Daniels WG ein und dass das zweite Zimmer seit kurzem leer stand. Bei dem Gedanken daran fiel zumindest eine kleine Last von mir ab. Ich würde bei Daniel einziehen, über Leon hinweg kommen und mein neues Leben als Design-Studentin beginnen. Auch wenn mir diese Vorstellung im Augenblick nicht viel Freude bereitete und ich alles, inklusive meiner neuen Studienpläne gegeben hätte, wenn zwischen Leon und mir nur alles wieder so wäre wie noch vor zwei Stunden.

Als ich mir ein Taxi rief, einstieg, mich zu Daniel fahren ließ und dort meine Tasche die Stufen hochzerrte, konzentrierte ich mich darauf, mir einzureden, dass ich stark war. Dass ich es schaffen würde, meine Träume zu verwirklichen und glücklich zu werden, auch ohne Leon. Und Daniel, mein bester Freund, würde mir dabei helfen.

Doch dann kam alles anders. Daniel wartete nach meinem Klingeln an der Tür, als ich oben ankam, nahm mir meine schwere Tasche ab und ließ mich herein. So weit so gut.

Doch dann verweigerte er mir sein Zimmer, weil er es schon an irgendeinen depressiven Freund vergeben hatte. Wir gerieten in Streit und plötzlich geschah das Wunder, das mich die grauenhaften Ereignisse vom Morgen kurzzeitig vergessen ließ. Felix stand vor mir. Der Felix, für den ich meine gesamte Schulzeit über geschwärmt hatte.

„Du", sagte Felix tonlos.

Ich war nicht imstande, auch nur einen Laut von mir zu geben. Er war es wirklich, auch wenn er sich äußerlich etwas verändert hatte: Das dunkelbraune, leicht wellige Haar war jetzt länger als früher, so dass es ihm ins Gesicht fiel. Und seine blaugrünen Augen, die damals vor Ausgelassenheit gesprüht hatten, strahlten eine ungewohnte Ernsthaftigkeit aus. Und noch etwas schien anders, *er* schien anders, auch wenn ich nicht genau sagen konnte, was dieses Gefühl in mir auslöste.

Doch die hohen Wangenknochen waren noch dieselben, ebenso wie die leicht gebräunte Haut und die geschwungenen Augenbrauen. Ohne, dass ich Einfluss darauf gehabt hätte, glitt mein Blick auch über seinen Körper. Über die Ansätze des Schlüsselbeins, die aus dem Ausschnitt seines Langarmshirts hervorlugten und die sich ganz leicht abhebenden Armmuskeln. Ich zwang meinen Blick zurück auf sein Gesicht und versuchte, das Kribbeln in meinem Bauch zu ignorieren.

„Tja, Überraschung!", rief Daniel unbeholfen. „Felix, du erinnerst dich bestimmt noch an Maja, oder?"

„Dunkel." Der Blick aus seinen hellen Augen wurde von Sekunde zu Sekunde unfreundlicher.

Ich schluckte und das Kribbeln erstarb. Aber was hatte ich erwartet? Dass Felix die letzten acht Jahre ständig an mich gedacht und noch viel öfter von mir geträumt hatte, so wie ich von ihm? Wohl kaum. Ich ignorierte den bitteren Geschmack, den Felix' offen zur Schau gestellte Ablehnung bei mir hervorrief. „Was machst du hier?", fragte ich ebenso unfreundlich. Und fügte mit einem scharfen Seitenblick auf Daniel hinzu: „Ich wusste gar nicht, dass ihr beide noch Kontakt habt."

„Ich wüsste nicht, was dich das anginge."

Mit Mühe hielt ich Felix' herablassendem Blick stand.

„Also, das ist jetzt wirklich eine blöde Situation", sagte Daniel und lächelte unsicher. „Felix, ich weiß nicht, ob du das mitgekriegt hast, aber Maja sucht ein Zimmer. Sie dachte, deins wäre noch frei und jetzt ... na ja, von mir aus könnt ihr auch vorübergehend beide in dem Zimmer wohnen. Oder wenn es gar nicht anders geht, könntest du auch eine Weile bei mir im Zimmer schlafen."

Felix quittierte das Angebot mit einem bösen Blick.

Daniel seufzte. „Ich würde es ja auch dir, Maja, anbieten, aber Miri findet es bestimmt nicht so toll, wenn ich mit einer anderen Frau das Zimmer teile."

Ich nickte. Miri, Daniels Freundin war zwar locker, aber so locker dann auch wieder nicht.

„Also, überlegt es euch, ihr kennt mein Angebot. Denn Rest macht ihr vielleicht am besten unter euch aus?" Mein Blick folgte ihm, als er sich feige in sein Zimmer zurückzog.

Als ich mich umdrehte, war Felix nicht mehr da. Aus den Augenwinkeln sah ich gerade noch, wie seine Zimmertür von innen zugeschoben wurde. Ich reagierte ohne Nachzudenken. Mit einem großen Schritt platzierte ich meinen Fuß zwischen Tür und Rahmen.

„Was soll das?", kam es ärgerlich von innen. Felix verstärkte den Druck auf die Tür.

Doch ich trug meine schweren Winterstiefel. Da konnte er drücken, wie er wollte, ohne, dass ich überhaupt etwas spürte. „Du hast Daniel gehört. Wir sollen das unter uns klären."

Mit einem genervten Seufzer ließ Felix gerade so weit von der Türe ab, dass er mich ansehen konnte, ohne sich den Hals zu verrenken. „Da gibt es nichts zu klären. Ich wohne hier. Du nicht."

„Aber ich weiß nicht, wo ich sonst hin soll!"

„Wo genau ist das mein Problem?"

„Was machst du überhaupt hier?", rief ich mit verzweifelter Wut. „Bist du nach dem Zivi nicht nach Berlin gezogen? Warum bist du auf einmal wieder in der Stadt? Und warum suchst du dir nicht *vorher* eine Wohnung, sondern überfällst Daniel und tust auf depressiv, so dass er sich nicht mal traut, seiner besten Freundin zu helfen?"

„Warum nimmst du nicht das Angebot deines Ex-Freundes an und bleibst bei ihm, bis du was Neues gefunden hast?"

Ich erstarrte. Hatte er etwa alles mit angehört? Ich spürte, wie mir das Blut ins Gesicht schoss. „Das geht dich überhaupt nichts an!"

„Meine Rede. Wenn du jetzt freundlicherweise deinen Fuß aus meiner Tür nehmen könntest?"

„Vergiss es!" Ich stemmte mich kurz und heftig gegen die Tür, so dass sie nach innen aufschwang.

Felix sprang zur Seite und ich nutzte die Gelegenheit, um mich ins Zimmer zu schieben.

„Geht's noch?", giftete Felix. „Das ist mein Zimmer!"

„Jetzt nicht mehr." Ich sah mich um. Der Raum begann mit einer Art Nische, der man nach links folgen musste, bevor man richtig im Zimmer stand. Doch auch hier wirkte der Raum sehr klein, obwohl nicht viele Möbel darin standen. Nur ein breites, sperriges Bett mit einem metallenen Nachttisch daneben, ein hässlicher alter Kleiderschrank und ein Monster von einem schwarzen Sofa. All diese Dinge hatte der vorige Mitbewohner von Daniel hier gelassen. Ich ließ mich auf dem abgenutzten Lederbezug der Couch nieder. „Ich bleibe hier. Entweder du gehst freiwillig ...“

„... oder?" Felix starrte kalt auf mich herab.

Ich antwortete nicht, sondern streckte mich demonstrativ auf dem Sofa aus.

„Du hast sie ja nicht mehr alle! Ich werde mein Zimmer nicht teilen!"

„Dann geh doch." Ich schenkte ihm ein liebenswürdiges Lächeln.

Felix sah aus, als wollte er mich am liebsten am Kragen packen und aus dem Zimmer schleifen.

Ich krallte mich vorsichtshalber am Sofa fest, bereit, Widerstand zu leisten.

Felix machte einen Schritt auf mich zu, die Hände zu Fäusten geballt.

„Ich bin stärker, als ich aussehe", warnte ich. Das stimmte. Trotzdem blieb ich eine einsfünfundsechzig kleine Person und Felix eine mindestens einsachtzig große. Ich versuchte, überzeugend und furchtlos auszusehen.

Felix starrte mich an, dann hob sich sein rechter Mundwinkel. Nur minimal, doch es erinnerte trotzdem an ein äußerst schiefes Lächeln. Dann war es auch schon wieder vorbei und zurück blieb nur sein grimmiger Gesichtsausdruck. Einen Moment lang stand er so da, dann entspannten sich plötzlich seine Gesichtszüge. „Hör zu", begann er in überraschend freundlichem Tonfall. „Ich brauche wirklich meine Ruhe. Du kannst hier nicht wohnen."

Jetzt versuchte er es also mit Vernunft und Diplomatie. Das konnte ich auch. „Ich kann und tue es bereits."

„Ich habe meinen Arbeitsplatz verloren, habe kein Geld und kann deshalb sonst nirgendwo hin."

Ich öffnete den Mund, um etwas Fieses zu erwidern, doch es wollte einfach keine Gemeinheit herauskommen. „Das tut mir leid", sagte ich aufrichtig.

Er nickte langsam. „Ich muss mich völlig neu orientieren. Mir überlegen, wie mein Leben weitergehen soll und dafür brauche ich einfach meine Privatsphäre und Ruhe zum Nachdenken, verstehst du?"

Plötzlich hatte ich das Gefühl, auf mich selbst herabzublicken. Was ich sah, war nicht gerade schön: Eine rücksichtslose, egozentrische Person, die nur ihre eigenen Probleme im Kopf hatte. Die sich nicht mal eine Sekunde lang gefragt hatte, ob Daniel vielleicht recht damit hatte, dass es Felix schlecht ging, bevor sie ihm sein Zimmer wegnahm. Ich erkannte mich selbst nicht wieder.

Felix sprach weiter: „Es tut mir leid, dass du in einer ähnlich verzweifelten Lage steckst wie ich. Aber von

Daniel weiß ich, dass du zumindest eine Arbeit hast. Und bestimmt hast du auch eine Menge Freunde hier in der Stadt, zu denen du gehen könntest. Ich habe zu kaum jemandem von den alten Leuten aus der Schulzeit noch Kontakt, eben weil ich damals nach Berlin gezogen bin."

Meine Wangen brannten vor Scham, als ich mich von der Couch erhob. Es war nicht leicht, den Mut aufzubringen, Felix in die Augen zu sehen. „Entschuldige", flüsterte ich. „Ich wusste nicht, dass du solche Probleme hast."

Felix zuckte mit den Achseln. „Woher auch? Ich hätte dir die Situation von Anfang an erklären sollen." Auch er lächelte. Plötzlich sah er genauso aus wie damals. Und auch die Schmetterlinge in meinem Bauch meldeten sich zurück.

„Nochmal, Entschuldigung. Ich weiß wirklich nicht, was mit mir los ist." Ich wandte mich der Tür zu. Als von Felix nichts mehr kam, griff ich nach der Klinke. „Vielleicht sieht man sich ja mal wieder." Dann flüchtete ich aus dem Zimmer. Draußen lehnte ich mich schwer atmend gegen die Tür. Am liebsten hätte ich meinen Kopf dagegen gehämmert. *Vielleicht sieht man sich ja mal wieder?* Ich musste wirklich dringend lernen zu denken, bevor ich den Mund aufmachte.

Neben mir öffnete sich Daniels Zimmertür. Vorsichtig steckte mein ehemals bester Freund seinen Kopf heraus.

„Wieso hast du mir nicht gesagt, dass *er* dein neuer Mitbewohner ist?", zischte ich.

„Eben *deshalb*“, flüsterte er gleichermaßen gereizt. „Sieh dich an. Du bist total von der Rolle. Denkst du nicht, es ist langsam an der Zeit, ihn zu vergessen?“

„Was du wieder denkst! Mein Freund hat gerade mit mir Schluss gemacht und ich bin einfach überrascht, Felix wieder zu sehen. Das ist alles. Und selbst, wenn es anders wäre: Du hast nicht zu entscheiden, wen ich vergesse und wen nicht!“ Jetzt war ich doch wieder nahe dran Daniel anzuschreien. Schlimmer noch: Ich war kurz davor, ihn mitten im Flur vor Felix’ Zimmertür anzuschreien. Vor Felix’ überaus hellhöriger Zimmertür. Also schubste ich Daniel zurück in sein eigenes Zimmer, folgte ihm und schloss die Tür hinter uns. „Und wieso hast du mir nicht gesagt, in welcher Situation er sich befindet?“

„Ich habe dir gesagt, dass er Probleme hat!“

„Das hätte auch bedeuten können, dass er sich mit einem Freund gestritten oder einfach schlechte Laune hat.“

Daniel versuchte, etwas einzuwerfen, doch ich ließ mich nicht unterbrechen. „Du hättest mir sagen müssen, dass er entlassen wurde! Dann hätte ich doch niemals …“ Ich brach ab und raufte mir die Haare. „Hast du eine Ahnung, was er jetzt für einen Eindruck von mir hat? Der muss mich doch für eine selbstbesessene Ziege halten.“

„Eher für eine extrem gutgläubige Ziege.“

Ich blinzelte irritiert. „Was?“

„Mir hat er erzählt, dass er selbst gekündigt hat, weil er …“ Er unterbrach sich kurz und zeichnete mit den Fingern Anführungszeichen in die Luft, „die Nase voll hatte von dem ganzen Scheiß.“

„Was soll das heißen?"

Daniel hob mitleidig die Augenbrauen. „Dass er gelogen hat."

Mir klappte der Mund auf. „Dieser …"

Bevor Daniel etwas sagen oder tun konnte, war ich schon zurück auf den Flur gestürmt und riss Felix' Zimmertür auf.

„Ich wusste, ich hätte einen Küchenstuhl unter die Klinke klemmen sollen." Er hockte auf dem Bett und sah mir gelassen entgegen. „Ich dachte, du wolltest dich nicht einmischen", meinte er mit einem Seitenblick auf Daniel, der hinter mir ins Zimmer trat.

„Wollte ich nicht, aber ihr bekommt es ja alleine nicht hin." Die unterschwellige Schärfe in Daniels Stimme überraschte mich. War er nun doch auf meiner Seite?

Felix zuckte mit den Achseln und widmete sich wieder seiner Zeitschrift. „Halte deinen Moralvortrag doch einfach jemandem, den er interessiert."

Ich warf Daniel einen fragenden Blick zu. Als er den Mund öffnete, kam ich ihm zuvor: „Ich weiß schon: Er macht eine schwere Zeit durch", wisperte ich.

„Eigentlich ist er immer so", flüsterte mein bester Freund zurück.

„Das hab ich gehört", kam es von Felix.

„Gut", gab Daniel zurück.

Einen Moment lang standen wir beide unschlüssig da und starrten Felix an, der weiterhin vorgab zu lesen. „Weißt du was: Ist mir egal, ob du gekündigt hast, gefeuert wurdest oder suizidal bist. Ich bleibe hier!" Ich quetschte mich an Daniel vorbei, trat auf den Flur und griff mir meinen Rucksack sowie meine Reisetasche. Unter Keuchen schleppte ich beides in Felix'

Zimmer bis neben die große Couch. Auf dieser ließ ich mich nun zum zweiten Mal heute nieder, öffnete den Reißverschluss meiner Tasche und begann mit einem provozierenden Blick in Felix' Richtung, meine Sachen auszupacken.

„Was machst du da?", kam auch prompt die ebenso scharfe wie unnötige Frage.

„Ich richte mich hier häuslich ein."

„Das …" Zum ersten Mal schienen ihm die Worte zu fehlen.

Ich zuckte nur mit den Achseln und zog ein Kleidungsstück nach dem anderen aus meiner Reisetasche. Ich bildete einen Stapel für Jeans, einen für Röcke, einen für Pullis und einen für T-Shirts. Nur die Unterwäsche und Socken ließ ich, wo sie waren. „Du hast nicht zufällig noch ein bisschen Platz in deinem Kleiderschrank übrig?"

Felix öffnete den Mund, schloss ihn wieder, öffnete ihn abermals, doch brachte auch diesmal keinen Ton heraus.

„Ach, mach dir keine Mühe. Auf dem Boden ist ja genug Platz." Nachdem ich mit der Kleidung fertig war, machte ich mich daran, meine restlichen Sachen auszupacken. Ein seltsames Grunzgeräusch ließ mich zur Tür blicken. Daniel stand noch immer dort und sah aus, als ob er sich nicht entscheiden könnte, ob er lachen oder weinen sollte. „Wenn du nichts Besseres zu tun hast, könntest du mir vielleicht eine Wolldecke bringen?"

Er machte Anstalten, das Zimmer zu verlassen, doch entschied sich anders. „Maja, wenn es dir nichts ausmacht, würde ich gerne ganz kurz mal mit dir reden."

„Geht leider nicht. Sonst wird er wahrscheinlich die Gelegenheit nutzen, meine Sachen hinauswerfen und irgendwie die Tür verriegeln." Ich warf Felix einen Blick zu.

Der lächelte nur freudlos und machte keinen Versuch, es abzustreiten.

Daniel lehnte sich seitlich gegen den Türrahmen. „Jetzt mal Spaß beiseite, Maja. Hältst du das wirklich für eine gute Idee? Was willst du denn machen, wenn du mal aufs Klo musst?"

Ich biss mir auf die Unterlippe. Gute Frage. Der Meinung schien auch Felix zu sein, denn ein triumphierendes Grinsen breitete sich auf seinem Gesicht aus.

„Hast du keinen Schlüssel für diese Tür?", fragte ich Daniel.

Der schüttelte den Kopf. „Wenn es beim Einzug einen gab, hab ich den zumindest seit Jahren nicht gesehen." Er seufzte. „Denkst du nicht, dass du ein bisschen übertreibst?"

„Ja, ein kleines bisschen?", kam es von Felix.

„Nein." Na gut, möglicherweise. Die Energie, die mich die letzte halbe Stunde angetrieben hatte, verpuffte plötzlich ins Nichts. Ich fühlte mich nur noch müde. Zu müde, um zu streiten. „Freu dich nicht zu früh", sagte ich trotzdem zu Felix. „Ich habe heute so gut wie noch nichts getrunken. Kannst du das auch von dir behaupten?"

Felix strafte mich nur mit einem kalten Blick.

Daniel verließ wortlos das Zimmer und kam wenig später mit einer Wolldecke und einem kleinen Kissen zurück. Wenigstens ein klitzekleines Lächeln warf er mir zu, als er alles auf der Couch ablegte. „Bringt euch nicht gegenseitig um, ja?"

Als weder Felix noch ich antworteten, ging Daniel kopfschüttelnd hinaus und schloss die Tür hinter sich.

Die Stille, die sich nun im Zimmer ausbreitete, war erdrückend.

Um mich abzulenken angelte ich aus meinem Rucksack ein Buch und schlug es auf. Ich versuchte mich zu konzentrieren, doch es war aussichtslos. Meine Gedanken schweiften unaufhörlich ab. Ich las den ersten Satz ein zweites und ein drittes Mal, ohne seine Bedeutung zu verstehen. Schließlich gab ich auf und ließ das Buch sinken. Meine Hand tastete nach dem Rucksack, zog den Reißverschluss auf und holte mein Smartphone heraus. Kein Anruf. Keine Nachricht. Betäubt steckte ich das Smartphone zurück in den Rucksack.

Leon meinte es ernst. Er war niemand, der eine solch weitreichende Entscheidung leichtfertig traf. Er würde sich nicht bei mir melden, würde sich nicht entschuldigen. Die Beziehung war vorbei. Doch der Grund dafür entzog sich noch immer meinem Verstand.

Ich hätte mir einreden können, dass Leon sich einfach verändert hatte. Dass ich den Mann von heute Morgen gar nicht wiedererkannte, dass er nichts mit dem gemein hatte, in den ich mich vor drei Jahren verliebt hatte. Doch das war falsch. Leon war derselbe. Und ich war es auch. Wie also konnte es sein, dass ich ihn noch immer liebte, er aber über die Zeit seine Gefühle für mich abgelegt zu haben schien? Und wieso hatte ich es nicht bemerkt?

Wie konnte es sein, dass ich heute Morgen aufgestanden war und nicht die geringste Ahnung gehabt hatte, was meine Entscheidung bezüglich meines Studiums bei Leon auslösen würde? Nicht im Traum hätte ich es für möglich gehalten, dass meine Beziehung heute enden würde. Dass ich auszog, Felix wieder traf und mit diesem ein Zimmer teilte.

Mein Blick wanderte zum Bett. Hatte ich übertrieben? War ich aufgrund der Erlebnisse heute Morgen zu einer selbstsüchtigen Hexe mutiert? Ich versuchte, mich aus Felix' Sicht zu sehen. Er legte ja offenkundig den größten Wert auf seine Ruhe. Hatte ich das Recht, ihm diese zu nehmen, nur weil es mir ebenfalls nicht gut ging? Doch dann musste ich daran denken, wie er mit mir umgegangen war. Wäre er ein wenig netter gewesen, hätte er mich auch nur mit einem Mindestmaß an Respekt behandelt, wäre das alles nicht passiert.

Ich lehnte mich ein wenig zur Seite, um Felix' Gesicht von vorne sehen zu können. Er wirkte so viel ernster als früher. Wie er auf die Zeitschrift in seiner Hand starrte kam er mir vor, als hätte er seit Wochen nicht mehr richtig gelacht. Und noch etwas fiel mir auf: Felix' Augen waren nicht auf die Zeitschrift gerichtet. Auf den ersten Blick sah es so aus, doch in Wirklichkeit starrte er über das Magazin hinweg ins Leere.

Die Erinnerung traf mich völlig überraschend. Ich war wieder neunzehn Jahre alt und saß zusammen mit ein paar Freundinnen auf einer Bank in der Pausenhalle. Ich hörte Tina und Annabella, die neben mir über die gestrige Matheklausur diskutierten, überhaupt nicht. Stattdessen folgte ich mit meinem Blick Felix, der einige Meter entfernt auf der gegenüberliegenden Seite der Pausenhalle saß. Vor ihm stand Saskia, ein zierliches, dunkelhaariges Mädchen, von dem ich wusste, dass sie im selben Deutschkurs wie Felix war. Ich konnte sie nicht leiden. Wild gestikulierend redete sie auf Felix ein. Doch der sah das Mädchen nicht an, vielmehr blickte er an ihr vorbei ins Leere, genau in meine Richtung. Als mir klar wurde, dass er mit den Gedanken offensichtlich ganz woanders war und Saskia nicht einmal zuhörte, musste ich lächeln. Plötzlich fokussierte sich Felix' Blick und richtete sich direkt auf mich. Unsere Augen trafen sich für einen Moment. Und Felix lächelte ebenfalls.

Ich blinzelte und sah wieder das Profil desselben, jedoch acht Jahre älteren Mannes vor mir. Und plötzlich fand ich den Gedanken, dass wir beide auf diese Art und Weise möglicherweise Tage oder Wochen nebeneinander her leben würden, schlichtweg unerträglich.

„Ähem", sagte ich vorsichtig.

Felix blinzelte und drehte den Kopf in meine Richtung. Unfreundlich sah er mich an.

„Lass uns noch mal über alles reden, ja? Vielleicht finden wir ja doch eine Lösung."

„Vielleicht habe ich mich vorhin nicht deutlich genug ausgedrückt – was ich bezweifle – aber ich sage es trotzdem noch mal: Ich will dich hier nicht haben. Ich will nicht mit dir reden und schon gar nicht will ich, dass du in derselben Wohnung, geschweige denn im selben Zimmer wie ich wohnst. Daran wird kein Gespräch der Welt etwas ändern."

Diese offene Feindseligkeit traf mich mehr, als ich mir selbst eingestehen wollte. Fast war ich versucht, meine Sachen zu packen und zu gehen, um nicht mehr Felix' Abneigung ausgesetzt zu sein. Gleichzeitig regte sich die Wut in mir, die auch vorhin schon dazu geführt hatte, dass ich mir einfach genommen hatte, was ich wollte: Ebendieses Zimmer. Was fiel Felix ein, so mit mir zu sprechen? Was hatte ich ihm jemals getan? Ich war ein Mensch in einer verzweifelten Lage!

Trotz der neu erwachten Wut zwang ich mich zur Diplomatie: „Du kannst mich offensichtlich nicht leiden, okay. Ich finde dich gerade auch nicht wirklich sympathisch. Aber wir beide befinden uns in einer ähnlichen Situation: Wir brauchen eine Unterkunft, also könnten wir uns doch genauso gut arrangieren."

„Nein."

„Wieso denn nicht, verdammt noch mal?"

„Weil ich zuerst hier war. Es ist mein Zimmer, ich zahle Miete dafür. Du hast kein Recht, dich hier einzunisten!"

„Schön." Ich atmete tief ein und aus, bis ich mich ein wenig beruhigt hatte. Dann presste ich die folgenden Worte aus mir heraus: „Wahrscheinlich stimmt das."

Felix sah mich abwartend an.

„Ich hatte das so auch nicht vor. Ich wollte mit dir reden und dir meine Situation erklären, aber dazu warst du ja nicht bereit." Ich merkte, wie ich wieder auf die vorwurfsvolle Schiene abdriftete und erinnerte mich an einen Artikel, den ich während meines zweisemestrigen Psychologiestudiums gelesen hatte: Konstruktives Streiten. Was hatte da noch drin gestanden? Richtig, man sollte immer von sich selbst ausgehen, dem anderen die eigene Sichtweise ruhig darlegen und Vorwürfe vermeiden. „Du hast Daniel und mich vorhin auf dem Flur gehört und weißt, was passiert ist. Mein Freund hat sich von mir getrennt und deshalb bin ich aus seiner Wohnung ausgezogen. Natürlich könnte ich mir ein Hotelzimmer nehmen, aber ich will ganz einfach nicht allein sein."

Felix' Mund verzog sich zu einem spöttischen Grinsen. „Siehst du, hier ist der Unterschied zwischen uns beiden: Ich wäre gern allein, aber da ich momentan arbeitslos bin, kann ich mir kein Hotelzimmer leisten."

„Warum suchst du dir dann keinen Nebenjob?", rutschte es mir heraus.

Felix' Miene sagte mir, dass ich einen großen Fehler gemacht hatte. Sein Blick wurde eiskalt. „Ich kann dich nicht loswerden, soviel ist mir klar. Wahrscheinlich würdest du mich noch anzeigen, wenn ich dich mit Gewalt vor die Tür setze."

Das würde ich nicht. Trotzdem würde das eine hässliche Angelegenheit werden, da ich mich mit aller Kraft wehren würde. Daher begrüßte ich seine Befürchtung und hütete mich, ihn zu korrigieren.

„Ich muss dich also dulden", fuhr er fort. „Aber dann sei wenigstens still und verschone mich mit deinen Pseudo-Problemchen. Die sind nicht so interessant wie du anscheinend denkst." Er drehte mir demonstrativ den Rücken zu.

Ich ballte meine Hände zu Fäusten, lockerte sie und ballte sie abermals. Eine weitere Erinnerung drängte sich in mein Bewusstsein. Nämlich daran, wie Daniel mich schon in der Schule gewarnt hatte, dass Felix extrem launisch sein konnte. Aber von einem derartigen Verhalten war ich nie Zeuge geworden. Schade eigentlich. Hätte ich schon damals diese Seite an Felix kennengelernt, hätte ich sicher nicht so lange für ihn geschwärmt. Was für eine Zeitverschwendung.

Ich warf seinem Rücken einen letzten Blick zu, dann wandte ich mich ab. Wenn Felix glaubte, mich mit solchem Verhalten aus seinem Zimmer ekeln zu können, hatte er sich sowas von getäuscht.

Kapitel 2

Bis zum Nachmittag schlug ich die Zeit mit Lesen tot. Schon nach einer Stunde waren meine Augen müde und es fiel mir schwer, mich zu konzentrieren. Es handelte sich bei dem von mir ausgewählten Buch auch noch um einen trockenen Schinken über Designgeschichte. Der aber leider im Internet hoch gelobt und als Pflichtlektüre für jeden Design-Studenten gehandelt wurde. Also hatte ich mir das Buch vor einigen Tagen gekauft, um mich selbst zu testen. Wenn ich es über mich brachte, es zu lesen, würde ich mir selbst erlauben, mein neues Studium zu beginnen. Und ich hatte gestern Abend erfolgreich die erste Hälfte des 800-Seiten-Wälzers geschafft. Für mich der Beweis, dass ich dieses Studium wirklich wollte. Und der ausschlaggebende Punkt für die Entscheidung, die mich meine Beziehung gekostet hatte.

Also zwang ich mich, weiter zu lesen. Ich schaffte noch zwei Stunden, dann ging gar nichts mehr und ich holte stattdessen mein Notebook hervor, um Daniels WLAN zu testen. Es war passwortgeschützt. Ich verkniff mir erst einen Fluch, dann einen Seufzer, als ich wieder mein Buch zur Hand nahm.

Ich hatte gerade weitere zwei Stunden geschafft, als mir mein Körper durch eine fiese Hungerattacke in Erinnerung rief, dass ich den ganzen Tag noch nichts gegessen hatte.

Sollte ich es riskieren? Aber während ich die Küche nach etwas Essbarem durchforstete, könnte Felix das Zimmer von innen abriegeln. Doch was hatte ich für eine Wahl? Im Gegensatz zu mir hatte Felix bestimmt gefrühstückt und würde diesen Stellungskrieg länger durchhalten. Mein Magen knurrte laut und vernehmlich. Ich schielte zu Felix hinüber.

Der grinste.

Geschlagen stand ich vom Sofa auf. Die erste Runde ging an ihn. Aber das hieß noch lange nicht, dass er den Kampf gewonnen hatte.

Ich verließ das Zimmer und zog sogar die Tür hinter mir zu. Wo ich schon mal draußen war, konnte ich mich auch kurz mit Daniel unterhalten. Und was ich mit ihm zu besprechen hatte, ging Felix nun wirklich nichts an.

Noch bevor ich in die Küche ging, klopfte ich an Daniels Zimmertür. Ich musste ihn auch fragen, ob er mir ein paar Lebensmittel borgen konnte. Daran hatte ich nicht gedacht, als ich heute Morgen wahllos Sachen in meine Tasche geworfen hatte. Ach ja, und das Passwort fürs Internet wäre auch nicht schlecht.

Daniel reagierte nicht auf mein Klopfen. Ich versuchte es noch einmal. „Daniel, ich bin's, Maja!" Wieder nichts. War er gegangen? Es sah ganz danach aus. Dabei hatte ich die Haustür gar nicht gehört.

Ich versuchte, die Enttäuschung nicht zu sehr an mich herankommen zu lassen. Trotzdem: Warum ging er einfach? Hätte er sich nicht denken können, dass ich noch mal mit ihm reden wollte? Was konnte so wichtig sein? In die Uni ging er nur sporadisch und die Bar, in der er arbeitete, öffnete erst abends. Ich stöhnte unwillig, als mir der wahrscheinlichste Grund für seine Abwesenheit einfiel: Miri.

Ich schlurfte in die Küche und öffnete den Kühlschrank. Es gab zwei Eier, ein bisschen Wurst, Milch, die Reste einer Paprika, einen Sixpack Bier, eine halbe Flasche Cola und eine Fertigsuppe – was hatte letztere überhaupt im Kühlschrank verloren?

Nach längerem Stöbern fand ich auch eine Pfanne, aber kein Öl. Doch es würde auch so gehen. Ich schlug die beiden Eier in die heiße Pfanne und verrührte sie zu Rührei. Dann schnitt ich noch Paprika und Wurst hinein. Während das Rührei briet, durchsuchte ich Daniels Zimmer nach dem Passwort für sein WLAN. Ich fand es auf den Boden der Schreibtisch-Schublade geklebt. Zumindest nahm ich an, dass die fünf wahllosen Wörter, die Daniel ohne weitere Erläuterungen auf diesen Zettel gekritzelt hatte, Passwörter waren. Und dass eines davon das des Internets war. Ich riss den Zettel ab und steckte ihn in meine Jeanstasche. Als ich in die Küche zurückkam, war das Ei gerade von flüssiger zu fester Form übergegangen. Ich nahm mir einen Löffel und aß direkt aus der Pfanne. Innerhalb einer halben Minute hatte ich alles hinunter geschlungen. Ich goss mir ein Glas Cola ein, trank einen Schluck und schüttete den Rest des abgestandenen Getränks weg.

Gesättigt und bereit, den Kampf wieder aufzunehmen, ging ich zurück zu Felix' Zimmer. Vor der Tür blieb ich stehen. Als ich die Hand auf die Klinke legte, hielt ich den Atem an. War sie noch offen? Oder hatte Felix die Gelegenheit genutzt, sich zu verbarrikadieren? Meinen Rucksack und meine Tasche hatte er jedenfalls nicht auf den Flur hinausgeworfen, also standen meine Chancen gut.

Ich drückte die Klinke hinunter. Oder zumindest wollte ich das, doch sie bewegte sich nicht. Felix musste von innen etwas darunter geklemmt haben.

Ich schüttelte ungläubig den Kopf. Was versprach er sich davon? „Denkst du allen Ernstes, dass ich ohne meine Sachen gehe?", rief ich durch die Tür.

„Sieh nach draußen!"

Einen Moment lang dachte ich, er hätte mein Zeug einfach aus dem Fenster geworfen. Dann fiel mein Blick auf die Wohnungstür. Sie war nicht mehr zu, nur angelehnt.

„Das ist nicht dein Ernst", flüsterte ich mehr zu mir selbst. Ich zog die Haustür auf und sah, dass es sehr wohl Felix' Ernst war. Dort, mitten auf dem Fußabtreter vor der Haustür, lagen meine große Reisetasche und mein Rucksack. Der Reißverschluss der Tasche war noch offen. Felix hatte meine Kleidung, die ich vorher ausgeräumt hatte, willkürlich hineingestopft. Auch der Rucksack war nicht geschlossen. Als Felix ihn vor die Tür geworfen hatte, waren ein paar Bücher, mein Zeichenblock und mein Smartphone heraus gefallen. Die Sachen lagen weit verstreut auf den Fliesen.

Ich sank auf die Knie. Wie dumm ich doch war. Ich hatte allen Ernstes geglaubt, dass die Situation sich schon irgendwie klären würde, dass Felix und ich uns arrangieren könnten, wenn ich nur lange genug durchhielt.

Antriebslos wanderte mein Blick über meinen im Treppenhaus verstreut liegenden Besitz. Weil ich nicht wusste, was ich sonst tun sollte, griff ich nach meinem Smartphone. Es zeigte an, dass ich eine neue Nachricht erhalten hatte. Mein Herzschlag beschleunigte sich.

Doch sie war nur von Daniel: *Falls du noch lebst: Ich bin bei Miri, wir haben Stress. Wird wohl spät werden.*

Erschöpft legte ich mein Smartphone neben mich auf den Boden. Leon hatte sich nicht gemeldet. Und Daniel würde anscheinend die komplette Nacht wegbleiben.

Ich krabbelte auf allen Vieren zurück in den Wohnungsflur. Dort lehnte ich mich mit dem Rücken gegen die Wand und zog die Beine an. Ich spürte, wie Tränen hinter meinen Augen brannten und griff wieder zum Smartphone. Ich schrieb Elena eine Nachricht. Die einzige Person außer Daniel, mit der ich gerade reden wollte.

Wie lange arbeitest du heute?

Die Minuten zogen sich endlos hin. Mir wurde klar, dass Elena wahrscheinlich noch im Buchladen an der Kasse stand und ihr Smartphone nicht bei sich hatte. Da konnte ich lange aufs Display starren und auf eine Antwort warten.

Achtlos warf ich mein Smartphone zu den anderen Dingen im Treppenhaus. Sollte es doch jemand klauen. Das machte jetzt auch keinen Unterschied mehr. Mit dem Fuß schob ich die Wohnungstür zu. Sie fiel mit einem lauten Klicken ins Schloss.

Erschöpft legte ich meine Arme auf die Knie und bettete meinen Kopf darauf. Ich schloss die Augen. Was nun? Plötzlich hörte ich Schritte. Erst dachte ich, sie kämen vom Treppenhaus, dann realisierte ich, dass es

Felix war. Im nächsten Moment ging quietschend seine Zimmertür auf.

Ich schaute hoch und direkt in Felix' überraschtes Gesicht. Wir starrten uns an. Er mit der Hand an der Türklinke, ich auf dem Flurboden kauernd.

Dann ging er kommentarlos an mir vorbei und verschwand im Badezimmer.

Das war meine Chance! Ich könnte meine Sachen zusammenkramen und zurück in sein Zimmer flüchten. Meinem Verstand gefiel der Plan. Klar, dort war ich nicht willkommen. Aber ich *war* zumindest irgendwo. Doch mein Körper weigerte sich, mitzuspielen.

Da hörte ich auch schon die Toilettenspülung und anschließend den Wasserhahn. Die Badezimmertür ging auf und Felix trat auf den Flur. Diesmal sah ich ihn nicht an, denn mein Körper verweigerte mir mittlerweile sogar die Kontrolle über meine Halsmuskulatur. Ich sah aber aus den Augenwinkeln, dass er kurz im Flur stehen blieb. Dann ging er zurück in sein Zimmer und schloss die Tür hinter sich.

Es dauerte einen Moment, bis mir auffiel, dass etwas nicht stimmte. Und einen weiteren, bis mir klar wurde, was es war: Ich hatte Felix' Zimmertür nicht zugehen gehört. Ich hob den Kopf und sah genauer hin. Tatsächlich: Die Tür war nur angelehnt. Unentschlossen starrte ich auf den schmalen Spalt zwischen Tür und Rahmen. Das war nie und nimmer ein Versehen gewesen. Felix hatte die Tür absichtlich offen gelassen.

„Hast du jetzt Mitleid oder was?", rief ich trotzig in Richtung Türspalt.

„Mit dir? Mach dich nicht lächerlich." Ich hörte abermals seine Schritte.

Ohne nachzudenken sprang ich auf, hastete zur Tür und stieß sie auf.

Felix gefror in seinen Bewegungen. Anscheinend hatte er gerade nach der Klinke greifen und die Tür doch zudrücken wollen. Felix zeigte mir einen Vogel, machte kehrt und ließ sich auf sein Bett fallen.

Ich beäugte ihn misstrauisch, doch er hatte sich seine Zeitschrift zur Hand genommen und rührte sich nicht. Ich ließ die Tür sperrangelweit offen, zog die Haustür auf und verstaute in Rekordgeschwindigkeit meine Besitztümer wieder im Rucksack, den ich anschließend mitsamt der Reisetasche in Felix' Zimmer zurückschleifte. Schwer atmend ließ ich mich aufs Sofa fallen. In diesem Augenblick piepte mein Smartphone. Ich fischte es aus meinem Rucksack und löste die Tastensperre. Eine Nachricht von Elena.

Tut mir leid, ich mach jetzt erst Pause. Hab heute Spätschicht bis halb neun. Gibt's irgendwas Wichtiges?

Ich schielte zu Felix, der mir den Rücken zugewandt hatte.

Nichts Wichtiges. Wir sehen uns morgen auf der Arbeit.

Ich streckte mich auf dem Sofa aus, die Arme unter dem Kopf verschränkt. „Sag mal, was war das eigentlich für eine Arbeit, die du gekündigt hast?"

Ich bekam keine Antwort. Und obwohl ich damit gerechnet hatte, nervte es. „Du bist auch nie über die Pubertät hinausgekommen, oder?"

„Ich hätte dich einfach heulend draußen sitzen lassen sollen. Da reicht man jemandem den kleinen Finger und bekommt dafür den halben Arm abgebissen."

„Ich hab nicht geheult!"

„Wenn du das sagst ..."

„Das sage ich!"

„Schön, ich sag dir auch was: Entweder, du hältst endlich die Klappe oder das nächste Mal, wenn du das Zimmer verlässt, fliegen deine Sachen wieder raus. Diesmal durchs Fenster. Und dann bleibt die Tür zu, ob du dir nun die Augen aus dem Kopf heulst oder dich in der Badewanne zu ertränken versuchst."

„Arschloch", murmelte ich.

„Das hab ich gehört."

Ich erwiderte nichts.

Ich probierte die Passwörter aus Daniels Schreibtischschublade nacheinander durch. Das vierte war endlich das richtige. So verbrachte ich den Rest des Abends mit Internetrecherche. An den meisten Kunsthochschulen konnte man sich nur zum Wintersemester bewerben. Es war Januar. Bis Oktober darauf zu warten, die Erfüllung meines Traums anzugehen, war vollkommen inakzeptabel. Andererseits gab es vor meiner Bewerbung auch noch einiges zu klären, zum Beispiel, in welche Richtung mein Studium genau gehen sollte. Darüber hatte ich mir bisher keine Gedanken gemacht. Ich wusste nur, dass ich etwas mit Kunst und Gestaltung machen wollte. Von Mediendesign, Produktgestaltung oder Industriedesign, und wie sich die Richtungen voneinander unterschieden, hatte ich keine Ahnung. Also vielleicht doch erst zum Wintersemester bewerben und mich bis dahin genau informieren? In der Zeit könnte ich auch ein Praktikum machen, das wäre sicherlich auch hilfreich, um herauszufinden, in welche Richtung ich gehen wollte. Außerdem musste man bei vielen künstlerischen Studiengängen eine eigene Mappe bei der Bewerbung vorzeigen. Ich hatte noch nicht einmal mit einer solchen angefangen und wusste auch gar nicht genau, wie man so etwas anging. Klar könnte ich einige meiner karikaturartigen Momentzeichnungen dafür verwenden, ich besaß sogar ein paar Comics, die ich in diesem Stil gefertigt hatte. Aber ich fürchtete, dass das nicht reichen würde.

Gegen elf Uhr schaltete ich frustriert mein Notebook aus. Irgendwie hatte ich mir alles einfacher vorgestellt. Ich wollte neu anfangen, etwas machen, das mich interessierte. Am besten sofort. Und mich nicht erst durch fünfzigtausend Internetseiten wühlen.

Als ich es mir im Halblicht von Felix' Nachttischlampe in meinem provisorischen Bett gemütlich gemacht hatte und die Augen schloss, rechnete ich aus, wie alt ich wäre, wenn ich meinen Abschluss machte. Vorher hatte ich mir nie Sorgen darum gemacht, dass ich möglicherweise zu alt sein könnte, um etwas Neues anzufangen. Da hatte Leon wirklich ganze Arbeit geleistet. Aber das hätte er wohl gerne, dass ich hier lag und darüber nachgrübelte, ob er nicht doch Recht hatte.

Mein Smartphone-Wecker riss mich um halb acht aus dem Schlaf. Ich öffnete die Augen und wusste nicht, wo ich war. Doch noch bevor die Erinnerungen an gestern zurückkehrten, sah ich aus den Augenwinkeln, wie eine Gestalt aus dem Bett auf der anderen Seite des Raumes hochschoss und kerzengerade sitzen blieb.

Ich starrte Felix erschrocken an. Dann prustete ich los.

Mein Zimmergenosse blinzelte verwirrt. Es dauerte mehrere Momente bis sich sein Blick schließlich klärte.

„Haha, ich lach mich tot! Machst du jetzt vielleicht mal den scheiß Wecker aus?“

Ich fand die richtige Taste und strahlte Felix an. Das verstand ich unter einem guten Start in den Tag.

Felix pellte sich aus dem Bett und schlurfte zur Zimmertür. Ich musterte sein Schlafoutfit, das aus einem hellblauen T-Shirt und schwarzen Boxershorts bestand. Jetzt sah ich zum ersten Mal die Armmuskeln, die gestern noch unter den langen Ärmeln versteckt gewesen wären. Was für eine Art von Sport er wohl trieb? Denn dass er sich körperlich betätigte, sah man sowohl seinem Bizeps als auch seinen Beinen an. Nur mit Mühe widerstand ich dem Drang, ihm hinterher zu pfeifen. Einer von uns beiden hätte das mit Sicherheit nicht überlebt.

„Ist doch geisteskrank, um diese Uhrzeit gute Laune zu haben“, hörte ich Felix noch murmeln, bevor er die Zimmertür hinter sich zuknallte.

Ich gähnte und streckte mich, dann erhob ich mich vom Sofa und sah an mir herunter. Weil ich gestern Abend weder Lust gehabt hatte, mich hier im Zimmer vor Felix’ Blicken umzuziehen, noch, das Zimmer zu verlassen und das Risiko einzugehen, einmal mehr vor einer verschlossenen Tür zu stehen, hatte ich in meiner Jeans geschlafen. Das war wider Erwarten gar nicht so unbequem gewesen. Sogar der Grad der Jeansverknitterung hielt sich in Grenzen. Kurz spielte ich mit dem Gedanken, sie einfach anzubehalten. Im nächsten Moment hatte ich die entsetzte Stimme meiner Chefin im Ohr, die stets darauf pochte, dass wir als Verkäuferinnen das Aushängeschild des Ladens seien. Seltsam nur, dass Patrick, unser Auszubildender, wegen seiner

Kleidung nie etwas zu hören bekam und sich wahrscheinlich sogar im Unterhemd hinter die Kasse stellen dürfte. Aber Patrick war schließlich jung und gutaussehend und unsere Chefin Frau Schneider, so banal es klang, eine von ihrer Ehe und der Welt frustrierte Frau.

Ich wühlte in meiner Reisetasche nach einer durchsichtigen Strumpfhose und dem rot-weiß karierten Rock. Perfekt. Frau Schneider würde nichts dagegen sagen können und trotzdem war der Aufzug nicht so spießig, dass ich mich hinter der Kasse ducken müsste, wenn mir bekannte Gesichter im Laden begegneten.

Ich zog noch die obligatorische weiße Bluse hervor, dazu frische Unterwäsche und Socken, sowie meinen Kosmetikbeutel und machte mich auf den Weg zum Bad. Die Tür war verschlossen. Genervt hämmerte ich dagegen. „Bist du auf dem Klo eingeschlafen? Ich muss zur Arbeit!"

Ich hörte ein Poltern und einen nicht jugendfreien Fluch. Die Tür öffnete sich und Felix rauschte an mir vorbei.

„Sag bloß, ich hatte recht!"

„Selbst wenn ich um diese Uhrzeit Lust hätte, mit jemandem zu sprechen, wärst du sicher die letzte!"

„Du warst auch schon mal schlagfertiger."

Felix knallte seine Zimmertür hinter sich zu.

Ich grinste. Der Morgen wurde besser und besser. Vor allem, als ich das Badezimmer betrat und mir der heruntergerissene Duschvorhang ins Auge sprang. Ich sah das Szenario vor mir: Wie Felix sich im Halbschlaf auf dem Wannenrand niederließ und einnickte, bis ich ihn mit meinem Klopfen weckte und er vor Schreck in die Wanne fiel. Das würde ich ihm heute Abend noch mal aufs Butterbrot schmieren. Es gab schließlich nichts Schöneres, als etwas zu haben, worauf man sich nach der Arbeit freuen konnte.

Obwohl ich pünktlich aufgestanden war, vertrödelte ich mich – wie so oft – im Bad. Nach ausgiebigem Duschen, Schminken und Nicht-Entscheiden-Können zwischen offenen Haaren und hochgebundenen, war es plötzlich schon halb neun und ich hatte nicht mal mehr Zeit für einen Kaffee. Ich warf schnell die Sachen, in denen ich geschlafen hatte, aufs Sofa, wühlte meine Handtasche aus dem Rucksack hervor und verstaute mein Smartphone darin.

Felix rührte sich nicht. Er hatte mir den Rücken zugewandt und schien wieder tief und fest zu schlafen.

Auf dem Weg zur Arbeit verdrängte ich die hochkommenden Gedanken an Leon. Ein Blick auf mein Smartphone zeigte mir, dass er sich noch immer nicht gemeldet hatte.

Ich tat mein Bestes, an andere Dinge zu denken. Zum Beispiel musste ich mich bald entscheiden, ob ich mein Jurastudium sofort abbrechen oder es weiterführen wollte, bis ich im Oktober mit dem Designstudium begann. Ich neigte spontan dazu, es einfach abzubrechen. Was brachte es mir, weiter trockene Paragraphen auswendig zu lernen, wenn ich mir jetzt schon sicher war, dass ich bald etwas Anderes machen wollte? Komplette Zeitverschwendung. Ein halbes Jahr ohne Studium dagegen reizte mich enorm, da eröffneten sich ganz neue Möglichkeiten. Was ich nicht alles tun könnte! Nur fiel mir in diesem Moment leider nichts ein, was ich tatsächlich tun *wollte*. Aber das war sicher nur eine Frage der Zeit. Zum Beispiel könnte ich ins Ausland gehen.

Einige meiner Freunde hatten das direkt nach dem Abitur gemacht. Mit dem Working Holiday Visum nach Kanada oder Australien. Das war jedenfalls sinnvoller, als mich hier weiter durchs Jurastudium zu quälen. Doch wenn ich ehrlich war, löste auch die Vorstellung eines Auslandsaufenthaltes keine richtige Begeisterung bei mir aus. Oder doch ein Praktikum, vielleicht irgendwas mit Mediengestaltung. Aber wo fand man solche Praktikumsplätze?

Zum Glück hatte ich in diesem Moment das Einkaufszentrum erreicht und konnte die Nachdenkerei auf später verschieben. Ich warf einen kurzen Blick auf meine Armbanduhr. Fünf Minuten vor neun. Leider ging meine Uhr erfahrungsgemäß ein paar Minuten nach.

Ich beschleunigte meine Schritte und erreichte um eine Minute vor neun den Buchladen, in dem ich arbeitete. Um Punkt neun passierte ich die Tür, die zum Personalbereich führte.

Erleichtert atmete ich aus und verstaute Jacke und Tasche in meinem Spind. Ich klippte mir mein Namensschildchen an die Bluse und wollte gerade den Kundenbereich betreten, als die Tür von außen aufgestoßen wurde und mir fast ins Gesicht schlug. Ich sprang erschrocken einen Schritt zurück.

„Sie sind schon wieder zu spät, Maja."

Ich starrte in das solariumgebräunte Gesicht meiner Chefin und fragte mich zum wiederholten Male, wer ihr eigentlich erlaubt hatte, mich beim Vornamen zu nennen. „Bin ich nicht", behauptete ich mit falscher Sicherheit. „Um Punkt neun war ich hier."

Frau Schneider legte den Kopf schief, so dass ihre kurzen, dunklen, zur Igelfrisur gegeelten Haare leicht mitwippten. „Da um neun unser Geschäft öffnet und Sie durch den Vordereingang gekommen sind, bedeutet das, dass Sie zur Geschäftsöffnung nicht anwesend waren. Genau das ist aber Sinn und Zweck Ihrer Frühschicht. Es geht darum, dass schon bei der Öffnung pro Stockwerk zwei Verkäufer bereit stehen, damit einer von ihnen an der Kasse bleiben und der andere die Regale auffüllen kann. Und ich bin mir sicher, dass ich Ihnen diesen Sachverhalt bereits mehr als einmal erläutert habe."

Ich verkniff es mir, sie darauf hinzuweisen, dass in der ersten Stunde nach Ladenöffnung meist so wenig los war, dass eine Person sowohl Regalbestückung als auch Abkassieren locker unter einen Hut bekam. Stattdessen nickte ich brav. „Es tut mir leid."

„Gut, und jetzt an die Arbeit." Ich war bereits im Begriff, mich umzudrehen, als Frau Schneider noch einmal das Wort ergriff: „Was ich fast vergessen hätte: Ihr Rock entspricht nicht gerade dem Geschmack der allgemeinen Bevölkerung. Nächstes Mal etwas dezenter, ja?" Damit verließ sie den Personalbereich.

Ich wartete, bis die Tür zugefallen war, dann zog ich eine Grimasse. Das half wenigstens ein bisschen. Dann folgte ich meiner Chefin in den Kundenbereich. Ich winkte Patrick zu, der hier im ersten Stock die bis jetzt kundenlose Kasse übernommen hatte. Frau Schneider bewegte sich zielstrebig auf ihn zu und obwohl sie ihm gegenüber stets freundlich war, so wusste ich doch, dass auch er die Gespräche mit ihr keineswegs genoss.

Ich steuerte auf die Treppe zu, die zum Erdgeschoss führte, wo vor allem die aktuellen Bestseller und Krimis in den Regalen standen. Schon nach der Hälfte der Stufen konnte ich Elena ausmachen. Sie stand mitten im Laden und diskutierte mit einem Kunden. Sie hatte ihr geduldigstes Lächeln aufgesetzt. Doch an der Art, wie sie eine Strähne ihrer langen, schwarzbraunen Haare um den Zeigefinger zwirbelte, merkte ich, dass der Kunde einer von denen war, die mir regelmäßig den letzten Nerv raubten. Doch Elena verfügte über eiserne Selbstkontrolle.

Ich näherte mich den beiden, neugierig, wo das Problem lag. Doch kaum war ich in Hörweite, drehte sich der Kunde plötzlich abrupt um und verließ das Geschäft. Ich hörte meine Freundin aufseufzen. Ihre mit Lidstrich und viel Wimperntusche betonten braunen Augen richteten sich gen Decke, als betete sie, heute vor weiteren solchen Kunden verschont zu bleiben.

„Schlechter Start in den Tag?"
Elena lächelte mir entgegen.
Sofort fühlte ich mich besser.
„Ich weiß nicht, warum die Problemkunden sich immer mich aussuchen."
„Du wirkst eben kompetent. Perfektes Make-up, perfektes Outfit. Du hast die Ausstrahlung einer Bankkauffrau. Vielleicht solltest du eine Umschulung machen. Ich würde jedenfalls sofort einen Bausparvertrag bei dir unterschreiben."
„Hör doch auf." Sie grinste. „Schöner Rock übrigens."
„Danke." Ich strahlte. Wir schlenderten Richtung Kasse, wo ein Kunde stand und in 2-Sekunden-Intervallen ungeduldig zu uns herüber blickte.

„Der hat aber Frau Schneider nicht gefallen, oder?“

„Woher weißt du das?“

„Na ja …“ Elena, die ihre Kasse bereits angemeldet hatte, scannte das Buch des Kunden, der sie mit einem giftigen Blick bedachte. „Wurde ja auch Zeit“, sagte er und rückte mit gewichtiger Miene seine Krawatte zurecht.

„Der Rock ist doch wirklich nicht übertrieben“, protestierte ich.

„Na ja …“, wiederholte Elena.

„Vielleicht könnten Sie Ihren Kaffeeklatsch auf die Pause verschieben? Es gibt Leute, die zur Arbeit müssen.“ Der Kunde wedelte mit seinem 20-Euro-Schein vor Elenas Nase herum.

„Muss ja eine extrem wichtige Position sein, wenn man um halb zehn vormittags noch Zeit zum Shoppen hat“, flüsterte ich. „Da will ich auch arbeiten.“

Elena presste die Lippen zusammen und schob das verkaufte Buch samt Kassenbon in eine Plastiktüte. „Schönen Tag noch“, presste sie hervor, doch konnte sich ein Kichern nicht ganz verkneifen.

Mit rotem Kopf rauschte der Kunde ab.

Elena schlug mir auf den Oberarm. „Keine Witze, während ich abkassiere! Die Schneider hat es schon auf dich abgesehen, da soll sie mich nicht auch noch auf ihre Liste setzen!“

„Danke auch. Schön, wie wir zusammen durch dick und dünn gehen. Wie Hanni und Nanni.“

„Ach komm, dieses Freundschaftsideal ist doch komplett veraltet. Heute hat man Nutz-Freundschaften.“

„Wo hast du das schon wieder her? Bild-Zeitung? Frauentausch?“

„Meine Mutter.“

„Oh.“ Mir schwante Böses. „Hat sie dich besucht?“

„Übers Wochenende. Es war die Hölle.“

„Halten Sie Elena schon wieder von der Arbeit ab, Maja?“ Wie aus einem Staubkorn gewachsen, stand plötzlich Frau Schneider vor mir. „Wenn das so weiter geht, kann ich Sie beide nicht mehr zusammen zum Arbeiten einteilen. Und jetzt hopp hopp, füllen Sie die Regale auf. Na los!“

Mit einem letzten gequälten Blick in Elenas Richtung machte ich mich auf den Weg ins Lager.

Während meines restlichen Arbeitstages hatte ich keine Gelegenheit mehr, mit Elena zu reden. Nachdem ich die Regale aufgefüllt hatte, war es schon nach elf und der Kundenansturm so groß, dass keine Zeit zum Plaudern blieb. Die Pause machte jede von uns allein, damit die andere sich zusammen mit der Verstärkung von der Spätschicht, die mittlerweile eingetroffen war, um die Kasse kümmern konnte.

Als wir um vier Uhr nachmittags endlich Feierabend hatten, setzten wir uns noch in das Café, das sich direkt gegenüber des Buchladens befand.

„Deine Mutter war also da?“

Elena grinste mich über die Tasse ihres Milchkaffees hinweg an. „Ach komm, du willst mir doch schon den ganzen Tag was erzählen. Meine Mutter kann warten.“

Ich nickte und verstärkte den Griff um meine Kaffeetasse. Wo sollte ich anfangen? „Leon hat gestern mit mir Schluss gemacht.“

Elenas Mund öffnete sich und verharrte unelegant in dieser Position.

„Ich bin zu Daniel, aber das zweite Zimmer war schon an meinen ehemaligen Mitschüler vergeben und jetzt wohnen wir zusammen in diesem Zimmer.“ Ich überlegte kurz, ob es noch etwas hinzuzufügen gab. „Mein Mitbewohner hasst mich.“

„Oh … warte mal, der Reihe nach.“ Elena brauchte sichtlich einen Moment, um sich zu sortieren. „Wieso hat Leon mit dir Schluss gemacht?“

„Weil ich Jura abbrechen und stattdessen Design studieren will.“

„Mistkerl!“, rutschte es Elena raus. „Aber so was passt zu ihm.“

„Findest du?“, fragte ich perplex.

Elena nickte ernst. „Tut mir leid, aber jetzt kann ich es ja sagen: Leon hat einen dermaßen begrenzten Horizont, dass er nicht mal die Schrankwand hinter seinen Aktenordnern sehen kann. Er hat sein Leben schon vor langer Zeit durchgeplant und da passt jemand, der so spontan ist wie du, einfach nicht rein.“

„So simpel ist das?“ Plötzlich war ich wütend. Nicht nur auf Leon, sondern auch auf Elena, die meine jahrelange Beziehung so bagatellisierte.

„Sicher nicht. Leon hat dich bestimmt geliebt, sonst wäre er ja nicht mit dir zusammen gewesen. So kalt schätze ich ihn dann doch nicht ein. Aber wenn man so genaue Vorstellungen hat wie er, und man immer mehr merkt, dass die Freundin nicht so ist, wie man sie gerne hätte, verfliegen die Gefühle mit der Zeit. So ähnlich war es bei mir und Alejandro auch, weißt du noch?“

Widerwillig ließ ich mich auf Elenas Gedankengang ein. „Dein Spanier, den du unbedingt heiraten wolltest?"

„Genau der."

Ich dachte an den Tag vor zwei Jahren zurück, als ich Elena das erste und einzige Mal völlig aufgelöst erlebt hatte. Plötzlich stand sie bei mir vor der Tür, klitschnass, weil sie Mitten im April keinen Schirm dabei gehabt hatte. So etwas passierte ihr sonst nie. Man konnte ihren schwarzen BH durch den nassen weißen Blazer sehen. Das durch die Feuchtigkeit pechschwarz wirkende Haar hatte seine natürliche Lockenform angenommen und die vormals weißen Riemchensandalen waren dreckig-braun verfärbt.

„Hast du …?", fragte ich, doch Elena wischte meine Frage mit einer unwirschen Handbewegung weg.

„Ich hab nicht geheult. Das war der Regen."

„Was ist passiert?"

„Ich habe mich von Alejandro getrennt."

Ich konnte sie damals nur anstarren. Alejandro war der Mann ihres Lebens, das hatte sie immer wieder gesagt. Seit dem Tag, an dem sie zusammengekommen waren, hatte Elena Pläne vom Zusammenziehen und Heiraten geschmiedet.

„Wieso?", hatte ich herausgebracht.

„Dieses ständige Hin und Her. Ich hab einfach keine Lust mehr. Erst will er mit mir zusammenziehen und wir schauen uns gemeinsam Wohnungen an. Dann ist ihm plötzlich alles zu viel und er sagt, er braucht noch Zeit. Wir passen einfach nicht zusammen."

Das hatte sie auch in der Zeit danach immer wieder gesagt, wenn die Sprache auf Alejandro kam: Wir passten nicht zusammen.

Jetzt grinste mich Elena an, doch auf mich wirkte es traurig und reuevoll. „Leons Verhalten erinnert mich ein bisschen an mein eigenes damals. Ich habe so viele Erwartungen an Alejandro gestellt und als er sie nicht erfüllen konnte, habe ich Schluss gemacht. Ich dachte, er wäre einfach nicht der Richtige."

Ich lauschte ihr schweigend, doch eigentlich gefiel mir die Richtung nicht, die unser Gespräch genommen hatte. Ich wollte nicht hören, dass Elena Leon verstand, wollte nicht, dass sie ihn analysierte und mir das Gefühl gab, dass sie meinen Freund besser kannte als ich selbst.

Elena schien von meinem Unwillen nichts mitzubekommen oder sie ging einfach darüber hinweg und fuhr fort: „Ein paar Monate später habe ich meine Entscheidung dann bitter bereut. Habe verstanden, dass nicht Alejandro das Problem war, sondern ich. Doch da war es bereits zu spät, er wollte mich nicht zurück. Daran hatte ich lange zu knabbern. Aber ich habe auch daraus gelernt und versuche jetzt bei Steffen, nicht den gleichen Fehler zu machen. Wann immer mich etwas aufregt, wann immer ich unzufrieden mit ihm bin, denke ich an Alejandro und sage mir, dass Steffen eben so ist, wie er ist. Und dass ich nicht das Recht habe, ihn zu ändern, nur damit er mir besser in den Kram passt."

„Glaubst du wirklich, dass das immer so sein muss? Dass es nicht auch Menschen gibt, die einfach gut zusammenpassen und sich so verstehen, wie sie sind?"

„Idealistin." Elena grinste und ich grinste zurück.

Aber insgeheim dachte ich, dass die Reibereien in ihrer Beziehung diesmal nicht Elenas Schuld waren. Sondern die ihres Freundes Steffen, mit dem sie seit sechs Monaten zusammenwohnte. Nach allem, was sie mir bisher über ihn erzählt hatte, konnte er ein echter Kotzbrocken sein. Und die paar Mal, die ich ihm begegnet war, hatte er auch nicht gerade als Freund des Jahres geglänzt.

„Irgendwann wird Leon auch auffallen, dass er sich die perfekte Freundin nicht backen kann", sagte Elena mit ernster Miene. „Aber dann bist du hoffentlich nicht so blöd, ihn zurückzunehmen."

„So weit wird es nicht kommen", entgegnete ich und konnte nicht verhindern, dass sich tiefe Verzweiflung in meine Stimme mischte. „Er hat sich bis jetzt noch nicht bei mir gemeldet und wird es sicher auch nicht. Er liebt mich nicht mehr." Ich zog die Nase hoch.

Elena hielt mir kommentarlos ein Taschentuch hin, das ich dankbar annahm. Nachdem ich meine feuchten Augen getrocknet hatte und meiner Stimme wieder zutraute, normal zu funktionieren, sagte ich: „Es kam alles so plötzlich. Bin ich denn irgendwie emotional beeinträchtigt, dass ich nicht gemerkt habe, dass er mich nicht mehr liebt? Beziehungsweise, dass er mich nur weiter liebt, wenn ich seinen Erwartungen folge? Wie kann man denn nicht merken, dass der eigene Freund, mit dem man sein Leben teilt, so berechnend ist?"

„Vergiss ihn", sagte Elena lapidar. „Lösch seine Nummer, dann kommst du wenigstens nicht in die Versuchung, ihn anzurufen. Und block ihn bei Facebook. Versuch, nicht mehr an ihn zu denken. Es bringt gar nichts, dich ständig zu fragen, was seine genauen

Beweggründe waren, wann er seine Liebe für dich verloren hat, und so weiter. Du wirst auf all diese Fragen keine Antworten finden. Er ist ein Arsch, fertig. Hast du eigentlich noch Sachen in seiner Wohnung?"

Wieder regte sich Wut in mir, diesmal ausschließlich auf Elena. Einfach nicht mehr an Leon denken? Die Sache abhaken und mein Leben weiterleben? Da machte es sich jemand aber wirklich einfach!

„Maja, ich weiß, dass es schwer ist", sagte meine Freundin, die anscheinend meinen Stimmungsumschwung bemerkt hatte. „Aber irgendwie musst du doch weiter machen. Ist es da nicht besser, stark zu sein und den Mistkerl auszublenden, als wegen ihm heulend und schokoladefutternd in einer Ecke zu hocken?"

„Du hast ja recht", gab ich widerwillig zu.

„Also, hast du noch Sachen bei ihm in der Wohnung?"

Ich nickte. „Zum Glück keine Möbel, nur ein paar Umzugskisten, die ich gestern schon gepackt habe."

„Hast du noch den Wohnungsschlüssel?"

„Ja", sagte ich erschrocken. Das hatte ich vollkommen vergessen.

Elena streckte fordernd die Hand aus. „Gib ihn mir. Ich nehme Steffen mit und erledige das."

„Danke." Ich händigte ihr den Schlüsselbund mit Haus-, Wohnungs- und Briefkastenschlüssel aus. Gleichzeitig fiel mir ein, dass ich gar keinen Schlüssel zu Daniels Wohnung besaß. Hoffentlich war Felix nachher zu Hause. Und hoffentlich machte er mir auf, wenn ich klingelte. Ob ich mich lieber gleich als Postbotin ausgeben sollte?

„Von jetzt an konzentrierst du dich auf die wichtigen Dinge in deinem Leben. Auf dein neues Studium zum

Beispiel und … was ist eigentlich mit diesem Kerl, mit dem du dein Zimmer teilst?“

„Hab ich doch gesagt: Der hasst mich.“

„Komm, jetzt übertreibst du doch.“

„Er hat meine Sachen ins Treppenhaus geworfen und das Zimmer von innen verriegelt, als ich mir in der Küche Rührei gemacht habe.“

„Oh.“

„Genau.“

„Klingt nicht wie jemand, mit dem man unbedingt in demselben Zimmer wohnen will.“

„Kein bisschen. Und das schlimmste ist, dass ich ihn noch von früher kenne. Er ist mein ehemaliger Mitschüler und ein Freund von Daniel. Erst habe ich mich sogar gefreut, ihn wieder zu sehen. Unglaublich, was die Zeit aus Menschen machen kann! Früher war er ganz anders.“

Elenas Augen begannen zu glänzen. „Du warst in ihn verschossen?“

Ertappt nickte ich. „Wie gesagt, erst habe ich mich gefreut, ihn zu sehen. Aber dann hat sich rausgestellt, dass er mittlerweile total launisch und arrogant ist. Ein einziger Tag hat genügt, dass ich jemandem, in den ich ewig verliebt war, am liebsten Zyankali in die Zahnpastatube füllen würde.“

„Und wieso wohnst du dann mit ihm zusammen?“

„Weil ich nirgendwo anders hin kann, außer in ein Hotel.“

„Dann kommst du mit zu mir. Komm, wir holen sofort deine Sachen.“ Sie war bereits im Begriff aufzustehen, als ich sie zurückhielt.

„Das ist lieb gemeint, aber du und Steffen habt auch nur anderthalb Zimmer. Da pass ich wirklich nicht mit rein.“

Elena wollte widersprechen, doch ich war schneller: „Außerdem geht es ums Prinzip. Felix soll nicht gewinnen. Du hättest ihn gestern sehen sollen. So geht man mit keinem anderen Menschen um, punkt! Er soll mit diesem kindischen Verhalten nicht auch noch Erfolg haben.“

„Bist du sicher? Hört sich wie ein echter Kampf an. Willst du dir das in deiner jetzigen Situation wirklich antun?“

„Das wird halb so schlimm. Wir waren gestern immerhin schon so weit, dass Felix mich nicht mehr ausgesperrt hat. Irgendwie ... keine Ahnung, aber die ganze Sache lenkt mich wenigstens ab. Es ist anstrengend und ich ärgere mich fast ununterbrochen über Felix, aber dafür denke ich nicht so oft an Leon.“

„Diesen Felix würde ich ja ganz gerne mal kennenlernen.“

Ich grinste bei dem Gedanken. „Wenn du und Steffen die Sachen aus Leons Wohnung geholt habt, kommt ihr einfach noch mit hoch. Felix wird im Achteck springen, wenn ich auch noch Besuch mit in unser Zimmer bringe.“

Kapitel 3

Als ich vor dem Haus stand, in dem sich Daniels WG befand, drückte ich mit einem mulmigen Gefühl auf die Klingel. Felix würde nicht aufmachen. Das wusste ich einfach.

„Hallo?", kam es kratzig aus der Sprechanlage.

„Dani?"

„Maja! Mist, du hast ja gar keinen Schlüssel!"

Es summte und ich drückte die Tür auf.

Daniel wartete an der Türschwelle und umarmte mich, sobald ich die Wohnungstür erreicht hatte. „Tut mir leid wegen gestern. Oh mann, was für ein Tag. Warum passiert immer alles auf einmal?"

„Schon gut." Ich schob mich an ihm vorbei in die Wohnung. Als ich den Flur entlang ging, stoppte ich kurz vor Felix' Zimmertür und lauschte. Es war nichts zu hören.

Nachdem Daniel sich mir gegenüber am Küchentisch niedergelassen hatte, nickte ich gen Flur. „Ist er da?", fragte ich so leise wie möglich, denn die Küche besaß keine Tür, nur einen Trennvorhang.

Daniel zuckte mit den Achseln. „Ich bin selbst grad erst nach Hause gekommen. Hab ihn noch nicht gesehen."

„Gut, dass du da warst. Er hätte mich bestimmt nicht rein gelassen.“

„Ich lass dir morgen einen Schlüssel machen. Versprochen.“

„Den brauche ich auch dringend“, sagte ich mit Nachdruck.

„Hallo? Ich hab mich doch schon entschuldigt.“

„Ist ja gut.“ Mir lag immer noch schwer im Magen, dass er gestern einfach verschwunden war. „Was ist denn los mit dir und Miri?“ Ich hatte sie erst einmal getroffen, aber der erste Eindruck war sehr positiv gewesen. Miri war eine hübsche, sehr lebhafte Frau. Und nach meiner ersten Einschätzung völlig unkompliziert. Genau wie Daniel. Ich konnte mir beim besten Willen nicht vorstellen, aus welchem Grund die beiden sich streiten könnten.

„Nicht der Rede wert.“ Daniel hatte die Kiefer aufeinander gepresst und schaute zur Seite.

Beinahe musste ich über seine klägliche Lüge lachen.

„Hast du was von Leon gehört?“

Mein Lächeln verging mir augenblicklich. „Nein.“

„Tut mir leid.“

„Kannst du ja nichts für.“

„Wie kam es denn überhaupt dazu?“

Ich seufzte lautlos und erzählte die ganze Geschichte noch einmal.

Daniel sah mich nur schweigend an. Ihm schienen die Worte zu fehlen.

„Aber weißt du was? Ich will mir einfach nicht mehr den Kopf darüber zerbrechen. Ständig frage ich mich, ob er mit seiner Meinung über mich nicht doch recht hat. Das macht mich wahnsinnig.“

„Du bist wie du bist. Was sollte daran falsch sein?“

Irgendwie ärgerte es mich, dass Daniel nicht mehr als so eine blöde Floskel zu meiner Situation beizusteuern hatte. „Leon und Felix sind auch wie sie sind und daran ist eine Menge falsch.“

„Apropos.“ Anscheinend hatte Daniel nicht gemerkt, dass er mich mit seinem Kommentar verstimmt hatte, denn er grinste und wechselte das Thema: „Wie lief's?“

„Wie lief was?“, stellte ich mich blöd.

„Na, die erste Nacht mit deinem Schulschwarm.“

Erschrocken langte ich quer über den Tisch und hielt ihm den Mund zu. „Wenn er das hört!“, zischte ich.

Daniel befreite sich lachend von meiner Hand. „Also?“

„Außerdem ist es sehr, sehr lange her, dass ich für ihn geschwärmt habe.“ Ich bemühte mich, meine Stimme so leise wie möglich zu halten.

„Wer's glaubt. Immer, wenn sein Name gefallen ist, hast du ganz leuchtende Augen bekommen. Sogar, als du schon mit Leon zusammen warst.“

„Das stimmt nun wirklich nicht!“

„Doch. Und deshalb hab ich dir auch nie erzählt, dass ich noch Kontakt mit ihm hab.“

„Aber dass er bei dir eingezogen ist hättest du ruhig mal erwähnen können.“

„Damit du unter falschem Vorwand hier auftauchst und um sein Zimmer rumschleichst, nur darauf wartend, dass du ihn zu Gesicht bekommst?“

Ich sagte nichts. Das Dumme war, dass er möglicherweise recht hatte. „Wenn es dein Ziel war, meine dumme Schwärmerei zu ersticken, dann hast du genau das Falsche gemacht.“

„Sag nicht, du bist immer noch …“

„Nein! Das erkläre ich dir doch gerade. Ehrlich, wie kann man für den Kerl, der aus ihm geworden ist, noch schwärmen? Hättest du mir früher von deinem Kontakt zu ihm erzählt, hätte ich ihn früher wieder getroffen und früher bemerkt, was für ein Idiot aus ihm geworden ist.“

„Also keine kuschelige Nacht gehabt?“

„Wir haben es irgendwie geschafft, uns zu arrangieren. Von gelegentlichen Zickenattacken seinerseits mal abgesehen. Was gibt es da zu grinsen?“

„Gar nichts. Ich bedaure nur, dass ich so lange weg war. An eurer Tür zu lauschen hätte bestimmt viel Spaß gemacht.“

„Du hättest dich nur gelangweilt. Die meiste Zeit war es totenstill. Weißt du, warum er so bockig wird, wenn man ihn auf seine Arbeit anspricht?“

„Ich bin mir nicht sicher“, sagte Daniel ausweichend.

„Als was hat er gearbeitet?“, wiederholte ich die Frage, die gestern von Felix unbeantwortet geblieben war.

„Arzt.“

Mein Unterkiefer klappte auf.

„Na ja, aber noch nicht ganz fertig. Ich glaub, Assistenzarzt heißt das, wenn man frisch aus dem Studium kommt und sich noch in einem Fachbereich weiterbilden muss.“

„Felix hat Medizin studiert?“ Darauf wäre ich nie gekommen. Klar, er hatte immer gute Noten in der Schule gehabt, auch wenn ich seinen genauen Abiturdurchschnitt nicht kannte. Aber mir war er nie besonders ehrgeizig vorgekommen. Eher wie einer dieser beneidenswerten Menschen, denen der Erfolg zuzufliegen scheint. Soviel ich damals mitbekommen hatte, war er ständig mit Freunden unterwegs gewesen. Daheim am Schreibtisch sitzend und lernend hatte ich ihn mir nie vorgestellt.

„Ja, aber er hat sich ziemlich oft über das Studium beschwert."

„Warum hat er es dann studiert?"

Daniel zuckte mit den Achseln. „Am Anfang wusste er wahrscheinlich noch nicht, dass es ihm so auf die Nerven gehen würde."

„Wieso hat er dann nicht damit aufgehört, als es ihm klar wurde?"

„Sehe ich aus wie sein Therapeut? Ist ja nicht so, dass wir alle paar Tage telefoniert hätten. Er kam halt immer mal vorbei, wenn er in den Semesterferien hier war und seine Eltern besucht hat. Und da hat er meistens erzählt, dass ihm sein Studium zum Hals raushängt und er keine Lust auf die ganze Lernerei hat."

Also schien ihm das Am-Schreibtisch-über-Büchern-Brüten tatsächlich nicht sonderlich zu liegen. Irgendwie fühlte es sich gut an, dass ich Felix nicht vollkommen falsch eingeschätzt hatte. „Ist doch blöd, oder? Etwas weiter zu studieren, wenn es einem nicht gefällt."

Daniel war aufgestanden und machte sich an der Kaffeemaschine zu schaffen. Er antwortete nicht.

„Andererseits ... auch irgendwie bewundernswert, etwas so Schwieriges und Langwieriges wie ein Medizinstudium bis zum Ende durchzustehen, wenn es einem gar keinen Spaß macht. Ich könnte das nicht."

„Deswegen bist du du und er ist er. Vielleicht vertragt ihr euch genau aus diesem Grund nicht." Die Kaffeemaschine begann, gluckernde Geräusche von sich zu geben und Daniel setzte sich wieder.

„Wieso sollte das der Grund sein? Bis eben hatte ich doch keine Ahnung von alldem und dass er so anders ist als ich. Und er weiß auch nicht, dass ich ganz andere Ansichten habe als er, er kennt mich doch gar nicht."

„Er kennt dich nicht direkt."

Ich sah ihn an. Die Geräusche der Kaffeemaschine kamen mir plötzlich unangenehm laut vor. „Kommt da jetzt noch eine Erklärung oder muss ich dich tatsächlich fragen, was du damit meinst?"

Gluck. Gluck. Gluck.

„Es kann sein, dass ich das ein oder andere Mal, wenn Felix hier zu Besuch war, von dir erzählt habe."

Gluck. Gluck. Gluck.

„Und was hast du erzählt?"

„Was man eben Freunden so über andere Freunde erzählt. Interessante Neuigkeiten. So was wie: *Du kennst doch noch Maja, oder? Die hat gerade ihre Ausbildung zur Arzthelferin abgebrochen und studiert jetzt Germanistik.* Oder: *Ja, ich hab auch gehört, dass das Psychologiestudium gar nicht so interessant sein soll, wie man denkt. Maja hat es nach zwei Semestern abgebrochen und stattdessen eine Ausbildung zur Erzieherin angefangen.*"

Endlich war der Kaffee durchgelaufen. Stille breitete sich in der Küche aus.

„Maja? Warum sagst du nichts mehr?"

„Ich brauche all meine Kraft, um nicht auf dich loszugehen und dich zu erwürgen."

„Mich?", quiekte Daniel. „Wieso denn?"

„Wieso?" Ich erinnerte mich an Felix' Zimmer, das nicht allzu weit entfernt lag, und senkte wieder die

Stimme. „Weil du Schuld bist, dass Felix mich hasst. Deswegen!"

„Es ist ganz normal, dass man mit Freunden über andere Freunde redet!"

„Du hättest auch sagen können: *Maja ist total motiviert und gibt in dem, was sie gerade macht, immer hundert Prozent. Oder: Maja macht sich richtig viele Gedanken um ihr Leben und um ihre Zukunft.*"

„So was will doch kein Mensch hören."

„Du hast mich genauso hingestellt, wie Leon. So, als würde ich einfach aus Spaß oder Langeweile oder Arbeitsscheu ständig was Neues anfangen."

„Woher sollte ich denn wissen, dass du und Felix euch jemals wieder begegnet?"

„Das ist doch gar nicht der Punkt!" Den nächsten Satz flüsterte ich. „Was würdest du denn sagen, wenn ich der Frau, in die du verknallt bist, nur Schlechtes über dich erzählen würde?"

„Wenn sie zufällig deine Freundin wäre, würde ich jedenfalls nicht verlangen, dass du plötzlich ganz anders mit ihr umgehst." Daniel stand auf und goss zwei Tassen Kaffee ein.

„Das würdest du nicht mehr so locker sagen, wenn du gestern an meiner Stelle gewesen wärst." Ich nahm eine der Kaffeetassen entgegen.

„Im Nachhinein tut es mir leid. Aber ich konnte echt nicht ahnen, dass Felix seine Stelle kündigen und zu mir ziehen würde. Genau in derselben Woche, in der du von Leon verlassen wirst und auch hier einziehen willst."

„Ist ja gut, ich verzeihe dir", sagte ich großzügig. Vor allem aber war ich die Diskussion leid, die an der jetzigen Situation mit Felix auch nichts ändern würde. Zumindest aber hatte ich nun einen Anhaltspunkt, warum Felix so ein schlechtes Bild von mir hatte. „Ich werde ihn fragen. Das kann doch nicht sein, dass er mich nur hasst, weil er von dir ein paar nicht hundertprozentig positive Geschichten über mich gehört hat."

„Und weil du dir die Mitbewohnerschaft in seinem Zimmer erzwungen hast?"

Diesen Einwand wischte ich mit einer Handbewegung zur Seite.

„Im Ernst, ich würde Felix lieber nicht darauf ansprechen", riet Daniel.

„Weil …?"

„… er mit dir im Allgemeinen und über das Thema Berufswahl im Besonderen nicht sprechen will?"

„Und ich soll jetzt deiner Meinung nach …?"

„… zufrieden mit deinen neuen Erkenntnissen sein, möglichst schnell über Leon hinwegkommen und dir eine neue Bleibe suchen."

Ich lehnte mich nachdenklich in meinem Stuhl zurück. „Klingt vernünftig."

„Du magst mich also nicht, weil ich ein bisschen unentschlossen bei meiner Berufswahl bin?" Ich unterdrückte den Reflex, mir erschrocken die Hand vor den Mund zu schlagen. Das hatte ich doch gar nicht sagen wollen. Aber diese Art, wie Felix schon wieder auf seinem Bett lag, das Gesicht von mir abgewandt, und vorgab, ein Buch zu lesen, zehrte an meinen Nerven. Dazu der Umstand, dass er die Tür zwar nicht abgesperrt hatte, mich aber, seit ich hereingekommen war, keines einzigen Blickes würdigte.

Ich wartete und wartete, doch bekam keine Antwort.

Wenn ich jetzt einfach den Mund hielt, wäre es beinahe, als hätte ich nie etwas gesagt. Ich bekam quasi die Chance, meinen Ausrutscher wieder rückgängig zu machen. „So hätte ich dich gar nicht eingeschätzt. Jemanden nur nach dem Hörensagen zu beurteilen ist ganz schön oberflächlich und ehrlich gesagt auch ein bisschen dumm." Manche Chancen waren wohl einfach dazu da, ungenutzt zu bleiben.

„Oberflächlich und dumm ist es, von Studium zu Ausbildung und zum nächsten Studium zu hüpfen, ohne sich jemals Gedanken zu machen, wo das enden soll!" Felix war herumgefahren und starrte mich an. Die gestrige Kälte war aus seinen Augen gewichen und hatte heißem Zorn Platz gemacht.

Ich war so erschrocken, dass ich nicht mal über eine Erwiderung nachdenken konnte.

Felix hatte sich in Rage geredet. „Dein Leben ist schön einfach, oder? Wenn irgendwas gerade keinen Spaß mehr macht, wird eben etwas anderes angefangen. Wie ein Kind, das erst den 100-Euro-teuren Legobausatz haben will, aber wenn es den hat, lieber die Carrerabahn möchte. Aber leider bist du nicht mehr sechs!"

Als ich mich einigermaßen wieder gefangen hatte, sagte ich das erste, das mir in den Sinn kam: „Kann es sein, dass du neidisch bist?"

Felix sprang auf. Sein ganzer Körper schien unter Spannung zu stehen. „Sicher, ich beneide alle unsere ehemaligen Klassenkameraden, die jetzt immer noch im dritten Semester sind, weil sie fünfmal den Studiengang gewechselt haben. Und natürlich die, die sich vom Geld ihrer Eltern ein Auslandssemester spendieren lassen und das dann auf zwei Jahre ausdehnen. Ganz besonders beneide ich euch dafür, dass ihr in zehn Jahren immer noch auf der Stelle treten werdet!"

Instinktiv wich ich auf meinem Sofa zurück. Doch den Mund konnte ich nicht halten. „Ja, man merkt wirklich, wie zufrieden du mit deinem Leben bist."

Felix schleuderte sein Buch quer durchs Zimmer. Mit einem dumpfen Knall krachte es gegen die Wand und fiel zu Boden.

Ich hatte reflexartig den Kopf eingezogen, obwohl Felix das Buch nicht mal in meine Richtung geworfen hatte. Als ich wieder aufblickte, sah ich gerade noch, wie er an mir vorbeistürmte.

Die Zimmertür knallte mit einem lauten Krachen zu.

Ich saß noch immer am selben Platz, starrte noch immer auf die geschlossene Tür, als Daniel wenig später seinen Kopf ins Zimmer steckte. „Lebst du noch?"

„Sehr witzig", fauchte ich. „Lass dir mal einen neuen Spruch einfallen." Ich stand auf. Meine Beine zitterten.

„Das war eine durchaus ernst gemeinte Frage. Was ist denn passiert?"

Ich lehnte mich gegen die Lehne des Sofas, um meinen schwächelnden Beinen etwas Erholung zu gönnen. „Dein Freund hat einen Schaden."

Daniel zog die Augenbrauen zusammen. „Maja …", sagte er streng. Es fehlte nur noch der erhobene Zeigefinger, um das Bild perfekt zu machen. „Du konntest die Klappe nicht halten, oder?"

Ich verschränkte die Arme vor der Brust.

„Und wo ist er jetzt?"

„Leider hat er mir seine weiteren Pläne für den Abend nicht mitgeteilt."

„Das ist nicht lustig. Ich glaube, ich habe die Wohnungstür gehört."

Ich rollte mit den Augen. „Oh nein, er hat die Wohnung verlassen. Ich hoffe, du hast ihm eingeschärft, nicht mit Fremden mitzugehen."

„Maja!"

„Daniel." Ich stellte mich vor meinen Kindheitsfreund, legte ihm die Hände auf die Schultern und sah ihm fest in die schokobraunen Augen. „Felix ist erwachsen. Und ich bin mir fast sicher, dass er schon mal alleine draußen unterwegs war. Er wird es überleben."

Gegen sieben bekam ich eine Nachricht von Elena.

Steffen hat heute keine Lust. Tut mir leid, wir holen deine Sachen morgen gegen Nachmittag.

Wenn da nicht mal wieder der Haussegen schief hing.

Kein Problem. Meld dich vorher einfach kurz, ich bin da.

Ich legte das Smartphone beiseite und versuchte, eine bequemere Sitzposition auf dem Küchenstuhl zu finden.

„Leon?" Daniel schenkte mir Kaffee nach.

„Nein, Elena. Hast du Milch?"

„Hat er sich gar nicht mehr bei dir gemeldet? Ich dachte, du trinkst deinen Kaffee schwarz."

„Nein, und ich habe nicht das Gefühl, dass er das noch tun wird. Ich trinke meinen Kaffee schwarz, wenn er schwarz genießbar ist."

Daniel holte eine volle Milchpackung aus dem Kühlschrank und stellte sie mir hin.

„Elena und ihr Freund holen morgen meine restlichen Sachen aus Leons Wohnung. Kannst du das mit der Milch nicht machen? Ich hasse volle Packungen, da blubbt es immer so und danach hab ich den halben Kaffee auf dem Tisch.“

„Kleinkind.“ Daniel nahm meine Tasse in die eine, die Milchpackung in die andere Hand und goss ganz langsam etwas Milch in den Kaffee. Ganz ohne Blubb.

„Wie hast du das gemacht?“

„Das ist nicht schwer. Man braucht nur etwas Geduld. Die du nicht hast.“

„Bist du immer noch sauer, weil Felix weg ist?“

„Ich bin nicht sauer, nur besorgt.“

Ich öffnete den Mund, doch Daniel kam mir zuvor: „Ich weiß, dass er erwachsen ist. Aber er ist auch stur. Und er kann nirgendwo hin.“

„Dann muss er wohl zurückkommen und sich mit der Situation hier auseinandersetzen.“

„Wie gesagt: Er ist stur.“

Als ich gegen zwölf in mein Zimmer zurückkehrte um schlafen zu gehen, konnte ich der Versuchung nicht widerstehen: Zuerst ging ich zu dem dunkelbraunen Holzkleiderschrank, an dem bereits der Lack abbröckelte. Ich zog die Türen auf und blickte auf leeren Stauraum. Auf der Kleiderstange, die sich durch den Schrankkörper zog, hingen mindestens zwanzig Bügel, die jedoch allesamt leer waren. Ich zog die dritte Tür des Kleiderschranks auf. Dieser Teil bestand aus Ablagefächern. Doch auch hier herrschte Leere, bis auf ein einziges Fach. Darin lagen zusammengeknüllte Kleidungsstücke, wahrscheinlich benutzte Wäsche.

Unglaublich. Felix hätte ja auch mal erwähnen können, dass neunzig Prozent des Kleiderschrankes leer standen.

Ich warf einen prüfenden Blick durchs Zimmer. Ein blauer Zipfel, der unter dem Bett hervorlugte, sprang mir ins Auge. Er gehörte zu einer großen, blauen Reisetasche.

Ich warf einen prüfenden Blick zur geschlossenen Zimmertür. Von Felix dabei erwischt zu werden, wie ich in seinen Sachen schnüffelte, war das absolut letzte, worauf ich heute Abend Lust hatte. Doch bis auf die gedämpfte Musik, die aus Daniels Zimmer drang, war es in der Wohnung still.

Ich zog die Reisetasche unter dem Bett hervor. Der Reißverschluss war offen. Obenauf lagen unordentlich gefaltete T-Shirts, Pullover, Jeans und andere Kleidungsstücke. Ich hob sie vorsichtig an, um zu sehen, ob sich am Boden der Tasche noch etwas anderes befand. Fehlanzeige. Auch in den beiden Seitentaschen fand ich nur Socken und Unterwäsche. Die ganze Tasche war voller Kleidung. Keine Bücher, keine anderen persönlichen Gegenstände. Gut, sein Smartphone und sein Portemonnaie trug er sicher in seiner Jacken- oder Hosentasche mit sich herum. Und ich meinte, gestern Abend auch einen iPod bei ihm gesehen zu haben. Der lag nicht auf dem Nachttisch, also hatte er ihn wahrscheinlich auch bei sich.

Mein Blick fiel auf eine zerknitterte Zeitschrift, die hinter der Matratze klemmte. Ich schob die Reisetasche wieder unters Bett und angelte mir das Magazin. Schon einen Moment später warf ich es enttäuscht zurück aufs Bett. *Men's Health*. Ging es noch trivialer?

Ich trottete zum Sofa zurück, packte die Kleidungsstapel, die ich ringsherum aufgebaut hatte und räumte einen nach dem anderen in den Kleiderschrank.

Zuletzt hing ich meine Hosen und Röcke auf die Bügel. Zufrieden betrachtete ich mein Werk. Ich hörte Felix' Stimme schon in meinem Ohr, wenn er sah, dass ich den Schrank in Beschlag genommen hatte: *„Ich nutze ihn zwar nicht, trotzdem ist es meiner. Schließlich war ich zuerst hier und zahle Miete."* Oder so ähnlich. Wenn es möglich wäre, normal mit ihm zu sprechen, hätte ich ihm schon längst angeboten, die Hälfte seiner Miete zu übernehmen.

Ich sah auf die Uhr. Viertel vor eins. Ob Felix heute Nacht überhaupt heimkommen würde? Hatte Daniel mit seiner Sorge vielleicht doch nicht ganz Unrecht gehabt? Ach was. Wahrscheinlich schlief er bei irgendeinem anderen Freund. Am besten blieb er gleich dort, dann wären alle Probleme gelöst. Andererseits hatte er gesagt, dass er außer Daniel keine Freunde in der Stadt hatte.

Ich zog willkürlich das oberste T-Shirt aus dem Schrank und warf es auf das Sofa. Dann zog ich meine Bluse, meinen BH und meinen Rock aus. Die transparente Strumpfhose tauschte ich gegen eine schwarze Leggins, nur für den Fall, dass Felix heute Nacht doch noch heimkehrte. Nachdem ich mir das T-Shirt übergezogen hatte, legte ich mich unter meine Wolldecke. Ich drehte mich zur Seite und wollte gerade die Augen schließen, als mir ein Buch ins Auge fiel. Es lag nahe der Wand auf dem Boden, aufgeklappt, einige der Seiten umgeknickt. Das Buch, das Felix in seiner Wut gegen die Wand geworfen hatte.

Ich verließ mein provisorisches Bett und kniete mich vor dem Buch auf den Boden. Erwartungsvoll hob ich es auf und las den Titel. Mir entwich ein frustriertes

Stöhnen. Ein stinknormaler Krimi. Ich pfefferte ihn dahin zurück, wo er gelegen hatte, machte das Licht aus und kuschelte mich wieder aufs Sofa. Jetzt war es endgültig offiziell: Es gab nichts in diesem Zimmer, das mir auch nur annähernd etwas mehr über den Menschen verriet, zu dem mein Schulschwarm geworden war. Er hatte so gut wie nichts außer Kleidung mitgenommen, als er Berlin verlassen hatte. Die *Men's Health* und den Krimi hatte er sich wahrscheinlich am Bahnhof gekauft. Seltsamerweise heizte dieser Mangel an Informationen meine Neugier nur weiter an. Wenn er einfach heimkommen würde, so dass ich ihm all die Fragen, die sich in meinem Kopf geformt hatten, stellen konnte.

Mit offenen Augen stierte ich in die Dunkelheit. War da nicht gerade die Außenbeleuchtung des Hauses angegangen? Ich eilte ans Fenster. Nichts. Die Außenbeleuchtung war aus, nur einige Straßenlaternen erhellten die Umgebung. Weit und breit war keine Menschenseele zu sehen.

Als ich wieder auf dem Sofa lag, drehte ich mich entschlossen mit dem Rücken zum Fenster. Es konnte doch nicht sein, dass ich mich wegen Felix verrückt machte. Er war erwachsen. Er konnte auf sich selbst aufpassen. Und wenn er sonst keinen Ort hatte, wo er schlafen konnte, würde er wieder herkommen. So einfach war das.

Irgendwann fiel ich in einen unruhigen Schlaf. Kurz darauf schreckte ich wieder hoch, weil ich glaubte, die Türklingel gehört zu haben. Doch als ich den Hörer der Sprechanlage abnahm, meldete sich niemand. Ich horchte an Daniels Zimmertür, doch auch er rührte sich nicht. Wahrscheinlich hatte ich geträumt.

Danach hatte ich das Gefühl, stundenlang nicht wieder einschlafen zu können. Und als ich gegen halb neun von der Sonne, die ins Zimmer schien, geweckt wurde, war ich sicher, gerade erst weggedämmert zu sein. Mein erster Blick galt Felix' Bett. Es war leer. Ich quälte mich hoch und schlurfte in die Küche. Doch Daniel schien noch zu schlafen. Kurz überlegte ich, ihn zu wecken, doch entschied mich dagegen. Stattdessen legte ich mich ebenfalls zurück in mein provisorisches Bett auf der Couch und schloss die Augen. Nach ein paar Minuten drehte ich mich auf die andere Seite. Dann wieder zurück. Schließlich stand ich auf. Nachdem ich die Kaffeemaschine angestellt hatte, machte ich mich im Bad fertig und zog mich an. Schließlich setzte ich mich an den Küchentisch und hoffte, dass das Geglucker der Kaffeemaschine Daniel aufwecken würde.

Es war kurz vor zehn, oder anders ausgedrückt, als ich gerade meine dritte Tasse Kaffee trank, dass ich endlich Schritte in Daniels Zimmer hörte. Kurz darauf kam er mit verwuschelten Haaren und nur in Boxershorts in die Küche.

„Kaffee?", nuschelte er.

Ich schob ihm meine halbvolle Tasse hin.

Er trank sie im Stehen leer.

„Hast du was von Felix gehört?" Eigentlich hatte ich warten wollen, bis wir zusammen beim Frühstück saßen, um dann ganz beiläufig diese Frage zu stellen. Doch ich konnte nicht warten.

„Ist er die ganze Nacht nicht heimgekommen?"

Ich schüttelte den Kopf.

Diese Information schien Daniel wacher zu machen, als die halbe Tasse Kaffee. „Warte, ich guck auf mein Smartphone." Er verschwand in sein Zimmer und rief kaum zwei Sekunden später: „Nichts!" Kopfschüttelnd kam er zurück in die Küche. „Und jetzt?"

„Bist du sicher, dass er hier nicht doch irgendwo Freunde hat? Oder vielleicht ist er bei seinen Eltern."

„Immer, wenn er zeitweise in der Stadt war, kam er zu mir. Nur zu mir. Er hat hier sonst keine Freunde. Und seinen Eltern stattet er nur Anstandsbesuche ab ... eigentlich hat er zu ihnen ein ähnliches Verhältnis wie ich zu meiner Mutter."

„Er versteht sich nicht mit seinen Eltern?" Endlich wieder mal eine handfeste Information. „Wieso nicht?"

„Das ist doch jetzt egal, Maja! Er war die ganze Nacht allein da draußen. Vielleicht ist er tot!"

Zugegeben: Ich machte mir auch Sorgen um Felix, aber Daniel übertrieb ja wohl maßlos.

Anscheinend erriet er meine Gedanken. „Menschen tun die seltsamsten Dinge, wenn es ihnen nicht gut geht. Da weiß man nie", rechtfertigte er sich.

„Denkst du, er tut sich was an?", fragte ich skeptisch. Ich kannte Felix zwar nicht besonders gut, aber das konnte ich mir wirklich nicht vorstellen.

„Nein", gab Daniel zu. Zerstreut fuhr er sich durchs Haar und füllte meine Tasse mit dem letzten Rest Kaffee aus der Maschine. „Aber denk doch mal nach: Es ist eisig kalt. Wenn er irgendwo auf einer Bank eingeschlafen ist, könnte er erfroren sein."

Ich verdrehte die Augen. „Trink den Kaffee", befahl ich. „Vorher führen wir dieses Gespräch nicht weiter. Du bist völlig irrational." Nachdem ich ihn mehrere

Male schlucken gehört hatte, sagte ich: „Gerade weil es draußen so kalt ist, wäre er gar nicht erst eingeschlafen."

„Und wenn er getrunken hatte?", hielt Daniel dagegen.

„Meinst du, er ist der Typ dafür?"

Ein Piepen ließ uns beide aufschrecken. Wir sahen uns an. „Nun sieh schon nach!", zischte ich.

Daniel blickte auf sein Display. „Nichts."

Ich blinzelte verwirrt, bis mir klar wurde, was das bedeutete. Hektisch kramte ich mein Smartphone aus der Hosentasche. Tatsächlich. Ich hatte eine Nachricht bekommen.

„Stell gefälligst deinen Signalton um", meckerte Daniel. „Das macht einen ja wahnsinnig, wenn man nicht weiß, welches Smartphone gerade piepst."

„Stell du doch deinen um." Die Nachricht war von Elena. Sie schrieb, dass sie mir gegen fünf Uhr meine Sachen bringen würde. Jetzt war es gerade halb elf. Auf keinen Fall würde ich es noch sechseinhalb Stunden allein mit Daniels Paranoia aushalten.

Einem spontanen Einfall folgend stand ich auf.

„Was machst du?", wollte Daniel wissen.

„Ich gehe zur Uni. Um halb zwölf fängt die Vorlesung zu Strafrecht 3 an."

Daniel starrte mich an.

Ich hatte keine Zeit zu warten, bis er sich wieder gefangen hatte. Wenn ich pünktlich sein wollte, musste ich los. „Ich weiß, dass ich gesagt habe, dass Jura mir keinen Spaß macht und ich aufhören will", griff ich deshalb Daniels Fragen vor. „Aber noch bin ich eingeschrieben. Also gehe ich hin. Bis später." Ich angelte mir meine Handtasche aus Felix' Zimmer, stopfte noch ein paar gefaltete Seiten Papier und einen Kuli hinein und verließ die Wohnung. Bevor ich die Tür hinter mir zuwarf, rief Daniel mir noch etwas hinterher, das ich nicht verstand. Ich ging nicht zurück, um nachzufragen. Mir war klar, dass sein Kommentar kein Kompliment gewesen sein konnte.

Ich erreichte den Hörsaal um fünf Minuten vor halb zwölf. Die Vorlesung fand in einem der größten Säle der Universität statt, trotzdem gab es kaum freie Plätze. Die Sitzreihen verliefen in einem Halbkreis um das Podium. Wie im Kino war jede Reihe etwas höher als die vorherige platziert. Ich blieb an der obersten Treppenstufe stehen und suchte die Reihen mit den Augen ab. Irgendjemand anwesend, den ich nicht nur kannte, sondern auch mochte? Schließlich entdeckte ich den langen blonden Zopf von Selina. Sie saß vorne in der dritten Reihe, genau in der Mitte. Wahrscheinlich war sie mehr als eine halbe Stunde vor Vorlesungsbeginn hier gewesen, um diesen Platz zu ergattern. Selina war überaus strebsam und ehrgeizig, was ich bei diesem Studiengang nicht nachvollziehen konnte. Doch sie war auch aufgeschlossen und hilfsbereit. Sie redete angeregt mit einer Kommilitonin zu ihrer Rechten. Links von ihr war ein Höflichkeitsplatz freigelassen worden. Die zehn Plätze von da bis zum Gang waren von einer zusammengehörenden Gruppe besetzt.

Ich warf einen Blick auf die riesige Uhr, die über dem Podium an der Wand hing. Eine Minute vor zwölf. Ich trabte die Stufen hinunter, stellte mich neben die dritte Reihe und warf der Gruppe einen auffordernden Blick zu. Die zehn sahen mich ungläubig an. Einige rollten mit den Augen, einer stöhnte genervt auf. Doch dann erhoben sie sich brav, drängten sich mit dem Hinterteil gegen ihre hochgeklappten Sitze und ließen mich durchrutschen. Ich rempelte mehr als einen an und stolperte über mindestens zwei Rucksäcke. Normalerweise hätte ich mich dafür entschuldigt oder wäre zumindest peinlich berührt gewesen. Vor allem, weil der Professor, der mittlerweile hinter dem Podium stand, mich ebenfalls mit gehobenen Augenbrauen beobachtete. Seltsamerweise war mir heute all das egal. Schon bald würde ich nicht mehr hier sein. Es war gleichgültig, was sie alle von mir dachten.

Als ich mich neben Selina setzte, drehte sie sich überrascht zu mir um. „Maja!" Sie wirkte ehrlich erfreut, mich zu sehen.

Der Professor, von dem ich nicht mal den Namen kannte, räusperte sich. War der neu? Ich hatte ihn noch nie gesehen. Aber in letzter Zeit hatte ich auch nicht viele Vorlesungen besucht.

„Wenn dann auch die Damen in der dritten Reihe so weit wären?", fragte er ins Mikro.

Selinas Augen weiteten sich erschrocken. Sie wandte sich dem Podium zu und nickte heftig. Wahrscheinlich war es das allererste Mal, dass sie in der Uni wegen irgendetwas negativ aufgefallen war.

Ich konnte mir ein Kichern nicht verkneifen.

Der Professor räusperte sich noch einmal und begann mit seiner Vorlesung.

Ich lehnte mich entspannt zurück. Alle anderen machten sich Notizen auf ihren Notebooks. In einem Monat standen die Klausuren an, daher war der allgemeine Eifer nicht verwunderlich.

Kurz dachte ich an die Zettel in meiner Tasche, doch entschied mich gegen das Mitschreiben. Wozu? Selbst wenn ich mich entschloss, dass nächste Semester noch weiter zu studieren, wären die Noten, die ich erzielte, unbedeutend. Das Studium würde ich ohnehin nicht beenden.

So wurde die Vorlesung zu einer ganz neuen Erfahrung für mich. Statt in Rekordgeschwindigkeit so viel wie möglich des Gesagten schriftlich festzuhalten, hörte ich das erste Mal wirklich zu. Und es war gar nicht so übel. Strafrecht war für mich von Anfang an das interessanteste Fach gewesen. Und plötzlich wusste ich wieder, wieso. Weil es wirklich interessant war, wenn man es nur zuließ.

Als nach der Vorlesung alle ihre Taschen zusammenpackten, stupste mich Selina an. „Ich dachte, du kommst nicht mehr."

Ich zuckte mit den Achseln und stand auf. „Hatte ich auch nicht vor. Das heute ist eher ein Zufall."

„Willst du ganz aufhören?"

Ich nickte.

„Wieso?"

Ich rutschte seitlich aus der Sitzreihe heraus. Selina folgte mir.

„Es interessiert mich einfach nicht."

„Da hatte ich eben aber einen anderen Eindruck."

Ich fühlte mich ertappt. „Na ja, ohne jeglichen Prüfungsdruck ist Strafrecht vielleicht gar nicht so übel. Das Problem ist nur, dass man im Studium immer Druck hat. Und Jura eben nicht nur aus Strafrecht besteht."

Wir hatten die Treppe erreicht und mischten uns unter die Menschenmenge, die gen Ausgang strebte.

„Selbst wenn man Druck hat, kann man sich trotzdem für den Stoff interessieren. Aber wenn du nur wie eine Maschine mitschreibst, ohne das Gesagte überhaupt zu verarbeiten, muss es ja langweilig sein. Das liegt dann aber weder am Studiengang noch am Vorlesungsinhalt."

Ich wusste nicht, was ich darauf antworten sollte.

„Am Anfang hat dir Jura doch Spaß gemacht."

Ich zuckte nur mit den Achseln, weil ich mittlerweile zu dem Schluss gekommen war, dass jemand wie Selina meinen Standpunkt ohnehin nicht verstehen würde. Sie liebte diesen Studiengang abgöttisch, außerdem war sie gut fünf Jahre jünger als ich.

„Du, ich muss direkt weiter zu Zivilrecht. Da willst du wahrscheinlich nicht mit hin, oder?" Sie grinste.

Ich schüttelte den Kopf, musste aber ebenfalls lächeln.

Selina zog mich auf die Seite, damit wir den hinter uns aus dem Saal strömenden Studenten nicht im Weg standen. „Eins noch: Es ist dir wahrscheinlich nicht klar, aber auch mir macht das Ganze hier nicht immer Spaß. Auch ich denke nicht ununterbrochen, dass Jura das tollste auf der Welt ist. Und auch ich hatte während der letzten drei Semester Zeiten, in denen ich gezweifelt habe, ob das hier wirklich das ist, was ich machen möchte. Aber ich bin froh, dass ich dran geblieben bin. Denn früher oder später gingen diese Phasen immer wieder vorbei. Und danach hat mir das Studium noch mehr Spaß gemacht als vorher. Bis zur nächsten Zweifel-Phase."

Ich lächelte geduldig. Natürlich verstand ich, was sie mir sagen wollte: Dass ich zu schnell aufgab. Und es war ja auch nicht so, dass mir der Gedanke nicht selbst schon gekommen wäre, gerade in letzter Zeit, gerade seit der Sache mit Leon. Aber ich konnte mir nicht helfen: Die Möglichkeit, einfach an Jura dranzubleiben, mir einfach noch mal ein Jahr Zeit zu nehmen und zu schauen, ob sich meine Abneigung wieder geben würde, fühlte sich falsch an. Vom Kopf her verstand ich den Standpunkt von Selina und Leon und Felix, aber mein Bauchgefühl sagte mir, dass ich weitersuchen sollte. Und dass Design das Richtige für mich war.

Selina hob die Hand zum Abschied. „Ich hoffe wirklich, wir sitzen bald wieder zusammen in einer Vorlesung."

„Du, warte mal kurz." Ich zögerte, dann gab ich mir einen Ruck und sprach es aus: „Du kennst nicht zufällig eine WG mit einem freien Zimmer?"

Sie schaute mich überrascht an, warf dann einen kurzen Blick auf ihre Uhr und entschied sich anscheinend, nicht näher nachzuhaken. „Nein, normalerweise werden Zimmer ja auch eher zum Ende des Semesters frei. Da müsstest du also noch ein Weilchen warten. Oder du versuchst es mal mit einem Aushang, vielleicht hast du ja Glück. Tut mir leid, aber ich muss jetzt wirklich los." Schon hatte sie sich umgedreht und noch bevor ich auch nur „Tschüss" sagen könnte, war sie schon zwischen den anderen Studenten verschwunden.

Kapitel 4

Ich folgte Selinas Rat und hängte einen Zettel mit einem Zimmergesuch ans Schwarze Brett. Irgendwo in dieser großen Stadt musste es doch ein freies WG-Zimmer geben. Dann würde ich aus Felix' Zimmer ausziehen, er würde zurückkommen, die Wogen würden sich glätten ... und vielleicht würde ich in ein paar Wochen, wenn Gras über die Sache gewachsen war, Daniel und Felix einen Besuch abstatten, letzterer hätte sich wieder eingekriegt und wir könnten über unser kurzes, heftiges Zusammenleben lachen. Nun ja, zumindest in der Theorie klang es plausibel.

Auf dem Weg nach Hause erreichte mich eine Nachricht von Elena: *Bin auf dem Weg zu Leon. Bis gleich.*

Ich schluckte. Meine beste Freundin würde also gleich meinem Ex-Freund gegenüberstehen. Vielleicht war er ja auch gar nicht zu Hause. Andererseits machte er freitags immer früher Feierabend. Aber er könnte nach der Arbeit auch noch etwas anderes zu erledigen gehabt haben. Ich wusste nicht, welches Szenario unerträglicher für mich war: Dass Elena Leon begegnete, er aber nicht mal nach mir fragte? Oder dass er nicht zu Hause war und ich nie erfahren würde, wie er auf Elena reagiert hätte?

Schon im Treppenhaus hörte ich Daniels laut aufgedrehte Rockmusik. Ich schloss die Tür auf und schrie gegen den Lärm an: „Bin wieder da!"

Keine Reaktion.

Nachdem ich die Wohnungstür geschlossen, meine Jacke abgelegt und meine Schuhe ausgezogen hatte, hämmerte ich gegen Daniels Zimmertür. Sie wurde mit solch einer Wucht aufgerissen, dass ich erschrocken zurücksprang.

Daniel starrte mich an, dann fielen seine Gesichtszüge enttäuscht zusammen. Er sagte etwas, doch ich verstand kein Wort.

„Mach die Musik leiser!", schrie ich ihn an.

Er folgte meiner Aufforderung, dann sagte er: „Ich dachte, du wärst Felix."

„Ist er immer noch nicht aufgetaucht?"

Daniel schüttelte den Kopf. „Ich hab ihn bestimmt zehnmal angerufen, aber er geht nicht dran."

„Aber es ist zumindest nicht ausgeschaltet, oder? Wenn er überfahren worden oder von einer Brücke gefallen wäre, wäre das Smartphone wahrscheinlich kaputt und es würde die Mailbox drangehen."

Daniel setzte zu einer Erwiderung an, als die Türklingel schrillte.

„Das ist für mich", rief ich und ging an die Sprechanlage. „Elena?"

Erst hörte ich gar nichts. Dann war da plötzlich eine Art heiseres Röcheln. „Wer ist da?"

Das Röcheln wurde zu einem Schnaufen. Dann hörte ich einen lauten Rumms. „Die, die gerade deine Kisten vom Auto zur Haustür schleppt. Schick deine beiden Mitbewohner runter, damit sie mithelfen."

Als wir unten ankamen, hatte Elena schon drei der fünf Kisten vor dem Hauseingang abgestellt.

„Nenn mich eine mathematische Analphabetin, aber fehlt da nicht jemand?", fragte sie augenzwinkernd.

„Dasselbe könnte ich fragen: Wollte Steffen nicht mitkommen?"

„Nein, wollte er eben nicht." Sie seufzte. „Erzähl ich dir oben. Erst die Arbeit, dann das Vergnügen." Sie grinste schief. „Hi Daniel."

„Selber Hi." Er nickte meiner besten Freundin zu. Sie kannten sich nur flüchtig. Die paar Mal, die sie Gelegenheit gehabt hatten, sich länger als zwei Minuten zu unterhalten, hatten sie sich gut verstanden. Auch wenn die beiden, was Lebensziele und -einstellungen anging, so verschieden waren wie ... na ja, wie Felix und ich.

Zu dritt hatten wir mein Hab und Gut innerhalb von zehn Minuten nach oben geschafft. Die Kisten platzierten wir kreuz und quer im Zimmer. Bei dem Anblick musste ich grinsen. Felix würde einen Anfall kriegen, weil er nicht mal mehr von seinem Bett zur Tür gelangen konnte, ohne über eine Kiste klettern zu müssen. Das Grinsen verging mir augenblicklich bei dem Gedanken, dass Felix vielleicht gar nicht wiederkommen würde.

Ich ließ mich seufzend auf das Sofa fallen. Elena blieb mitten im Raum stehen und sah sich um. „Gemütlich ist was anderes."

Ich zuckte mit den Achseln. „War Leon da?"

Elenas Miene veränderte sich augenblicklich. Obwohl sie diesen Ausdruck nicht oft in den Augen hatte, erkannte ich ihn sofort. Es war Mitleid. „Ja, war er."

„Und?"

Elena seufzte. „Und gar nichts, Maja. Ich hab ihm deinen Schlüssel zurückgegeben, er hat mir geholfen, die Kisten runter zu tragen. Das war alles.“

„Das war alles?“, wiederholte ich ungläubig.

„Er hat noch gefragt, wie es dir geht. Ich habe gesagt, es geht dir super und du bist froh, ihn los zu sein.“ Elena grinste selbstzufrieden.

Ich wusste nicht, was ich davon halten sollte. Hatte Elena durch ihre Aussage die Kluft zwischen mir und Leon nicht noch vergrößert? Jetzt dachte er wahrscheinlich umso mehr, dass seine Entscheidung, die Beziehung zu beenden, die richtige gewesen war.

„Schau mich nicht so an, Maja. Glaub mir: Was ich gesagt habe, war das Beste. Oder willst du etwa das Opfer sein, das ihrem Ex-Freund, dem Arschloch, ewig hinterher heult?“

„Wenn du es so formulierst ...“

„Das ist keine Frage der Formulierung, sondern des Prinzips. Ach ja, und er wollte wissen, wo du jetzt wohnst.“

„Und was hast du geantwortet? Dass ich mir noch am Abend der Trennung einen heißen Lover zugelegt habe und direkt zu ihm gezogen bin?“

„Ich habe zugegebenermaßen mit dem Gedanken gespielt, kam aber zu dem Schluss, dass das meine Glaubwürdigkeit untergraben würde. Also habe ich ihm die Wahrheit gesagt. Aber nein, ich glaube trotzdem nicht, dass er demnächst vor eurer Tür steht und dich wiederhaben will. Vergiss ihn! Der ist es nicht wert!“

Sagte sie so einfach. Aber weil ich keine Lust auf weitere Diskussionen zu dem Thema hatte, schnitt ich ein neues an: „Hast du dich mit Steffen gestritten?“

Nun war es an Elena zu seufzen. Sie setzte sich neben mich. „Nicht so richtig. Aber manchmal habe ich seine Launen und diese *Ich-mache-nur-was-ich-will*-Haltung so was von satt. Ist es ein dermaßen großes Opfer, mir zu helfen, fünf Kisten von A nach B zu fahren?“

„Das sollte es zumindest nicht sein“, gab ich ihr recht. Zum einen, weil ich das Gefühl hatte, dass Elena Zustimmung wollte. Und zum anderen, weil ich schon lange so über Steffen dachte. Bisher war Elena es gewesen, die das Verhalten ihres Freundes konsequent schöngeredet hatte.

„Genau! In einer Beziehung sollte es doch selbstverständlich sein, dass man sich gegenseitig hilft. Auch, wenn mal nichts für einen selbst dabei herausspringt!“

Ich war versucht, ihr wieder zuzustimmen, doch hielt inne. „Sag mal, willst du gerade nur deine Wut rauslassen oder bist du allgemein mit der Beziehung unzufrieden?“

Elena verengte ihre dunklen Augen zu misstrauischen Schlitzen. „Wieso?“

„Weil … es würde mir helfen, die Situation besser einzuschätzen.“ An Elenas finsterer Miene merkte ich, dass ich einen Stein ins Rollen gebracht hatte.

„Du würdest dich also anders verhalten, wenn du wüsstest, dass ich nur mal Dampf ablassen muss? Inwiefern?“

„So ist das auch wieder nicht. So hört es sich an, als wäre ich total berechnend.“

Elena hob nur ihre akribisch gezupften Augenbrauen.

Bei allem Mitgefühl für ihre Situation: Als berechnend ließ ich mich von ihr nicht bezeichnen. Auch nicht non-verbal. „Ich mag Steffen nicht“, sagte ich deshalb ganz ehrlich.

Seltsamerweise verzog Elena keine Miene. „Ich weiß.“

Mir klappte der Mund auf.

„Ach komm“, sagte Elena ungeduldig. „Ich habe andere Freundinnen, die weitaus subtiler sind als du. Und selbst bei denen weiß ich, dass sie Steffen für einen großen Fehlgriff halten.“

„Aber … wieso hast du nie was gesagt?“

„Wieso sollte ich? Ehrlich gesagt ist es mir egal, was alle anderen von meinem Freund halten, solange ich mit ihm zufrieden bin.“

„Und das warst du auch die ganze Zeit, oder?“

Elena grinste, doch es wirkte bitter. „Ist das jetzt Wutrauslassen-konformes Verhalten von dir?“

Ich verdrehte die Augen. „Ich meine es ernst. Du hast immer den Eindruck gemacht, dass dir Steffens Launen egal sind.“

„Wie naiv du manchmal bist, Maja. Natürlich ist es mir nicht egal, wenn er in der Wohnung keinen Finger krumm macht, weil er damit rechnet, dass ich schon irgendwann aufräume; wenn er die ganze Nacht wegbleibt, ohne mir Bescheid zu sagen, und ihm ein Gammelnachmittag vor dem Fernseher wichtiger ist, als mir einen Gefallen zu tun. Wem wäre so was egal?“

Ich erwiderte nichts. Zum einen, weil ich die Frage für eine rhetorische hielt und zum anderen, weil Elena sehr aufgebracht war. Das kam selten vor, aber wenn es eintrat, konnte sie ziemlich biestig werden.

„Ich habe es so satt“, fuhr sie fort. „Ständig alles zu schlucken und mir zu sagen, dass ich ihn so nehmen muss, wie er ist. Eure Blicke und eure unausgesprochenen Gedanken, dass ich jemand so viel Besseren haben könnte. Jemanden, der besser aussieht als Steffen, der mehr verdient, der die Wohnung ordentlich halten und mir jeden Wunsch von den Augen ablesen würde. Und ihr habt recht!" Sie blickte mich herausfordernd an.

Ich beeilte mich zu nicken: „Natürlich kannst du das." Und ich meinte es ernst. Elena war eine der hübschesten Frauen, die ich kannte. Sie war intelligent, ehrgeizig, humorvoll und wirklich für jeden Spaß zu haben. Wenn ich ein Mann wäre, wäre sie meine absolute Traumfrau. Und ich hatte während der letzten Jahre tatsächlich mehrmals gedacht, was für eine Verschwendung es war, dass Elena sich ausgerechnet Steffen als Freund ausgesucht hatte. „Aber ... willst du denn einen anderen?"

Elenas Miene wurde noch eine Spur finsterer. „Manchmal schon. Vielleicht habe ich mich bei Steffen in etwas verrannt. Nach der Sache mit Alejandro war ich entschlossen, meinen nächsten Freund einfach so zu nehmen, wie er ist. Aber man kann es wohl auch übertreiben."

„Bist du dir sicher?"

Elena schüttelte den Kopf. „Nein. Aber es ist anstrengend, meinen Freund ständig vor all meinen Freunden und Bekannten rechtfertigen zu müssen. Meine Familie kann ihn auch nicht leiden. Ich habe mir die ganze Zeit eingeredet, dass es egal ist und das war es mir auch meistens. Aber manchmal denke ich mir auch, dass da was dran sein muss, wenn alle, die ich gern hab, diese schlechte Meinung über Steffen teilen. Und manchmal wünsche ich mir, ich könnte meinen Freund zu meiner Familie oder meinen Freunden mitbringen."

„Ich hab nie gesagt, dass du Steffen nicht mitbringen darfst."

„Brauchtest du auch nicht. Das war klar."

Wir schwiegen lange.

„Und jetzt?", fragte ich schließlich.

Elena zuckte mit den Achseln. „Ich habe nicht die geringste Ahnung. Aber sag mal, wo ist denn dein unfreiwilliger Mitbewohner? Der Ausblick, ihn kennenzulernen, war heute der einzige Lichtblick für mich."

Automatisch sah ich auf die Uhr. Halb sechs. Es war schon wieder dunkel draußen und Felix war immer noch nicht wieder aufgetaucht.

„Der ist verschwunden. Wir hatten eine kleine Auseinandersetzung. Daraufhin ist er aus der Wohnung gestürmt und hat sich seitdem nicht mehr blicken lassen. Das war gestern Abend. Daniel macht sich Sorgen um ihn."

„Wieso? Er ist doch erwachsen."

„Meine Rede. Aber Daniel meint, er hätte niemanden in der Stadt, bei dem er bleiben könnte. Ich glaube, er hat ernsthaft Angst, dass Felix heute Nacht unter einer Brücke erfroren ist."

„Im Ernst?" Elena kämpfte sichtlich mit dem Lachen und gab dem Drang schließlich nach. „Das ist ja putzig."

Ich freute mich, dass das Thema Elena aufzuheitern schien, wirklich. Und im Grund tat sie ja nichts anderes, als was ich gestern Abend getan hatte – sie machte sich über Daniels überzogene Sorge bezüglich Felix' Verschwinden lustig. Trotzdem irritierte mich die Leichtfertigkeit, mit der Elena der Sache begegnete.

„Jetzt sag nicht, dass du dir auch Sorgen machst." Elena grinste immer noch.

Ich gab ein undefinierbares Geräusch von mir.

„Tja, alte Schulschwärmereien aus dem Kopf zu bekommen ist schwerer als man denkt."

„Sehr witzig." Ich zog die Beine eng an meinen Körper. „Aber mittlerweile befürchte ich, dass Daniel Recht haben könnte. Selbst wenn Felix niemanden hat, bei dem er schlafen kann, würde er wahrscheinlich lieber die ganze Nacht draußen frieren, anstatt hierher zurückzukommen."

„Aber wieso denn, um Himmels Willen?"

„Weil er nicht zurückkommen will, denke ich. Für ihn war das Zusammenleben mit mir von Anfang an eine Zumutung. Aber der Streit gestern war der Höhepunkt. Er hat ein Buch nach mir geworfen! Und ich glaube, der Gedanke, sich mit mir noch mal im selben Raum befinden zu müssen, ist für ihn unerträglich."

„Sieh an. Du kennst diesen Mann, den du acht Jahre nicht gesehen hast und der angeblich nichts mehr mit deinem Schwarm von früher gemein hat, aber ziemlich gut."

Ich zuckte mit den Achseln. „Daniel hat mir ein bisschen auf die Sprünge geholfen."

„Wie auch immer: Du denkst, er würde aus reiner Sturheit die Nacht draußen verbringen? In dieser Kälte?"

„Ich könnte es mir zumindest vorstellen."

„Vielleicht ist er in ein Hotel gegangen."

Ich schüttelte den Kopf. „Er hat momentan wenig Geld. Ich glaube nicht, dass er es für ein Hotelzimmer zum Fenster rauswerfen würde. Und Daniel meint, dass er auch nicht zu seinen Eltern gehen würde, weil er kein gutes Verhältnis zu ihnen hat."

Elena lehnte sich zurück und legte den Kopf in den Nacken. Einen Moment lang starrte sie schweigend an die Decke. Dann sagte sie: „Bleibt nur eins: Du musst ihn finden."

„So eine 700000-Einwohner-Stadt ist ja auch schnell durchkämmt."

„Mann, Maja." Elena setzte sich kerzengerade auf. „Jetzt sei nicht so phantasielos. Ruf ihn doch erst mal an."

„Hat Daniel schon probiert. Er nimmt nicht ab."

„Aber das Smartphone ist nicht aus? Das ist super! Versuch es! Los!"

„Hast du mir nicht zugehört? Daniel hat –"

„Daniel ist nicht du. Und auch nicht der Grund, aus dem dieser Felix aus der Wohnung geflohen ist. Vielleicht wartet er nur darauf, dass du dich bei ihm entschuldigst."

Ich musterte sie nachdenklich. Auf den Gedanken war ich noch gar nicht gekommen. Einerseits konnte ich mir auch nicht vorstellen, dass Felix wie ein eingeschnapptes kleines Kind darauf wartete, dass die böse Maja ihren Fehler einsah und sich entschuldigte, andererseits ...

Ich stand auf.

„Was machst du?", fragte Elena perplex.

„Daniel nach Felix' Nummer fragen."

Als ich mit einem gelben Post-it in der Hand ins Zimmer zurückkehrte, hatte Elena sich vom Sofa erhoben.

„Ich geh mal besser."

„Wohin?"

„Äh… heim?" Sie sah mich an, als hätte ich gefragt, ob Daniel fliegen würde, wenn ich ihn aus dem Fenster stieß.

„Zu Steffen?"

„Lässt sich schwer vermeiden, schließlich wohnen wir zusammen."

„Was willst du tun?"

„Erst mal gar nichts. Ich brauche etwas Zeit zum Nachdenken. So eine Entscheidung will ich nicht überstürzt treffen."

„Du könntest auch hier bleiben, wenn du Abstand von Steffen brauchst." Noch während ich das sagte, fragte ich mich, was ich tun würde, wenn sie ja sagte. Falls Felix zurückkehrte, gab es kein Fleckchen in dieser Wohnung, wo Elena schlafen konnte. Keine freien Betten, Matratzen, Sofas, Teppiche …

„Ach was, ich bin doch keine sechzehn mehr. Ich regele diese Situation wie eine Erwachsene. Nichts gegen dich", fügte sie eilig hinzu, während sie an mir vorbei in den Flur schritt.

Ich brauchte einen Moment, um den Seitenhieb zu verstehen. „Du meinst, weil ich bei Leon ausgezogen bin? Elena, warte!" Ich holte sie ein und packte sie am Arm. Ihre andere Hand lag bereits auf der Klinke der Haustüre.

Sie lächelte ihr einnehmendstes Lächeln. „Das ist mir so rausgerutscht. Tut mir wirklich leid."

„Elena!" Komischerweise hatte mich der Vorwurf nicht so sehr gestört, als er von Daniel gekommen war. „Leon hat mit mir Schluss gemacht! Was soll erwachsen daran sein, sich nach so was noch wochenlang die Wohnung miteinander zu teilen? Das ist doch naiv!"

„Du hast recht." Elena strich mir über den Oberarm. Eine ungewöhnliche Geste von ihr, da wir nicht die Art von Freundinnen waren, die sich ständig knuddelten. „Ich bin nur unglaublich schlecht drauf. Sei nicht sauer."

„Schon gut."

„Wirst du ihn anrufen?"

Ich zuckte mit den Achseln. „Es kann ja nicht schaden."

„Versprich es!"

„Sag mal, was hast du eigentlich davon, wenn ich Felix anrufe?"

„Seelenfrieden."

Ich zeigte ihr einen Vogel.

„Ich meine es ernst. Der Gedanke, dass du hier rumhockst und dir Sorgen machst, ist für mich nicht gerade beruhigend. Und ich muss dich hoffentlich nicht daran erinnern, dass ich gerade genug eigene Probleme habe, oder? Im Grunde bist du es mir also schuldig, deinen Mitbewohner anzurufen."

„Am besten gehst du jetzt. Das Ganze wird absurd."

„Recht hast du. Wir sehen uns morgen auf der Arbeit." Sie winkte mir kurz zu, dann verschwand sie ins dunkle Treppenhaus.

Ich ging hinter ihr her, um wenigstens das Licht einzuschalten. Als die Lampen aufleuchteten, war Elena schon nicht mehr zu sehen. Den Schrittgeräuschen nach zu urteilen, war sie bereits im Erdgeschoss angekommen.

Langsam ging ich zurück ins Zimmer, schloss die Tür und holte mein Smartphone hervor. Nachdem ich auf dem Bett Platz genommen hatte, strich ich den Zettel mit Felix' Nummer auf meinem Knie glatt. Ich entzifferte Zahl für Zahl und tippte die Nummer ein. Dann tat ich einen tiefen Atemzug, bevor ich auf die Verbindungstaste drückte. Einen Moment lang dachte ich, Felix' Smartphone wäre mittlerweile ausgeschaltet. Dann kam das erlösende erste Tuten. Und mir fiel ein, dass ich gar nicht wusste, was ich sagen wollte.

Sollte ich mich entschuldigen? Wenn ja, wofür? Dass ich ihn auf seine Arbeit angesprochen hatte? Oder gleich dafür, dass ich den Krieg um das Zimmer angefangen hatte?

Ein zweites Tuten. Wahrscheinlich hob er ohnehin nicht ab. Aber was, wenn doch?

Es tutete ein drittes Mal und langsam brach mir der Schweiß aus. Ich konnte mich nicht entschuldigen, unmöglich. Aber wieso saß ich dann überhaupt hier und versuchte, ihn zu erreichen?

„Hallo?“

Ich fiel vor Schreck beinahe von der Bettkante. „I... ich bin's.“

Einen Moment lang hörte ich nur ratternden Lärm. Dann: „Maja?“

„Ja. Hör zu, ich –“ *Tut. Tut. Tut.*

Langsam ließ ich das Smartphone sinken und starrte es verständnislos an. Dann drückte ich stur ein weiteres Mal auf Wahlwiederholung. Es tutete einmal, dann kam das Besetztzeichen. Weggedrückt.

Dieser ...

Ohne Nachzudenken begann ich, eine Nachricht einzutippen. Es dauerte kaum zehn Sekunden, dann drückte ich auf senden:

Der Welt ginge es besser, wenn du unter deiner Brücke erfroren wärst.

Ich saß einige Minuten reglos da, dann öffnete ich ein weiteres Mal das Nachrichten-Menü und las entsetzt den Text, den ich gerade abgeschickt hatte. Da kündigten auch schon zwei aufeinanderfolgende Pieptöne den Eingang einer neuen Nachricht an. Sie war von Felix.

Welche Brücke?

Ich schüttelte verständnislos den Kopf. *Na die, unter der du geschlafen hast.*

Piep. Piep.

Hast du dir den Kopf an deinem Kunstwälzer gestoßen?

Jetzt verstand ich gar nichts mehr. Ich stand auf, um zu Daniel rüberzugehen und ihn zu fragen, ob er aus Felix' kryptischen Nachrichten schlau wurde, als sich auf einen Schlag meine chaotischen Gedanken klärten. Zurück blieb die befreiende Gewissheit: Felix hatte gar nicht unter einer Brücke geschlafen! Es ging ihm gut. Zumindest so weit, dass er leidlich schlagfertige Nachrichten zustande brachte. Daniel und seine paranoiden Übertreibungen!

Wo bist du gewesen?!

Während ich auf eine Antwort wartete, ging ich zu Daniels Zimmer und klopfte. Die Musik lief jetzt nicht mehr ganz so laut, aber scheinbar immer noch laut genug, dass Daniel das Klopfen nicht hörte. Ich öffnete die Tür und spähte ins Zimmer. Mein bester Freund saß, in einer ähnlichen Haltung wie ich vor wenigen Minuten, auf dem Bett, das Smartphone in der Hand. Er hob den Kopf. „Ist Elena schon weg?", fragte er gerade laut genug, dass ich ihn verstand. Noch bevor ich ihm antworten konnte, blickte er wieder auf sein Smartphone.

Ich ging zu seiner Anlage und schaltete sie aus.

„Ich will Musik hören", maulte Daniel sogleich.

„Felix ist nicht erfroren." Mit einem triumphierenden Grinsen drehte ich mich zu ihm um.

Daniels Mund klappte auf. „Aber … wo war er dann die ganze Zeit, verdammt noch mal?"

Das erinnerte mich an meine letzte Nachricht und daran, dass Felix' Antwort ja noch ausstand. Ich starrte auf mein Display. „Jetzt antwortet er nicht mehr." Als mir die Enttäuschung in meiner Stimme bewusst wurde, räusperte ich mich.

„Wenn ich den erwische!" Daniel war aufgesprungen. Sein Smartphone hatte er zur Seite geworfen. „Mir so einen Schreck einzujagen! Wenn der nach Hause kommt!"

„Und wenn nicht?"

Wir sahen uns an.

„Wir müssen ihn finden", sagte Daniel schließlich. „Nur weil er heute Nacht nicht erfroren ist, bedeutet das nicht, dass es auch so bleibt."

„Fängst du schon wieder an?"

„Ich versuch noch mal, ihn anzurufen", sagte Daniel, mich ignorierend, und nahm sein Smartphone. Ich beobachtete, wie er wählte und das Telefon dann an sein Ohr hielt. „Mailbox."

„Ausgeschaltet", sagte ich.

„Oder Akku leer."

„Ich tippe eher auf ausgeschaltet."

„Ist doch egal. Es ändert nichts daran, dass wir ihn nicht finden können." In diesem Moment klingelte

Daniels Smartphone. Er starrte hoffnungsvoll auf das Display. Dann seufzte er. „Miri. Da muss ich rangehen."

Ich nickte und verließ sein Zimmer, während Daniel das Gespräch annahm. Sein letzter Satz vor Miris Anruf spukte mir immer noch im Kopf herum. Dann wurde mir plötzlich klar, wieso. Es stimmte nicht, dass wir Felix nicht finden konnten. Es gab eine minimale Chance. Die winzigste Möglichkeit, dass ich sogar wusste, wo er sich aufhielt! Ich schnappte mir Tasche, Schlüssel und Jacke, zog meine Schuhe an und stürmte aus der Wohnung.

Während ich die Straße entlang hetzte, rief ich mir das kurze Telefonat mit Felix ins Gedächtnis. Diese Hintergrundgeräusche ... Der Lärm ... Es hatte sich wie eine Bahn angehört. Ich versuchte mich zu erinnern, ob ich auch eine Durchsage gehört hatte. Nein, ich war mir ziemlich sicher, dass da nur das Rattern der Bahn gewesen war. Natürlich hätte die Durchsage auch im Lärm untergehen können. Aber dies war mein einziger Anhaltspunkt. Eine U- oder S-Bahnstation, in der es keine automatischen Durchsagen gab. Also wahrscheinlich eine eher kleine Haltestelle. Und mir kam noch ein Gedanke: Was, wenn Felix genau dort die Nacht verbracht hatte? Es gab unterirdische Stationen, die nachts nicht abgesperrt wurden.

Ich beschleunigte meine Schritte. Wenn mich nicht alles täuschte, trafen auf die nächstgelegene U-Bahn-Haltestelle all diese Punkte zu. Und sie befand sich nur fünf Minuten von Daniels Wohnung entfernt.

Als ich die Treppen zur Station hinunter hastete, wäre ich vor Eile beinahe gestürzt. Ich konnte mich gerade noch am Geländer festhalten. Auf der B-Ebene gab es einen winzigen Bäcker und zwei Fahrkartenautomaten. Ich ließ den Blick schweifen, doch fand niemanden, der Felix ähnlich sah.

Mit der Rolltreppe fuhr ich hinunter zu den Gleisen. Gerade war eine U-Bahn eingefahren. Menschen drängten hinein und hinaus und auf die Rolltreppe zu. Ein blonder junger Mann hetzte an mir vorbei und versuchte, die Bahn noch zu erwischen. Doch die automatischen Türen hatten sich bereits geschlossen. Der Mann drückte fanatisch auf den Türöffnungs-Knopf, doch da fuhr die Bahn bereits an. Er fluchte, wandte sich ab und ließ sich auf eine Bank fallen. Direkt neben einen anderen jungen Mann, der bereits dort saß. Ein junger Mann mit dunklem, leicht gewelltem Haar, das ihm in die Augen fiel. Wahrscheinlich etwas über eins achtzig groß, mit einer blauen Jeans und einem schwarzen Mantel bekleidet.

Mein Herz machte einen aufgeregten Hüpfer. Felix hing auf der Bank, als könnte er sich kaum noch aufrecht halten. Leicht seitlich, einen Arm über der Lehne, die Beine weit von sich gestreckt. Fehlte nur noch ein Bier in der Hand und ich hätte ihn wahrscheinlich für einen Betrunkenen gehalten.

Entschlossen marschierte ich auf ihn zu. Die U-Bahn war längst nicht mehr zu hören. Stille breitete sich in der Station aus. Meine Stiefel machten bei jedem Schritt, den ich mich auf Felix zubewegte, ein dumpfes Geräusch.

Klack. Klack. Klack.

Er drehte den Kopf und sah mich an.

Im ersten Moment dachte ich, er sei wirklich betrunken. Mit glasigen Augen schien er durch mich hindurch zu sehen. Dann klärte sich sein Blick plötzlich. Hektisch sah er in die entgegengesetzte Richtung und wieder zu mir. Er wirkte wie ein panisches Tier, das nach einem Fluchtweg suchte. Schließlich schien er sich mit der Situation abzufinden und starrte mir mit zusammengepresstem Kiefer entgegen. „Was machst du hier?", raunzte er mich an, als ich mich mit verschränkten Armen vor ihm aufbaute.

Der blonde Mann, der die Bahn verpasst hatte, drehte den Kopf und schaute uns neugierig an.

„Was ich hier mache? Was machst du denn hier? Hast du die ganze Nacht hier verbracht?"

„Wie hast du mich gefunden?" Felix wandte stur den Blick ab.

„Hallo? Ich will wissen, wo du die ganze Nacht gewesen bist!"

„Ich war hier, zufrieden? Und obwohl es schweinekalt war, waren diese Stunden um einiges besser als die dreißig davor, die ich mit dir in einem Zimmer verbracht habe. Und das sollte dir wirklich zu denken geben!"

Der blonde Kerl, der uns noch immer beobachtete, pfiff leise durch die Zähne.

Ich versuchte krampfhaft, Felix' Provokationen zu ignorieren und mich zu konzentrieren. „Geht es dir gut? Hast du heute schon was gegessen? Bestimmt hast du dir eine Erkältung eingefangen. Komm mit nach Hause." Ich lächelte ihn stolz an. Doch das Grinsen verging mir schon im nächsten Moment.

„Nicht, wenn du immer noch dort wohnst."

Ich presste die Lippen aufeinander, um ihm nicht eine passende Antwort zu präsentieren. Was jetzt? Einfach klein beizugeben stand außer Frage, aber noch weniger wollte ich ihn hier so sitzenlassen. „Es … tut mir leid“, presste ich hervor.

Felix hob eine Augenbraue, der blonde Beobachter ebenfalls. In diesem Moment fuhr die nächste Bahn ein und der Mann erhob sich von der Bank. Es war ihm anzusehen, dass er gern noch geblieben wäre und uns weiter zugehört hätte.

Ich tat einen tiefen Atemzug. Jetzt kam es drauf an. „Ich gebe zu, dass es falsch war, einfach so zu dir ins Zimmer zu ziehen, okay? Und ich habe auch schon ein Gesuch nach einer neuen WG in der Uni ausgehängt. Sobald ich etwas Neues finde ziehe ich aus, versprochen. Aber bis dahin …“

Felix beobachtete mich nur abwartend. Offensichtlich hatte er nicht vor, mir in diesem Gespräch in irgendeiner Form entgegen zu kommen.

Ich schluckte meinen Stolz endgültig hinunter. „Komm doch wieder mit nach Hause, ja? Vorübergehend werden wir uns doch irgendwie arrangieren können. Schließlich haben wir beide etwas davon. Du musst die Nächte nicht mehr wie ein Obdachloser verbringen und ich …“ Ich zögerte kurz, ob ich ihm das Folgende wirklich sagen sollte, doch gab mir einen Ruck. „Ehrlich gesagt muss ich ohne die ständigen Auseinandersetzungen mit dir viel öfter an meinen Ex-Freund denken.“ Ich sah, wie Felix zum Sprechen anhob, doch wechselte schnell das Thema: „Ach, bevor ich es vergesse: Du hast nicht zufällig heute Nacht bei uns geklingelt, oder?“

Wieder dieser misstrauische Blick, der ernsthafte Zweifel an meiner geistigen Gesundheit zum Ausdruck brachte. „Äh ... nein?"

„Dachte ich es mir doch", murmelte ich.

„Es hat heute Nacht bei euch geklingelt?"

„Anscheinend ja nicht."

„Wie? Du hast dir eingebildet, es hätte geklingelt?"

„Keine Ahnung. Kann man sich während des Schlafens überhaupt Sachen einbilden?"

„Verstehe ich das richtig? Du hast geschlafen, bist aufgewacht und dachtest, es hätte geklingelt? Und du dachtest, ich wäre es gewesen?"

„Das hört sich jetzt komisch an, wenn du es so formulierst."

Ein breites Grinsen erschien auf Felix' Gesicht. In Verbindung mit den glasigen Augen, den ungekämmten Haaren und dem unrasierten Kinn wirkte es beinahe manisch. Ich trat vorsichtshalber einen Schritt zurück, auch wenn ich mir sicher war, dass er diesmal kein Buch in Reichweite hatte.

„Du hast dir Sorgen um mich gemacht." Keine Frage. Eine Feststellung.

Ich tat, als hätte ich ihn nicht verstanden. „Was?" Zum Glück gab die Bahn, die in diesem Moment losfuhr, meiner Lüge Deckung.

„Ich habe gesagt: Du hast dir Sorgen um mich gemacht!", schrie Felix.

Ich schüttelte entschuldigend den Kopf. „Tut mir leid. Viel zu laut hier." Doch ich musste grinsen.

Felix grinste zurück.

Als die Bahn weg und wieder Stille eingekehrt war, sahen wir uns schweigend an.

„Und? Kommst du mit?", fragte ich schließlich.

Felix antwortete nicht.

Jetzt reichte es mir. „Weißt du was? Dann bleib halt hier. Ich werde mir sicher keine Sorgen mehr machen. Heute Nacht schlaf ich wie ein Baby. Sogar in die Uni bin ich deinetwegen gegangen. Oder eher, weil Dani mich mit seiner Paranoia sonst in den Wahnsinn getrieben hätte. Aber auch damit ist jetzt Schluss!" Ich machte kehrt und marschierte auf die Rolltreppe zu. Als ich die B-Ebene erreichte, hörte ich plötzlich klappernden Lärm hinter mir. Ich drehte mich um.

Felix kam die Rolltreppe hochgehetzt. „Du warst in der Uni?"

„Ja. Warum?"

„Ich dachte, du wolltest dein Studium an den Nagel hängen und irgendwas mit Kunst anfangen." Der Satz klang neutral, ohne irgendeine Wertung. Doch Felix' Gesicht war deutlich anzusehen, dass genau das ihn einige Mühe gekostet hatte.

War das jetzt sein Friedensangebot? Ich rang noch mit mir, wie ich darauf reagieren sollte, als mir etwas auffiel: „Woher weißt du das eigentlich? Dass ich mein Studium aufgeben und Kunst studieren will, habe ich dir nicht erzählt."

„Weißt du was? Ich glaube, ich habe mir tatsächlich eine Erkältung eingefangen." Er hielt sich die Faust vor den Mund und hustete hinein. „Wir sollten gehen, ich gehöre ins Bett." Zielstrebig steuerte Felix auf die Rolltreppe zu, die ganz nach oben führte.

Ich holte mühelos zu ihm auf und warf ihm einen mitleidigen Blick zu. „Raus mit der Sprache."

„Dann beantworte du zuerst meine Frage."

„Dazu müsstest du erstmal eine stellen.“

„Wollte ich, bevor du dieses vollkommen irrelevante Thema angeschnitten hast. Also?“

Oben wurden wir von einer eiskalten Windböe empfangen. Felix fröstelte und vergrub seine Hände noch tiefer in den Manteltaschen.

„Du wirst deine Frage schon verbalisieren müssen, damit ich sie beantworten kann.“

„Wie war es in der Uni?“

„Ist das dein Ernst? Wegen so einer unwichtigen Smalltalk-Frage betreibst du diesen ganzen Aufstand? Also bitte: Es war okay.“

Felix stöhnte genervt. „Das machst du wieder extra, oder? Ich meinte die Frage natürlich in Bezug auf deine Entscheidung, das Studium abzubrechen. Du bist trotzdem hingegangen. Hat dich das in deiner Entscheidung bestärkt oder dich an ihr zweifeln lassen?“

Ich blickte ihn überrascht an. Diese Frage war alles andere als dumm. Im Gegenteil: Sie zeugte sogar von einem gewissen Einfühlungsvermögen. Einen Moment lang sahen wir uns stumm in die Augen. Ein kaum merkliches Lächeln umspielte Felix' Mundwinkel und die Erkenntnis traf mich völlig unerwartet: Den Jungen, für den ich damals geschwärmt hatte, diesen schelmischen, aufgeweckten, aber mitunter auch sehr feinfühligen Jungen gab es immer noch.

Ich schluckte und riss meinen Blick von Felix' los, bevor ich antwortete: „Es war … anders. Ganz anders als sonst.“

Zu meiner Überraschung kommentierte Felix mein Gestammel nicht. Er sagte gar nichts. Ich hatte das Gefühl, als würde er darauf warten, dass ich fortfuhr. Und nachdem wir minutenlang nebeneinander hergetrottet waren und mir das Schweigen zu unangenehm wurde, gab ich nach. „Es war Strafrecht. Die Vorlesung, meine ich." Ich erzählte ihm, wie überraschend interessant es gewesen war und was Selina danach zu mir gesagt hatte. „Es hat mich schon ein bisschen gewundert, dass sogar ihr das Studium manchmal keinen Spaß macht. Aber mit ihrer Meinung über mich hat sie unrecht. Bei mir ist das keine Phase, auch wenn das jeder zu denken scheint. Jura ist einfach nicht das Richtige für mich."

Wir hatten das Wohnhaus erreicht, in dem die WG lag. Felix zog seinen Schlüssel aus der Manteltasche und schloss auf. Das erinnerte mich daran, dass Daniel mir noch immer keinen Nachschlüssel besorgt hatte. Ich trabte hinter Felix die Treppe hoch und betrachtete nachdenklich den leicht angegrauten Stoff seines Mantels. Warum hatte er die Geschichte von meinem Unibesuch hören wollen, wenn er sowieso nichts dazu sagte?

Und warum sagte er eigentlich nichts? Wäre er jetzt nicht wieder damit dran, mir zu widersprechen, zu sagen, dass das sehr wohl nur eine Phase ist und ich einfach zu schnell aufgebe, zu faul bin und wahrscheinlich auch in zwanzig Jahren noch von einer Sache zur nächsten hüpfe?

Felix schloss die Wohnungstür auf und wir betraten hintereinander den Flur. Es dauerte genau zwei Sekunden, bis Daniel aus seinem Zimmer geschossen kam. Sein Smartphone hatte er noch immer am Ohr, doch ließ es mit großen Augen sinken, als er Felix sah. „Du bist wieder da", hauchte er andächtig.

Felix zuckte mit den Achseln und zog seinen Mantel aus.

Ich nahm Daniel vorsichtig das Smartphone aus der Hand. „Miri?“, flüsterte ich hinein.

„Maja, bist du das? Was ist passiert?“

„Tut mir leid, das ist eine Art Ausnahmesituation. Aber nichts Schlimmes. Daniel erklärt es dir bestimmt später.“

„In Ordnung.“ Sie legte auf. Miri war eben die unkomplizierteste Frau, die man sich vorstellen konnte.

Daniels Mund stand immer noch offen.

Felix hatte sich inzwischen die Schuhe ausgezogen und steuerte auf unser beider Zimmer zu.

Da erwachte Daniel aus seiner Starre und hielt seinen Freund am Arm fest. „Spinnst du eigentlich?“

Felix hob die Augenbrauen.

„Erst bist du zwei Tage verschwunden, dann kommst du wieder und hältst es nicht mal für nötig, mir zu erklären, was los war?“

„Ich wusste nicht, dass ich Rechenschaft über mein Kommen und Gehen ablegen muss. Steht das im Mietvertrag?“ Doch mir fiel das versöhnliche Lächeln auf, das Felix Daniel schenkte. „Hör zu, ich hab die ganze Nacht nicht geschlafen und es war übelst kalt. Ich will nur noch in mein Bett.“

Zögernd ließ Daniel Felix’ Arm los. „Darüber reden wir noch“, murrte er.

„Von mir aus. Solange du mich erst mal eine Woche schlafen lässt.“ Felix schlüpfte in unser Zimmer.

Ich drückte Daniel sein Smartphone in die Hand. „Was mir gerade eingefallen ist: Du musst mir noch einen Nachschlüssel machen lassen.“

„Wo hast du ihn gefunden? Und warum ist er mitgekommen? Hast du dich etwa entschuldigt?“

„Ich ... ja, das habe ich wohl tatsächlich.“ Ich konnte es selbst kaum glauben. Ich hatte mich bei Felix für mein unmögliches Verhalten bei meinem Einzug entschuldigt, und so wie es aussah, hatte er die Entschuldigung angenommen.

„Ich bin dir so dankbar.“ Daniel umarmte mich.

Ich wartete, dass er sich wieder fing.

„Andererseits: Du warst ja auch schuld, dass er verschwunden ist. Also hast du eigentlich lediglich deinen Fehler wieder ausgebügelt.“

Na endlich. Der alte Daniel.

Ich schob ihn von mir. „Du solltest Miri zurückrufen. Über was habt ihr eigentlich so lange am Telefon geredet?“

Er grummelte etwas Unverständliches, drehte sich um und verschwand in sein Zimmer.

Ich stand allein im Flur und fragte mich einen Moment lang, ob ich dieses Irrenhaus nicht besser verlassen sollte, solange ich noch konnte. Aber hatte ich eine Wahl? Bisher hatte sich schließlich noch niemand auf meinen Aushang in der Uni gemeldet.

Als ich mein und Felix’ Zimmer betrat, stolperte ich über die Kisten mit meinen Sachen. Felix war ihnen anscheinend geschickt ausgewichen. Zumindest hatte ich weder ein Poltern noch Flüche gehört.

Mein Zimmergenosse lag, wie er angekündigt hatte, bereits im Bett, den Rücken mir zugewandt.

So leise wie möglich setzte ich mich aufs Sofa.

„Ich glaube, bei mir wäre es genauso.“

Vor Schreck hielt ich die Luft an.

Da drehte Felix sich um und sah mich an, einen unergründlichen Ausdruck in den blaugrünen Augen, der mir einen Schauer den Rücken hinunter jagte. „Angenommen, ich würde meinen Job zurückbekommen und könnte wieder als Assistenzarzt in der Klinik arbeiten. Ich glaube, bei mir wäre es genauso wie bei dir mit deinem Studium. Vielleicht würden mir ein paar einzelne Dinge Spaß machen, aber im Großen und Ganzen weiß ich einfach, dass Medizin nichts für mich ist. Und mit diesem Wissen würde ich mich durch jeden einzelnen Arbeitstag quälen." Felix blickte mir erwartungsvoll entgegen.

Doch der Schock, dass er gerade von sich aus über seine Arbeit gesprochen hatte, lähmte mein Denken. So sagte ich das erste, das mir einfiel: „Wie hast du es dann die letzten zwei Jahre ausgehalten?"

„Genauso wie das Studium: Mir eingeredet, dass ein Punkt kommen würde, an dem ich mit meiner Wahl zufrieden wäre. Mir vor Augen gehalten, wie viel Zeit und Mühe ich schon investiert habe und was es für ein Gefühl wäre, jetzt aufzugeben." Seine Stimme war mit jedem Satz bitterer geworden. „Ich weiß, jetzt erzählst du mir gleich, dass das dumm war und ich einfach was anderes hätte anfangen sollen. Und soll ich dir was sagen? Ich befürchte beinahe, dass du recht hast."

Ich war noch immer zu perplex, um zu antworten.

„Es muss schön sein, die Freiheit zu haben, auch zum hundertsten Mal was Neues anfangen zu können, wenn einem das Alte keine Befriedigung mehr bringt."

„Aber diese Freiheit hast du doch auch. Die hat jeder."

Felix musterte mich nachdenklich. Sein Blick war so intensiv, dass meine Haut zu prickeln begann.

„Theoretisch ja, aber praktisch ist das einfach nur naiv." Er machte eine kurze Pause, presste die Lippen zusammen und fügte dann hinzu: „Es kann doch nicht jeder einen Beruf haben, der einem die totale Erfüllung verschafft. Letztendlich ist es doch nur ein Mittel um Geld zu verdienen. Aber ich hatte anscheinend nicht das Durchhaltevermögen, das man im Arbeitsleben braucht."

„Das ist doch Blödsinn! Es war mutig, deine Stelle zu kündigen."

„Da bist du aber die Einzige, die so denkt! Im Allgemeinen wird jemand, der auf seinem Selbstfindungstrip zig verschiedene Sachen anfängt und abbricht, von anderen nicht gerade mit Ansehen überhäuft."

„Ach was, ehrlich?", fragte ich mit einem ironischen Grinsen. „Hast du dich deswegen nicht getraut, das Medizinstudium aufzugeben?"

„Vielleicht. Ehrlich gesagt kam mir diese Option gar nicht erst in den Sinn. Ich hatte mich für Medizin entschieden, also würde ich es durchziehen und Arzt werden. Punkt."

„Warum dann jetzt der Sinneswandel?"

Felix zog die Decke noch ein Stückchen weiter hoch, sodass sie sein Kinn berührte. „Es ging einfach nicht mehr. Keine Ahnung, was plötzlich los war. Wenn morgens der Wecker klingelte, fühlte ich mich, als hätte ich die Grippe oder einen Kater. Anfangs ignorierte ich es und schleppte mich trotzdem in die Klinik. Irgendwann ging ich zum Arzt. Der gab mir eine Überweisung zur Psychotherapie wegen Verdacht auf Depression. Anstatt hinzugehen habe ich gekündigt, meine Sachen gepackt und bin bei Daniel eingezogen."

Ich schwieg eine Weile und ließ seine Worte sacken. Dann sagte ich: „In einem Punkt hast du recht: Ich verstehe nicht, wie man es so weit kommen lassen kann."

„Und ich verstehe nicht, wie man im Ein-Jahres-Rhythmus alles hinschmeißen kann."

„Eben hast du noch gesagt, dass ich recht habe."

„Ich habe gesagt, ich *befürchte*, dass du recht hast. Außerdem war das gerade ein sehr, sehr dunkler Moment. Zugegeben: Es war falsch, all die Jahre so zu tun, als würde irgendwann alles von allein besser werden. Aber wie du zu sein ist auch keine Lösung."

„Jedenfalls habe ich keine Depressionen!"

„Die wirst du aber bekommen, wenn du fünfzig bist und feststellst, dass du immer noch genauso planlos wie nach dem Abi und deinem Traumberuf keinen Millimeter näher gekommen bist."

„Das bin ich aber bereits. Ich möchte Design studieren, was Kreatives machen, das weiß ich jetzt. Ich glaube, dass ich all diese verschiedenen Wege ausprobieren musste, damit mir am Ende klar wird, was ich wirklich will."

Felix setzte sich auf, so dass die Decke herunter rutschte. Er trug nur ein weißes Tank Top, das seine Schultern und Oberarme frei ließ. Die feinen Muskeln unter der Haut zogen meinen Blick magisch an.

„Das hast du die letzten Male doch sicher auch immer gedacht, oder? Ich glaube immer noch, du hast einfach keine Lust auf Schwierigkeiten, also wirfst du bei den ersten Problemen alles hin und suchst dir was Neues. In der Hoffnung, dass dabei alles glatt läuft. Aber den klassischen Traumberuf gibt es nicht, Maja. Auch der

Job, der am perfektesten zu dir passt, würde dir ab und an zum Hals raushängen.“

Leons Worte fielen mir wieder ein. Es war, als säße ich einmal mehr an jenem Frühstückstisch und musste mir seine ungerechten Urteile über mich anhören. „Genau aus diesem Grund hat sich mein Ex-Freund von mir getrennt: Weil ich angeblich keinen Funken Zielstrebigkeit besitze und nur aus Spaß immer wieder etwas Neues anfange. Ach nein, warte, nicht aus Spaß, aus Faulheit. Weil ich nämlich gar keinen richtigen Beruf haben will.“ Wieder nagten diese hässlichen Zweifel an mir. War da an Leons Meinung über mich am Ende doch etwas dran?

„Was für ein Idiot.“

Überrascht sah ich Felix an.

„Im Ernst. Klingt wie ein echter Spießer. Aber was will man von einem Anwalt auch erwarten? Was hast du dir dabei gedacht, dir so einen anzulachen?“

„Jetzt veralberst du mich aber, oder?“

„Du bist der zielstrebigste Mensch, den ich je getroffen hab. Dein Ziel ist es, den Traumberuf schlechthin zu finden. Das ist geradezu ekelerregend naiv und idealistisch, da will ich nichts beschönigen. Aber weder ziellos noch arbeitsscheu. Meine Meinung.“

Ich schluckte schwer. Wer hätte gedacht, dass dieser ehemalige Mitschüler, mit dem ich niemals befreundet gewesen war, mich besser kannte als der Mann, mit dem ich eine Beziehung geführt und zusammengewohnt hatte?

„Trotzdem ist es falsch, was du machst. So wirst du in zwanzig Jahren noch auf der Suche sein. Und was manche Leute bei einer Siebenundzwanzigjährigen vielleicht noch süß und charmant finden, sieht bei einer Siebenundvierzigjährigen komplett anders aus."

Ich warf mein Kissen nach ihm. „Solange werde ich aber nicht mehr brauchen! Kunst ist das, was mich schon immer interessiert hat. Ich werde es machen, also gib dir keine Mühe, mich davon abbringen zu wollen."

„Wieso sollte ich dich davon abbringen wollen? Meinst du, nur weil wir gerade ein einigermaßen normales Gespräch führen, interessiert es mich plötzlich, ob du dein Leben verpfuschst?" Er warf das Kissen zurück.

Ich fing es grinsend auf. „Nein, dafür braucht man mehr Menschlichkeit, als du jemals besitzen wirst."

„Siehst du." Er drehte mir demonstrativ den Rücken zu. „Mach das Licht aus, ja?"

„Mach ich. Wenn ich schlafen gehe. Also in etwa vier Stunden."

„Nervensäge."

„Idiot."

„Idealistin."

„Depression."

„Das ist keine Beleidigung."

„Egal. Ich wollte es nur noch mal gesagt haben."

Kapitel 5

Es wäre übertrieben zu behaupten, dass dieses Gespräch alles verändert hätte. Felix und ich stritten immer noch, es war sogar unsere bevorzugte Kommunikationsform. Aber ich fürchtete nicht mehr, dass er mir jeden Moment Bücher um die Ohren werfen würde. Ich hatte den Eindruck, als wäre von Felix eine Last abgefallen.

Er lächelte öfter. Er redete. Machte sogar Witze, wenn auch meistens auf meine Kosten. Und er verbrachte nicht mehr den ganzen Tag in unserem Zimmer. Daniel bekam beinahe einen Herzinfarkt, als er am nächsten Morgen schlaftrunken in die Küche getaumelt kam und Felix dort stand und Kaffee kochte. Als ich von der Arbeit nach Hause kam, fing mich mein bester Freund ab und erzählte mir die Episode. Er wirkte immer noch verstört.

Auch am Tag darauf machte Felix morgens Kaffee, gegen Mittag kochte er sogar für uns alle Nudeln mit Tomatensoße. Und am nächsten Tag, einem Montag, berichtete Daniel mir nach der Arbeit sogar, Felix habe morgens die Wohnung verlassen. Und als dieser ein paar Stunden später heimkam, erzählte er, er sei auf Jobsuche gewesen. Es hatten sich wohl tatsächlich ein paar Möglichkeiten ergeben, denn als ich in unser Zimmer kam, saß Felix auf meinem Sofa, mit meinem Notebook auf dem Schoß. Er müsse Bewerbungen schreiben, sagte er. Und nein, er hätte nicht meine Festplatte nach peinlichen Dateien durchsucht, wäre aber kurz davor gewesen, denn wer so dämlich wäre, sein Notebook nicht mit einem Passwort zu schützen, hätte es nicht besser verdient.

Ich meckerte ihn an, dass er sich gefälligst ein eigenes zulegen sollte. Zu meiner Überraschung nickte er nachdenklich und sagte, er würde sich darum kümmern.

Hätte ich geahnt, welche Folgen meine harmlose Äußerung haben würde, hätte ich wohl den Mund gehalten. Und Felix mit Freude mein Notebook zur Verfügung gestellt, wann immer er es haben wollte.

Vier Tage, nachdem Felix auf meinem Computer seine Bewerbungen geschrieben hatte, weckte mich laute Rock-Musik. Oder vielleicht war es auch nicht die Musik selbst, sondern das erdbebenartige Vibrieren der Wände und des Bodens, das sie mit sich brachte.

Ich warf einen Blick zum Bett. Es war leer. Ach ja, Felix hatte gestern etwas von einem Vorstellungsgespräch gemurmelt, aber partout nicht näher darauf eingehen wollen.

Jedenfalls war heute Freitag – für mich der einzige Tag dieser Woche, an dem ich weder arbeiten musste, noch irgendwelche interessanten Vorlesungen an der Uni hatte. Die Strafrecht-Vorlesung, bei der ich den vorherigen Freitag gewesen war, fand nur alle zwei Wochen statt. Eigentlich hatte ich vorgehabt, bis zum Nachmittag durchzuschlafen. Ich richtete mich auf. Die Decke um den Körper gewickelt bewegte ich mich langsam in den Flur, auf Daniels Zimmer zu. Ohne zu klopfen riss ich die Tür auf. „Was soll das? Es ist noch mitten in der Nacht!" Erst in diesem Moment fiel mir ein, dass ja auch Miri zu Besuch sein könnte. Die Musik laut aufzudrehen war eine in WGs durchaus öfter angewandte Methode um ... na ja, um gewisse andere Geräusche zu überdecken. Hatte ich zumindest mal irgendwo gehört. Instinktiv wandte ich das Gesicht ab und begann, mich rückwärts zu bewegen.

Die Musik stoppte abrupt. „Es ist halb zwölf!"

Ich wagte, wieder hinzusehen. Und erblickte zum Glück nur Dani, der grinsend vor seiner Anlage stand.

„Sag ich doch", maulte ich. „Schon mal was von Rücksichtnahme gehört? Und warum bist du eigentlich so früh auf?"

Daniels Grinsen wurde noch breiter. „Ich habe eine Überraschung."

„Muss das unbedingt jetzt sein? Ich wollte mich noch mal hinlegen."

„Das geht nicht, wir haben noch eine Menge vorzubereiten. Mit der Musikauswahl bin ich fast durch, aber wir müssen noch einkaufen, dekorieren und ... oh, den Leuten Bescheid sagen."

„Klingt wie eine Party."

„Es *wird* eine Party. Heute Abend! Zur Feier des Tages!"

„Zur Feier welchen Tages?", fragte ich und ließ mich auf Daniels Bettkante sinken. Ich wollte schlafen.

„Mann Maja, das sagt man halt so. Aber zu feiern haben wir wirklich was: Dass du und Felix euch vertragt, zum Beispiel. Wir sind jetzt offiziell eine harmonische

Dreier-WG. Apropos: Wann bekomme ich deinen Teil der Miete?"

„Ich dachte, Felix hat schon bezahlt. Dann müsste ich doch ihm Geld zurückgeben, oder?"

„Schon mal auf den Kalender geschaut? Heute ist der erste Februar. Ob du Felix wegen der letzten Woche, die du unentgeltlich in seinem Zimmer verbracht hast, Geld geben musst, solltest du mit ihm klären. Ab jetzt hole ich mir jedenfalls ein Viertel von dir und ein Viertel von ihm."

„Na schön, dann gib mir deine Kontodaten."

Daniel reichte mir einen Zettel, auf dem er anscheinend schon alles notiert hatte. „Außerdem bekommt Felix vielleicht heute einen Job. Dann hätten wir sogar doppelt Grund zum Feiern. Ist das nicht toll?"

„Das verkaufst du mir als Überraschung? Für mich hört sich das eher nach einer Menge Arbeit an, von der ich einen Teil übernehmen soll."

„Sei nicht so spießig. Geh ins Bad und mach dich erst mal fertig. Wenn du rauskommst, wird schon frischer Kaffee bereit stehen. Na, wie klingt das?"

„So, als ob ich keine Wahl hätte."

Mein schöner freier Tag artete zu einem Tag voller Arbeit aus. Zuerst rief ich Elena und Selina an, und dann noch ein paar weitere Bekannte, die ich noch aus der Schule oder von der Uni kannte. Anschließend wurde ich zum Einkaufen geschickt. Daniel drückte mir eine handgeschriebene Liste in die Hand.

„Und bring die Quittung mit. Wir teilen später alles durch drei."

Im Treppenhaus traf ich Felix. Er hatte sich für sein Vorstellungsgespräch herausgeputzt, trug eine blaue

Jeans mit einem weißen Hemd und darüber ein schwarzes Jackett. Widerwillig nahm ich zur Kenntnis, wie gut ihm die Kombi stand.

„Wo gehst du hin?", fragte er überrascht. „Wolltest du nicht bis vier Uhr schlafen?"

Bei der Erinnerung daran seufzte ich sehnsüchtig. „Unser durchgeknallter Mitbewohner hat mir einen Strich durch die Rechnung gemacht. Ich warne dich: Wenn du da jetzt raufgehst, musst du wahrscheinlich die Küche dekorieren oder so."

„Klingt nach Party."

„Es *wird* eine Party. Heute Abend und zwar uns zu Ehren. Und ... ach ja, wie ist es mit deinem Vorstellungsgespräch gelaufen?"

Er grinste auf diese Art, die seine Augen zum Strahlen brachte. Unwillkürlich lächelte ich ebenfalls. „Herzlichen Glückwunsch. Wo?"

„In dem Café gegenüber deines Buchladens."

„Als Kellner?" Bei der Vorstellung, wie Felix krampfhaft versuchte, freundlich zu Kunden zu sein, musste ich grinsen.

„Was gibt es da zu lachen?"

„Hast du dir das gut überlegt? Du bist nun nicht gerade mit angeborener Höflichkeit gesegnet."

Felix' Grinsen wurde noch eine Spur breiter. „Zum Glück muss *ich* nicht den perfekten Job haben. Mir reicht einer, der es mir ermöglicht, meine Miete zu bezahlen. Und zu deiner Information: Ich kann ein sehr netter Mensch sein. Aber nur zu denen, die es verdient haben."

„Ich habe dich gerade vor Daniel gewarnt! Da hätte ich doch etwas Nettigkeit verdient, oder?"

Felix musterte mich von oben bis unten. Während sein Blick provozierend langsam über meinen Körper wanderte, spürte ich, wie mir die Hitze ins Gesicht stieg.

„Nein", beschied er schließlich und ging an mir vorbei die Treppen hoch.

„Ich hoffe, du lässt an deinem ersten Arbeitstag zehn Kaffeetassen fallen!", rief ich ihm hinterher.

Als Antwort kam nur leises Lachen.

Nachdem ich eingekauft hatte, erreichte ich die Wohnung mit drei Plastiktüten voller Snacks, Wein- und Tequila-Flaschen.

Felix war auch zum Helfen abkommandiert worden. Er rückte gerade die Möbel in Daniels Zimmer zur Seite, so dass mehr freie Fläche entstand.

„Deine Kisten in unserem Zimmer kannst du so stehen lassen. Die geben super Sitzgelegenheiten ab", sagte er.

Ich wollte die Taschen in die Küche schleppen, da stürzte Daniel auf mich zu. „Du musst Elena anrufen. Wir brauchen jemanden mit Auto, um Getränke zu holen. Bier, Cola, eben alles, was wir kastenweise kaufen müssen."

Ich ging an ihm vorbei und wuchtete die Einkaufstüten auf den Küchentisch. „Dani ... wie viele Leute kommen eigentlich heute Abend?"

„Mann, Maja, das kann man vorher doch nicht wissen. Stell keine blöden Fragen, sondern hilf lieber, damit alles rechtzeitig fertig wird!"

Wir wurden rechtzeitig fertig. Elena erklärte sich bereit, nach der Arbeit mit mir und Daniel zum Getränkehändler zu fahren. Felix half beim Kistenhochschleppen. Als die beiden Männer gerade mit ihrer Last auf dem Weg nach oben waren, knuffte mich Elena in die Seite. Sie grinste vielsagend und nickte in Felix' Richtung.

Erschrocken stellte ich mich vor sie, doch anscheinend hatte Felix nichts mitbekommen. „Solche Anspielungen kannst du dir sparen", zischte ich. „Selbst sein Äußeres kann den abgrundtief nervtötenden Charakter nicht ausgleichen."

„Ich freu mich schon auf nachher", flötete Elena trotzdem und zwinkerte mir zu, bevor sie davonfuhr.

Vier Stunden später stand ich in unserem Flur und wunderte mich, dass so viele Menschen in eine Zwei-Zimmer-Wohnung passten. Der Lärmpegel, von lauter Musik und dreißig parallel redenden Stimmen erzeugt, löste bei mir Mitleid mit den Nachbarn aus. Ich fragte mich ernsthaft, warum sich noch niemand beschwert oder die Polizei gerufen hatte. Aber vielleicht waren sie es ja von Daniel gewohnt?

Es klingelte. Also doch. Ich schaute mich nach Daniel und Felix um, doch konnte sie nirgends entdecken. Wieso stand ich auch hier im Flur herum? Nun musste ich mich eben mit den wütenden Nachbarn oder der Polizei auseinandersetzen.

Seufzend griff ich zum Hörer der Sprechanlage. „Hallo?"

„Benni hier."

„Aha." Ich drückte auf den Türöffner. Nur ein weiterer Gast. Ich öffnete die Wohnungstür und machte mich auf den Weg in die Küche. Zum einen, um nicht mehr an der Tür zu stehen und zum anderen, um Daniel zu fragen, wie viele Leute er eigentlich genau eingeladen hatte. Und wenn ich schon mal in der Küche war, würde ich mir gleich noch einen Tequila genehmigen.

Im Vorbeigehen warf ich erst einen Blick in mein und Felix', dann einen in Daniels Zimmer. Beide waren proppenvoll. Aber alle schienen sich zu amüsieren. Selbst Selina und meine zwei anderen Studienfreundinnen, die kaum jemand anderen kannten, befanden sich in angeregten Gesprächen mit irgendwelchen Fremden.

Am Küchentisch saßen Daniel und Felix, sowie Elena. Steffen war nicht dabei, doch ich hatte den Verdacht, dass Elena ihn gar nicht erst gefragt hatte.

Die drei lachten über etwas, das Felix gesagt hatte. Neugierig trat ich näher.

„Sie dachte, alles wäre in Ordnung. Dann hat sie gemerkt, dass die Zimmertür von außen nicht mehr aufging. Und sie konnte ja nicht sehen, dass ich ihre Sachen ins Treppenhaus geworfen hatte, weil die Haustür angelehnt war." Wieder prusteten die drei los.

Selbst ich musste grinsen. Mit ein paar Tagen Abstand und etwas Alkohol im Blut hörte sich die Geschichte wirklich witzig an.

„Maja!" Daniel hatte mich entdeckt. „Setz dich zu uns und erzähl auch was!"

Ich folgte der Aufforderung. Sofort schenkte Felix einen Tequila ein und schob mir das Glas zu. „Bestechung?", fragte ich grinsend.

Felix lachte und ich konnte nicht umhin, fasziniert die Grübchen in seinen Wangen anzustarren. „Damit du die Geschichte vom Wecker und der Badewanne nicht erzählst."

Vor Lachen spuckte ich den Tequila quer über den Tisch. Was wiederum einen Lachanfall bei Daniel auslöste. Als ich mich abgetrocknet und beruhigt hatte, sah ich erst meinen besten Freund an und warf Felix dann einen fragenden Blick zu. Daniel trank normalerweise kaum Alkohol. Jetzt schien er mir allerdings ziemlich betrunken zu sein.

Felix zuckte nur mit den Achseln.

„Los, die Geschichte mit dem Wecker und der Badewanne!", verlangte Elena.

Ich grinste und wollte gerade anfangen zu erzählen, als Felix plötzlich aufsprang. „Benni!"

Auch Daniel blickte mit glasigen Augen hinter mich.

Ich drehte mich um. Im Türrahmen der Küche stand ein junger Mann in unserem Alter. Er hatte rotbraunes Haar, trug eine schwarze Jeans und ein rotes Hemd. Außerdem ein extrem nettes Lächeln.

Felix klopfte ihm auf die Schulter. „Benni kenne ich noch vom Zivi", erklärte er. „Danach sind wir beide von hier weggezogen."

„Und jetzt sind wir wieder hier", ergänzte Benni. Er lächelte in die Runde.

„Daniel kennst du ja noch von damals. Das daneben ist Maja, die war mit mir und Daniel auf der Schule. Und das ist Elena, eine Freundin von Maja."

Wir begrüßten uns gegenseitig.

Benni zog sich einen Stuhl heran und setzte sich neben mich. Auch Felix nahm wieder Platz. „Wo waren wir stehen geblieben?"

„Die Wecker- und Badewannengeschichte!", rief Elena.

„Ich weiß nicht ... soll ich?", fragte ich gespielt unentschlossen in Felix' Richtung.

„Untersteh dich!" Er drohte mir mit dem Zeigefinger.

„Na gut ... also aufgepasst!" Ich erzählte von jenem Morgen nach der ersten Nacht, die ich in Felix' Zimmer geschlafen hatte. Von seiner schreckhaften Reaktion auf das Klingeln meines Weckers und wie er auf dem Badewannenrand eingeschlafen war. Als ich geendet hatte, weinte Elena vor Lachen. Daniel fiel vor lauter Gekicher vom Stuhl.

„Tja, ein Morgenmensch warst du noch nie", kommentierte Benni und zwinkerte mir zu. „Damals beim Zivi warst du bis zur Mittagspause immer unausstehlich."

„Kann ich mir lebhaft vorstellen." Ich grinste.

Felix streckte mir die Zunge heraus.

„Was machst du beruflich?", fragte Elena an Benni gewandt.

Daniel stöhnte. Er hatte sich gerade wieder auf den Stuhl zurückgekämpft. „Müss'n wir jetzt über so was red'n? Das hier iss' weder'n Geschäftsessen noch Speed Dating." Auch seiner Stimme merkte man den hohen Alkoholpegel bereits an.

„Ich habe Maschinenbau studiert. Die letzten Jahre über hab ich ein paar Praktika gemacht und jetzt für Anfang des nächsten Monats eine Stelle hier in der Stadt bekommen. Was machst du so?" Doch er richtete die Frage nicht an Elena, sondern an mich.

„Soll'as jetzt so weitergeh'n?", schaltete Daniel sich wieder ein. „Eine Runne Was-fäng'se-Schönes-mit-deinem-Leben-an?"

„Was ist denn mit dir los?" Er war offensichtlich nicht nur betrunken, sondern auch massiv schlecht drauf. Möglicherweise war genau das auch die Erklärung für seinen Alkoholkonsum. Aber da ich diese obligatorischen Fragen nach dem Studium oder Beruf auch hasste, ergriff ich gerne die Möglichkeit, deren Beantwortung zu entgehen. „Es hat was mit Miri zu tun, oder?" Normalerweise hätte ich das Thema nicht in so einer großen Runde zur Sprache gebracht. Aber auch ich war nicht mehr nüchtern.

Daniel starrte mich böse an. „Isch will nisch drüber reden!"

„Maja hat doch recht", schlug sich Felix auf meine Seite. „Ständig bist du am Telefonieren. Raus damit! Vielleicht kann dir eine von unseren Frauen hier ja einen guten Tipp geben."

„Als ob die so große Essperten wär'n", höhnte Daniel. „Elena hat sisch bis eben noch wegen ihrem Freund ausgeheult und Maja war ssehn Jahre lang in einen Kerl verknallt, den sie, alsse ihn endlisch wieder trifft, aus seinem Zimmer ekeln will. Ja, escht kompetent!"

Schweigen breitete sich am Tisch aus.

Daniel sah verständnislos von einem zum anderen. „Habb isch was Falsches gesagt?"

Felix starrte mich wie in Trance an. Elena warf mir einen Blick zu. Sie presste beide Hände vor den Mund, um nicht laut loszulachen. Benni musterte mich nur stirnrunzelnd.

Ich starrte auf meine Finger, die ich auf der Tischplatte ineinander verschränkt hatte. „Na ja, zehn Jahre waren es nun wirklich nicht …"

Felix erwachte aus seiner Starre. „Er meint mich?"

„Eine dämliche, stinknormale Schulschwärmerei“, versuchte ich mich herauszureden.

„Seidder fünften Klasse!“, lallte Daniel fröhlich weiter. „Bissur dreissehnten!“

„Sicher nicht!“ Sicher doch. Wenn das mal hinkam. Denn auch nach dem Abi hatte ich noch viel zu häufig an Felix gedacht. Ich riss meinem ehemaligen besten Freund sein Tequila-Glas aus der Hand. „Du hast eindeutig genug für heute. Und wenn du morgen früh mit Kopfschmerzen und schlechtem Gewissen aufwachst: Als Entschuldigungsgeschenk würde ich eine neue Notebook-Tasche akzeptieren.“

Elena und Benni lachten.

Daniel blickte mich verständnislos an. „Hä?“

Auch Felix' Augen waren noch immer auf mich geheftet. Seine Augen sahen plötzlich dunkler aus als sonst und er taxierte mich mit einem Blick, mit dem auch eine Katze einen Kanarienvogel anschauen würde, bevor sie sich auf ihn stürzt. Und auch sein Schweigen war mir nicht geheuer.

„Was denn? Hast du in der Schule etwa nie für jemanden geschwärmt? Ist doch keine große Sache. Ich kannte dich eben nicht richtig.“

Seine Lippen formten ein Grinsen. Auch das passte gut zu dem Vergleich mit der Katze. Er sagte noch immer nichts.

Unruhig rutschte ich auf meinem Stuhl hin und her.

Elena stieß mich mit dem Ellenbogen an. „Musste aufs Klo oder was?“ Verblüfft stellte ich fest, dass auch sie schon einiges getrunken haben musste. Trotzdem schaffte sie es selbst in ihrem beschwipsten Zustand noch, mir den entscheidenden Rettungsring zuzuwerfen. Wenn auch unabsichtlich.

„Genau. Ich muss mal. Ziemlich dringend sogar." Und wenn ich wieder zurückkäme, hätte sich das Gesprächsthema hoffentlich anderen Dingen zugewandt. Und Felix wäre wieder normal.

Umständlich stand ich auf und tapste zum Bad. Mir war tatsächlich etwas schummerig. Ich stützte mich vorsichtshalber an der Wand ab, während ich mich in die Schlange vor der Toilette einreihte. Typisch. Musste man selbst, musste urplötzlich auch die Hälfte der anderen Gäste. Da konnte ich nur von Glück reden, dass es bei mir nicht wirklich dringend, sondern in erster Linie eine Ausrede war.

Als ich nach einer gefühlten halben Stunde das Bad wieder verließ, hatte sich die Klo-Schlange aufgelöst und der Flur war leer.

„Du warst also in mich verknallt, ja?"

Ich machte vor Schreck einen kleinen Satz in die Luft. An der Wand neben der Badtür lehnte Felix mit einem provozierenden Grinsen im Gesicht.

Ich schloss die Tür und lehnte mich dagegen, neben Felix. „Wie gesagt: Ich kannte dich damals nicht." Ich imitierte sein Grinsen. „Heute würde mir das bestimmt nicht mehr passieren."

„Bist du sicher?" Felix rückte ein winziges Stück näher.

Er roch gut, fiel mir plötzlich auf. Irgendeine herbe Aftershave-Note, gemischt mit Bier. Ob er auch betrunken war? Ich konnte es beim besten Willen nicht sagen.

„Hmm ..." Ich schaute gespielt nachdenklich hoch zur Flurdecke. „Doch, ja. Überaus sicher."

„Daniels Erzählung nach zu urteilen war das eine ziemlich hartnäckige Schwärmerei. Von der fünften bis zur dreizehnten Klasse ...“

„Daniel ist betrunken.“

„Betrunkene und Kinder ... Du kennst den Spruch.“ Wieder rückte er ein Stückchen näher. Jetzt trennten meinen und seinen Arm nur noch wenige Zentimeter voneinander. Ein Kribbeln breitete sich von der Stelle, die Felix’ Haut am nächsten lag, über meinen ganzen Arm aus.

„Ein dämlicher Spruch, der längst überholt ist.“ Meine Stimme klang plötzlich seltsam rau. Wir sahen uns in die Augen. Und obwohl ich wusste, dass ich den Blick abwenden sollte, dass dieses In-die-Augen-Gestarre langsam auffällig wurde, konnte und wollte ich nicht wegsehen. Plötzlich fiel mir wieder die Szene mit Saskia ein. Damals, als ich etwa neunzehn war. In jenem Moment war ich mir sicher gewesen, dass Felix auch an mir interessiert war. Überhaupt hatte es immer mal wieder Augenblicke gegeben, die meine Vermutung, dass diese Schwärmerei nicht einseitig war, bestärkt hatten. Felix rückte noch näher. Unsere kleinen Finger berührten sich und es durchfuhr mich wie ein Stromschlag. Ich wollte mich aus dieser Situation befreien, mir irgendeine Ausrede einfallen lassen, und gleichzeitig wollte ich, dass Felix noch näher rückte. Wollte seine Hand nehmen, meinen nackten Arm an seinen pressen.

„Ich ...“, begann ich zu stammeln, als Felix sich plötzlich zu mir beugte. Das Grinsen auf seinen Lippen war verschwunden. Mit einem undeutbaren Ausdruck in den Augen näherte er sein Gesicht meinem.

Ich vergaß zu atmen.

Einen Moment, bevor sich unsere Lippen berührten, schrillte die Türklingel. Wir fuhren auseinander.

Daniel kam leise summend aus der Küche gestolpert. Als er uns sah, blieb er stehen. „Wassen hier los? Was macht'n ihr beide auf'm Flur? Un wieso steht ihr da so rum? Habt ihr die Klingel nisch gehört?" Ungeschickt schob er sich an uns vorbei.

Ich warf Felix einen vorsichtigen Blick zu.

Er sah zurück, den Anflug eines Lächelns auf den Lippen.

„Hallo?", schrie Daniel in den Hörer der Sprechanlage. Und dann: „Wer?" Er lauschte. Dann drehte er sich hilfesuchend zu uns um. „Kenn'isch nisch."

Ich erbarmte mich, ging zu ihm und nahm ihm den Hörer aus der Hand. „Ich mach das schon. Sieh du zu, dass du dich wieder hinsetzt. Wenn es geht, ohne was kaputt zu machen. Und übergeben bitte nur in die Spüle oder Toilette."

„Wer mussisch denn hier übergeben?", grummelte Daniel und machte sich auf den Weg zurück in die Küche.

Felix bedeutete mir, dass er ihm sicherheitshalber folgen würde.

„Sorry, das war mein Mitbewohner Daniel. Er hat schon ein bisschen viel getrunken", sagte ich in die Sprechanlage. „Wer ist denn da?"

„Valerie. Ich bin –" Doch da hatte ich den Hörer bereits vom Ohr genommen und rief: „Felix! Kennst du eine Valerie?" Denn wenn Daniel und ich sie nicht kannten, musste sie schließlich irgendwie zu Felix gehören.

„Ach, egal. Komm rauf!“, rief ich in den Hörer, hängte auf, drückte den Öffner und öffnete die Wohnungstür.

„Hast du gerufen?“ Felix steckte den Kopf aus der Küche.

Als ich ihn sah, formte mein Mund ganz ohne mein Zutun ein Lächeln.

Felix lächelte zurück. „Daniel bekommt so langsam gar nichts mehr mit. Vielleicht sollten wir alle aus seinem Zimmer werfen und ihn schlafen legen.“

Ich seufzte. „Und die Leute sollen dann wohin? Nein, ohne Daniels Zimmer haben wir nicht genug Platz. Da muss er jetzt durch. Ach ja, kennst du eine Valerie? Die kommt grad hoch.“

Felix’ Lächeln erlosch augenblicklich. Ausdruckslos starrte er an mir vorbei.

Ich drehte mich um. In der Tür stand ein Engel. Na gut, vielleicht doch kein Engel. Aber eine sehr hübsche junge Frau, die mit ihren langen, rotblonden Locken und dem porzellanähnlichen Teint stark an einen Engel erinnerte.

„Hallo Felix.“ Sie hielt eine schwarze Notebook-Tasche hoch. „Ich habe dir was mitgebracht.“

Felix kam langsam auf uns zu. „Ich hatte dich gebeten, es mir zu schicken“, knurrte er.

Ich schaute stirnrunzelnd von der einen zum anderen. Eine Millionen Fragen schossen mir durch den Kopf. Doch ich konnte keine davon greifen und laut stellen.

„Findet hier eine Party statt?“ Der Engel namens Valerie stellte sich auf die Zehenspitzen, obwohl sie schon mindestens zehn Zentimeter hohe Absätze trug, und schielte über Felix’ Schulter hinweg in die Küche.

„Ich glaub es nicht!" Felix packte Valerie am Arm und zog sie wieder in eine normale Position. „Bist du den ganzen Weg von Berlin hierher gefahren, um mir das dämliche Notebook zu bringen? Oder dachtest du, wenn du spät am Abend kommst, könnte ich dich nicht wieder heimschicken? Aber weißt du was? Ist mir egal, geh von mir aus in ein Hotel. Wie du richtig erkannt hast, findet hier gerade eine Party statt. Du kannst nicht bleiben."

Plötzlich wurde Valerie ernst. Sie verschränkte die Arme über ihrer rosafarbenen Satinbluse. „Wir müssen reden, Felix."

„Wer sagt das?"

„Du benimmst dich schon wieder wie ein Kleinkind! Was ist nur los mit dir? Erst kündigst du in der Klinik, dann haust du einfach –" Felix unterbrach sie, indem er sie durch die immer noch geöffnete Wohnungstür zog.

„Lass mich los!"

„Erst wenn du nicht mehr in dieser Wohnung stehst." Im Treppenhaus ließ er sie tatsächlich los, kam zurück in den Flur und knallte die Tür hinter sich zu.

„Ach, verdammt!" Felix riss die Tür wieder auf, nahm Valerie die Notebook-Tasche aus der Hand und drückte die Tür zum zweiten Mal zu.

„Glaub ja nicht, dass ich so einfach aufgebe, Felix!", drang Valeries Stimme gedämpft durch die Tür.

Felix stellte das Notebook auf dem Boden ab und fuhr sich mit beiden Händen durch die Haare.

Ich starrte ihn mit offenem Mund an.

Er bemerkte es. „Ist was?", fuhr er mich an.

„Hmm ... Nein, alles total normal."

„Dann ist ja gut." Er griff nach dem Notebook und schlug den Weg zum Bad ein.

„Das war ein Scherz!", rief ich und folgte ihm.

„Ich weiß."

„Dann erklär die ganze Sache. Woher kennst du diese Valerie?" Ich war ja nicht blöd. Deshalb hatte ich einen sehr konkreten Verdacht. Aber vielleicht, ganz vielleicht, hatte ich ja irgendein Detail übersehen und es war alles ganz anders.

„Sie ist meine Ex-Freundin." Er betrat das Bad und legte das Notebook in die Badewanne.

Ich schloss automatisch die Tür hinter uns. „Okay." Ich ließ die Luft, die ich angehalten hatte, entweichen. Es hätte schlimmer kommen können. Das kleine Präfix „Ex-" machte da den entscheidenden Unterschied. Eine kleine Stimme fragte mich, seit wann es mich interessierte, ob Felix vergeben war oder nicht. Ich ignorierte sie. *Vielleicht seit er dich fast geküsst hat?* „Jetzt ist es aber gut", nuschelte ich.

„Hast du was gesagt?", fragte Felix.

Ich schüttelte nachdrücklich den Kopf. „Also, wir waren bei deiner Ex-Freundin Valerie."

Felix seufzte. „Ich habe mit ihr Schluss gemacht, bevor ich hierher gekommen bin." Er setzte sich auf den Wannenrand.

„Weiß sie das?"

„Was?"

„Dass du mit ihr schlussgemacht hast. Sie wirkte irgendwie nicht so, als würde sie dich als ihren Ex-Freund betrachten."

„Ist mir egal, wie sie das betrachtet!", fuhr er mich an.

Ich hob abwehrend beide Hände. „Wunder Punkt oder wie?"

„Ich will nicht darüber reden, okay?"

„Ich auch nicht", log ich. Ich setzte mich neben Felix. Und obwohl wir uns rein physisch wieder so nah waren wie vor Valeries Besuch, wollte dieselbe Nähe einfach nicht wieder aufkommen.

Kapitel 6

Irgendwann verließen wir das Badezimmer, doch keiner von uns konnte wieder in die Partystimmung zurückfinden. Felix verzog sich in irgendeine Ecke und ich bekam ihn den Rest der Nacht kaum noch zu Gesicht. Ich ging in die Küche, wo ich Daniel gerade noch davon abhalten konnte, vom Stuhl zu kippen. Mit Elenas Hilfe schaffte ich es, ihn auf den Küchenboden zu setzen und mit dem Rücken gegen die Wand zu lehnen. Diese Position erschien mir relativ harmlos: Weder konnte er tief fallen noch besonderen Schaden anrichten. Dann erklärte ich Benni in Kurzfassung, was gerade vorgefallen war und schickte ihn los, um nach Felix zu sehen.

Anschließend nahm ich Elena zur Seite und erzählte ihr ebenfalls, diesmal inklusive aller Details, von den Geschehnissen. Als ich geendet hatte, starrte sie mich erst mit offenem Mund an, dann kicherte sie los. „Hab ich's doch gewusst!", rief sie so laut, dass ich ihr die Hand vor den Mund halten musste, damit sie nicht die gesamte Gästeschar ins Bild setzte. „Du stehst noch auf ihn", flüsterte sie, nachdem ich ihren Mund unter warnendem Blick wieder freigegeben hatte.

„Jetzt übertreib mal nicht! Das hier ist eine Party … die Atmosphäre …“, stammelte ich. Dann endlich fiel mir ein gutes Argument ein: „Ich bin angetrunken!“

„Und wie hat sich das angefühlt? Als ihr euch fast geküsst habt, meine ich“, ließ meine Freundin nicht locker.

Sofort spürte ich wieder Felix’ Nähe, die Wärme, die von seiner Haut ausging, sein Atem, der meine Wange streifte.

Ich räusperte mich. „Du, das weiß ich schon gar nicht mehr. Ich hatte echt zu viel Alkohol.“

„Und seine Freundin? Wie sieht die aus?“

„Ex-Freundin. Blond, zierlich, selbst mit hohen Schuhen gerade mal eins fünfundsechzig, würde ich sagen. Und gekleidet wie für ein Business-Meeting. Wenn ich so darüber nachdenke hat sie einen ganz ähnlichen Kleidungsstil wie du.“

„Also einen guten“, sagte Elena und schaute bekümmert drein. „Das wird nicht einfach für dich.“

„Mein Kleidungsstil ist auch gut!“

„Welcher Stil? Nur ein Scherz!“, kicherte sie, als ich Anstalten machte, ihr mein Bier in den Ausschnitt zu kippen. „Mal ehrlich: Nimmst du den Kampf auf?“

„Ach, Elena, du verstehst das ganz falsch. Das heute Abend war nur …“ Ja, was war es? Diese Frage hätte ich zu gerne Felix gestellt. Er dagegen schien kein Interesse daran zu haben, über unseren Moment im Flur zu sprechen. Wahrscheinlich hatte er ihn über Valeries Besuch schon komplett vergessen. Ich biss mir auf die Unterlippe. Felix hatte recht. Es war doch im Grunde genau so, wie ich es gerade versucht hatte, Elena zu verkaufen. Die Partystimmung, der Alkohol … mehr war da nicht gewesen. „... im Grunde war es gar nichts", brachte ich den Satz endlich zu Ende.

Elena hob zweifelnd die Augenbrauen.

„Außerdem sind wir gerade dabei, Freunde zu werden."

„Wenn du meinst."

Am nächsten Morgen weckte mich weder der Wecker noch laute Musik. Sondern das penetrante Schrillen der Türklingel.

„Felix", murrte ich. „Geh du, ich hab Kopfschmerzen." Das war eine Lüge, wie ich selbst erstaunt feststellte. Mir ging es sogar ziemlich gut. Na ja, einen leichten Druck im Kopf hatte ich schon, wahrscheinlich Dehydrierung. Aber ansonsten keine Spur von einem Kater. Dafür war ich schrecklich müde.

Die Klingel schrillte ein weiteres Mal.

„Felix", quengelte ich. „Steh auf!"

Aber mein Zimmergenosse rührte sich nicht.

Unwillig öffnete ich die Augen und setzte mich auf. „Alles muss man selbst machen. Aber glaub ja nicht, dass du weiter schlafen kannst. Ich geh jetzt an die Tür und dann komm ich mit einem Eimer Wasser wieder, den ich dir ..." Ich hielt in meiner Tirade inne, denn es hörte mir niemand zu. Felix' Bett war leer.

„Na super. Uns mit der ganzen Arbeit allein lassen, das sieht dir ähnlich." Unser Zimmer glich einem Schlachtfeld. Heute Morgen, als auch die letzten Gäste gegangen waren, hatten wir nur sein Bett und mein Sofa von den gröbsten Chipskrümeln befreit und uns um den Rest nicht gekümmert. Jetzt, wo die Mittagssonne das Zimmer hell ausleuchtete, breitete sich vor mir die ganze Katastrophe aus. Flecken verschiedenster Farben auf dem Laminat. Krümel, umgestoßene Bierflaschen und Pappbecher, wohin ich auch sah.

Die Türklingel schrillte abermals, diesmal länger. Ich ließ das Chaos Chaos sein und tappte über den klebrigen Boden zur Zimmertür, über den Flur und zur Sprechanlage. „Hallo?"

„Valerie hier. Habe ich euch geweckt?"

Ich lehnte mich leise stöhnend gegen die Wand. Auch das noch.

„Ich war mir nicht sicher, wie früh ich klingeln kann, weil ihr ja gestern diese Party gefeiert habt. Aber jetzt ist es schon eins."

„Ich war schon wach", sagte ich und wusste nicht einmal, warum ich log. „Aber Felix ist, glaube ich, nicht da. Ich könnte mal in der Küche und im Bad nachsehen ..."

„Mach dir keine Mühe. Eigentlich wollte ich sowieso zu dir. Ich dachte mir schon, dass Felix heute früh die Wohnung verlassen würde, um einer Konfrontation mit mir aus dem Weg zu gehen."

War Felix tatsächlich deswegen so früh aufgestanden? Schließlich war er genauso spät schlafen gegangen wie ich und seine neue Stelle im Café trat er erst nächste Woche an.

„Darf ich raufkommen?"

„Es ist gerade schlecht. Die Wohnung ist ein Schlachtfeld, wir müssen aufräumen."

„Mach dir deswegen keine Gedanken. Mich stört die Unordnung nicht. Wenn du willst, helfe ich beim Saubermachen."

Ich versuchte angestrengt, mir irgendeine Ausrede einfallen zu lassen. Irgendetwas, das mich vor dem

Gespräch mit Felix' Ex-Freundin bewahren würde. „In Ordnung", gab ich schließlich auf und drückte den Türöffner. Während ich darauf wartete, dass Valerie die Stufen zum zweiten Stock hinaufstieg, fragte ich mich, was sie wohl von mir wollte. Und mir kam ein schrecklicher Verdacht: Glaubte sie am Ende, ich wäre Felix' Neue? Ich kämpfte gegen den Impuls, die Wohnungstür zuzuknallen und mich in meinem Zimmer zu verstecken.

Da erschien Valerie bereits in meinem Blickfeld. Sie sah genauso frisch und schön aus, wie ich sie von gestern Abend in Erinnerung hatte. Heute hatte sie die rotblonden Locken hochgesteckt und trug ein enges dunkelblaues Kleid mit passenden Pumps, einen weißen Mantel und ein dünnes, blau-weiß kariertes Halstuch. Alles in allem erinnerte sie mich in diesem Outfit ein bisschen an eine Flugbegleiterin. Eine sehr attraktive Flugbegleiterin.

Ich fühlte mich in der verknitterten Jeans, in der ich nun schon mehrere Nächte geschlafen hatte und in dem zu großen T-Shirt vollkommen fehl am Platz.

„Guten Morgen." Valerie lächelte herzlich. Sie hielt eine Papiertüte, offensichtlich von der Bäckerei gegenüber, hoch. „Ich hoffe, du hast noch nicht gefrühstückt." Ihre hellbauen Augen schienen mit ihrem ganzen Gesicht mitzulachen.

„Nein, habe ich noch nicht." Ich trat zur Seite, damit Valerie die Wohnung betreten konnte.

„Na, das sieht doch gar nicht so schlimm aus. Oder habt ihr hier schon aufgeräumt?"

Verwirrt sah ich mich im Flur um. Sie hatte recht. Hier gab es keine Getränkeflecken, keine Krümel, keine

Flaschen. „Komisch", murmelte ich. Ich erinnerte mich ganz klar daran, dass gestern Abend auch der Flurboden unter meinen Füßen geklebt hatte.

„Die Küche ist da hinten, oder?" Ohne eine Antwort abzuwarten, ging sie zielstrebig den Flur entlang.

Ich folgte ihr, mit den Gedanken noch immer bei den ominösen Mainzelmännchen, die den Flur geputzt hatten. Als ich die Küche erreichte, hatte Valerie ihre Tüte bereits auf dem Tisch abgestellt. Auf dem *sauberen* Tisch. Fassungslos blickte ich mich um. Ein großer, voller Müllsack stand in einer Ecke, in der anderen die beiden Bierkästen, in die jemand die leeren Flaschen einsortiert hatte. Der Boden und die Oberflächen waren sauber. „Warte mal kurz", sagte ich zu Valerie und machte kehrt.

„Ich koche schon mal Kaffee", rief sie mir hinterher.

Ich klopfte an Daniels Zimmertür und lauschte. Als keine Reaktion kam, öffnete ich die Tür und schlüpfte in die Dunkelheit. Daniel hatte die Rollläden heruntergelassen, so dass sein Zimmer in absoluter Finsternis lag. Ich schloss die Tür hinter mir und tastete nach dem Lichtschalter.

Ein unwilliges Brummen ertönte vom Bett her, als die Deckenlampe anging. Daniels heller Haarschopf schaute unter der Decke hervor, sonst war nichts zu sehen. Ich kämpfte mich durch diverse Chipsverpackungen, Flaschen und andere Überbleibsel von gestern Abend, zog die Rollläden hoch und riss die Fenster auf.

Wieder das unwillige Brummen, diesmal noch eine Spur aggressiver.

„Es stinkt", ließ ich Daniel wissen. „Nach Bier und verbrauchter Luft. Außerdem wirst du in diesem Mief nie wach. Du ... warst nicht zufällig vorhin schon mal auf und hast im Putzwahn den Flur und die Küche aufgeräumt?" Dämliche Frage.

Derselben Meinung schien auch Daniel zu sein, denn er ignorierte mich.

„Brauchst du was? Aspirin? Wasser?"

Keine Antwort.

„Dir ist schon klar, was du gestern Abend angestellt hast, oder? Du hast vor allen ausgeplaudert, dass ich in der Schule für Felix geschwärmt hab! Ich bin echt sauer, Dani. Ich hoffe, das weißt du."

Ein Grunzen, das sehr an ein Schnarchen erinnerte, kam unter der Bettdecke hervor.

„Komischer Abend, wirklich. Erst deine Offenbarung, dann küssen Felix und ich uns beinahe und zu allem Überfluss taucht auch noch seine Ex-Freundin bei uns auf. Du hättest mal sehen sollen, wie Felix sie behandelt hat. Ich würde mir das nicht bieten lassen. Aber wer weiß, was sie angestellt hat. Felix wird schon einen Grund gehabt haben, mit ihr schlusszumachen. Ich meine, du müsstest sie mal sehen. Aber vielleicht hat sie ihn ja betrogen, das würde zumindest seine Reaktion ihr gegenüber erklären. Und jetzt sitzt sie in unserer Küche, Felix ist verschwunden – vorher hat er übrigens die halbe Wohnung geputzt – und ich muss mit ihr zusammen frühstücken."

Daniels Schnarchen ertönte jetzt laut und gleichmäßig.

„Schön, dass wir darüber geredet haben", sagte ich und wandte mich zur Tür. „Wenn du nachher aufwachst und ich mit einem Messer im Rücken auf dem Küchenfußboden liege, weißt du nicht mal, wer mich hinterrücks ermordet hat. Und warum? Weil du lieber deinen Rausch ausschläfst, als mir zuzuhören. Wir müssen uns unbedingt noch mal über die Definition des Wortes Freundschaft unterhalten, wenn du wieder ansprechbar bist."

Bevor ich in die Küche zurückkehrte, ging ich ins Bad. Auch hier hatte Felix ganze Arbeit geleistet. Während ich mir die Zähne putzte starrte ich auf den Badewannenrand und dachte daran, wie Felix und ich gestern Abend hier gesessen hatten. Wir hatten uns lange angeschwiegen, bevor wir das Bad verlassen hatten. Es hatte sich beinahe so angefühlt wie ganz am Anfang, als ich hier eingezogen war. Felix' Verschlossenheit und Ablehnung schienen zurückgekehrt zu sein.

Als ich wieder in die Küche kam, standen schon zwei dampfende Tassen Kaffee auf dem Tisch, sowie zwei Teller. Auf jedem Teller lag ein Croissant und mitten auf dem Tisch lag eine unberührte Packung Butter, sowie drei von diesen Portions-Nutella-Päckchen.

„Viel mehr hatte der Bäcker gegenüber leider nicht zu bieten", sagte Valerie. Obwohl ihre Worte als Entschuldigung interpretiert werden konnten, klang ihre Stimme ganz und gar nicht danach.

„Macht nichts", sagte ich trotzdem, nahm meine Kaffeetasse und trank einen Schluck. Erst dann fühlte ich mich stark genug, um mich neben Valerie zu setzen. Ich beobachtete sie aus den Augenwinkeln, als sie die Butter öffnete, mit dem Messer eine dünne Schicht davon nahm, sie auf ihr Croissant schmierte und abbiss.

Ich nahm ebenfalls das Messer zur Hand und schnitt mein Croissant längs auf.

„Ich mag eure Wohnung", sagte Valerie plötzlich. „Obwohl ich fast noch gar nichts davon gesehen habe. Aber die Küche ist toll, so gemütlich. Sie ist bestimmt der Mittelpunkt der WG, oder? Eine Art Treffpunkt."

„Ja." Ich verteilte ein Päckchen Nutella auf meinem Croissant und nahm den ersten Bissen.

„Ich habe noch nie in einer WG gewohnt. Ich wollte es auch nie und konnte nicht verstehen, wie so viele andere es mit so einer Wohnsituation aushalten können. Aber plötzlich bekomme ich richtig Lust, es auch mal zu versuchen."

Ich sagte nichts dazu, denn ich hatte nicht das Gefühl, dass Valerie überhaupt einen Kommentar von mir erwartete.

„Aber jetzt ist es zu spät." Sie seufzte. „Manche Sachen muss man eben ausprobieren, wenn man jung ist."

„Wie alt bist du?", konnte ich mir nicht verkneifen zu fragen.

„Fünfundzwanzig."

„Dann bist du zwei Jahre jünger als ich. Und als Daniel und Felix. Und wir alle wohnen in dieser WG." Ich gab mir alle Mühe, meine Stimme neutral klingen zu lassen.

„Ich wollte dich und deinen Freund nicht beleidigen. Aber Felix wohnt schließlich nicht wirklich hier." Sie lachte. „Er steckt in einer Krise. Aber diese Phase wird vorübergehen und dann wird er hier ausziehen. Er ist überhaupt nicht der Typ für eine WG, das ist dir bestimmt auch schon aufgefallen."

„Es funktioniert alles ganz wunderbar."

„Tatsächlich?" Sie hob ungläubig eine ihrer hellbraunen Augenbrauen.

Hatte ich Valerie gestern Abend noch als Opfer gesehen, war sie mir plötzlich von Herzen unsympathisch. Ich legte das angebissene Croissant auf den Teller. Ich hatte keinen Appetit mehr. Stattdessen nahm ich noch einen Schluck Kaffee. „Warum bist du hier?" *Und wann gehst du wieder?*, fügte ich in Gedanken hinzu.

„Um Felix sein Notebook zu bringen und um mit ihm zu reden."

„Das war gestern Abend. Ich meine, warum bist du jetzt hier? Du hast an der Sprechanlage gesagt, dass du wusstest, dass Felix nicht da ist. Und dass du zu mir wolltest."

Valerie lächelte. „Ich wusste natürlich nicht mit Sicherheit, dass Felix nicht da ist. Aber ich kenne ihn gut und er neigt dazu, Dingen, mit denen er sich nicht auseinandersetzen will, aus dem Weg zu gehen."

Ich schlürfte weiter meinen Kaffee und wartete darauf, dass sie meine Frage beantworten würde. Doch vorerst sah es nicht danach aus.

„Deshalb hat er auch einfach Berlin verlassen. Er hat von einem Tag auf den anderen seine Stelle gekündigt, seinen Resturlaub genommen und dem Krankenhaus den Rücken gekehrt. Mir hat er kein Wort davon erzählt. Ich arbeite in demselben Krankenhaus, musst du wissen, ich mache dort meine Therapeutenausbildung. Ein paar Stunden später hat mir ein Kollege, der uns beide kennt, von Felix' Kündigung erzählt. Ich habe versucht, ihn anzurufen, aber er ist nicht dran gegangen. In der Mittagspause bin ich zu seiner Wohnung gefahren, doch er hat nicht aufgemacht. So ging das ein paar Tage, bis ich zufällig Felix' Vermieter traf und der mir sagte, dass Felix seine Wohnung zum schnellstmöglichen Termin kündigen will. Ein netter älterer Mann ist das, wirklich. Leider konnte der ja nicht ahnen, dass Felix gerade in so einer Phase steckt und dachte noch, er täte ihm was Gutes, indem er ihn bereits zum Ende des Monats kündigen ließ. Er sagte mir auch, Felix hätte seine Sachen bereits aus der Wohnung geschafft. Ich habe keine Ahnung, wo er das ganze Zeug hingebracht hat. Vielleicht zu irgendeinem Freund. Und dann war er weg, hatte die Stadt verlassen. Und ich wusste nicht einmal, wo er hingegangen ist."

„Er hat nicht mit dir schlussgemacht?", hakte ich nach.

„Hat er das etwa erzählt?"

Ich nickte.

„Das sieht ihm ähnlich. Nein, hat er nicht. Er hat weder mit mir geredet, noch eine Nachricht hinterlassen oder mir auch nur eine SMS geschickt. Er war von einem auf den anderen Tag aus meinem Leben verschwunden."

„Arschloch", rutschte es mir heraus. Ich konnte diese Valerie zwar nicht leiden, aber so ging man einfach nicht mit Menschen um. Schon gar nicht mit jemandem, mit dem man eine Beziehung führt.

„Ja, das dachte ich auch."

„Und du hast keine Ahnung, wieso er einfach abgehauen ist?"

„Nein, es gibt absolut keinen Grund dafür. Er hat alles: Eine super Arbeit, Freunde, unsere Beziehung läuft toll. Seine Eltern sind stolz auf ihn, er hat Geld, das er auch mit Freude ausgibt, und eine schöne Wohnung. Aber wie gesagt, er steckte in letzter Zeit in einer Art Krise.

War mit nichts mehr zufrieden, stellte alles infrage. Auf einmal war er sich nicht mal mehr sicher, ob er noch Arzt werden wollte. Unglaublich, oder? Da hat er so lange studiert, arbeitet jetzt seit zwei Jahren als Assistenzarzt und überlegt sich plötzlich, dass er keine Lust mehr auf diesen Beruf hat."

Ich räusperte mich. Diese Diskussion kam mir bekannt vor. „Es kann doch sein, dass er all die Jahre das Falsche gemacht hat. Dann ist es doch besser, dass er das jetzt erkennt und sich nach etwas Neuem umsieht, als wenn er für den Rest seines Lebens unglücklich ist."

Valerie starrte mich an. Dann lachte sie. „Du verstehst das falsch", sagte sie in mütterlichem Tonfall. „Er wollte immer Arzt werden. Dafür hat er so hart gearbeitet, während des Studiums und danach. Seine Karriere ging ihm immer über alles. Zum Beispiel versuchte ich ihn schon seit Monaten zu überzeugen, dass er zu mir ziehen sollte. Weißt du, was er stets darauf sagte? *Nein, ich muss mich erst mal vollkommen auf meine Arbeit konzentrieren.* Diesen Satz kannst du als sein Motto betrachten, nach dem er die letzten Jahre gelebt hat."

Ich betrachtete sie nachdenklich. Als ich merkte, dass sie meinen Blick erwiderte, nahm ich noch einen Schluck Kaffee. „Und wenn diese Haltung nicht wirklich seine Meinung war?", fragte ich leise. Es kam mir komisch vor, dieser Frau, die anscheinend lange mit Felix zusammen gewesen war, erklären zu wollen, wie ihr Ex-Freund dachte. Als Elena dasselbe bei mir bezüglich Leon getan hatte, war ich auch nicht gerade begeistert gewesen.

Valeries irritierter Blick zeigte mir, dass auch sie meine Worte als unangemessen empfand.

„Ich habe die letzten Tage ziemlich viel mit ihm geredet“, versuchte ich, mich zu erklären. „Ich glaube, er will wirklich nicht weiter als Arzt arbeiten. Vielleicht wollte er das nie. Und vielleicht hat er sich nur nicht getraut, das zu sagen, ja auch nur zu denken. Weil dadurch ein Großteil seines Lebens in sich zusammenfällt.“

Valerie schwieg. Ihr Gesichtsausdruck spiegelte eine Mischung aus Wut und Unglaube wider. „Du kennst ihn nicht“, sagte sie schließlich.

Ich erwiderte nichts. Was sollte ich auch sagen? ‚Vielleicht bist du diejenige, die ihn nicht kennt‘? Wohl kaum. Außerdem: Was würde es bringen? Valerie hatte ihr eigenes Bild von Felix, das dem, welches ich von ihm hatte, völlig widersprach. Er hatte sich verändert, so viel stand fest. Und auch Valerie würde das früher oder später einsehen müssen. Warum sollte ich diejenige sein, die sie mit der Nase darauf stieß? Das war nun wirklich nicht meine Aufgabe, das konnte Felix schön selbst erledigen. Aber der Herr ging seiner Ex-Freundin ja lieber aus dem Weg. Feigling.

Valerie stand auf. „Vielleicht kannst du Felix ausrichten, dass ich hier war. Und dass ich nicht abreise, bevor ich zumindest ein vernünftiges Gespräch mit ihm geführt habe.“

Ich erhob mich ebenfalls. „Klar.“

Sie streckte mir die Hand hin. Von ihrer zeitweiligen Irritation war nichts mehr zu merken. Sie strahlte mich an. „Weshalb ich eigentlich zu dir wollte: Danke.“

„Wofür?“ Verwirrt nahm ich ihre Hand.

„Du hast Felix zur Vernunft gebracht. Zumindest hat er das am Telefon gesagt.“

Ich zog meine Hand zurück. „Ich habe gar nichts gemacht." Und ich konnte mir beim besten Willen nicht vorstellen, dass Felix etwas Derartiges über mich gesagt haben sollte.

„Doch, hast du. Felix sagte, dass er in einem tiefen Loch steckte, als er hier ankam. Dann bist du eingezogen und obwohl es wohl nicht immer angenehm war, hat er so aus seinem Tief herausgefunden. Er hat sich einen Job gesucht – auch wenn das unnötig ist, schließlich ist er Arzt, nicht Kellner – und er hat mich angerufen, um sich seinen Laptop schicken zu lassen, der noch in meiner Wohnung lag. Wer weiß? Ohne dich würde er vielleicht immer noch faul im Bett herumliegen."

„Er war nicht faul. Es ging ihm nicht gut", sagte ich feindseliger als beabsichtigt.

Valerie winkte ab. „Wie auch immer. Dafür wollte ich dir jedenfalls danken." Sie schien keine Erwiderung zu erwarten, denn sie wandte sich ab und ging zur Wohnungstür. „Du richtest Felix meine Nachricht aus, ja?"

„Sicher."

„Gut. Also, auf Wiedersehen, Maja."

Ich hatte keine Gelegenheit, ihr ebenfalls einen Abschiedsgruß zuzurufen, denn da war die Wohnungstür bereits hinter ihr zugefallen.

„Mann, Felix", murmelte ich und ließ mich zurück auf meinen Küchenstuhl fallen. „An deiner Stelle hätte ich auch die Flucht ergriffen."

„Valerie war da!", rief ich, als etwa vier Stunden später die Wohnungstür geöffnet und wieder zugeworfen wurde.

Ein lauter Fluch schallte vom Flur bis in die Küche. Hier hatte ich mich mitsamt meinem Laptop wieder niedergelassen, nachdem ich mein und Felix' Zimmer aufgeräumt hatte.

„Könnt ihr mir mal verraten, warum ihr so einen Lärm macht?"

Ich drehte den Kopf.

Daniel lugte aus seinem Zimmer. Die Haare standen wirr nach allen Seiten ab, sein Gesicht war ungesund blass und er hatte dunkle Ringe unter den Augen.

„Auch wieder unter den Lebenden?", fragte Felix seinen Freund und klopfte ihm im Vorbeigehen auf die Schulter. Als er in die Küche kam, warf er mir einen seltsamen Blick zu. Ging ihm vielleicht gerade unser Beinahe-Kuss von gestern Abend durch den Kopf? Oder war er in Gedanken mit Valerie beschäftigt? Ich tippte stark auf letzteres und versuchte, den feinen Stich, den der Gedanke mir versetzte, zu ignorieren.

Felix besah sich stirnrunzelnd die Reste meines Frühstücks mit seiner Ex-Freundin.

„Eines muss man ihr lassen", sagte ich und gab mir alle Mühe, meiner Stimme einen fröhlichen Klang zu geben. „Sie weiß, wie man sich als Gast benimmt. Andererseits: Das unangemeldete Selbsteinladen spricht eigentlich eher gegen ihre Manieren."

Felix ignorierte mich. Stattdessen machte er sich am Kühlschrank zu schaffen.

„Von wem reden wir?", fragte Daniel und griff sich eine Wasserflasche aus dem geöffneten Kühlschrank.

„Felix' Ex-Freundin."

„Valerie?"

„Du kennst sie?"

„Können wir bitte das Thema wechseln?", mischte sich Felix ein.

Daniel ließ sich auf einen Stuhl fallen und führte die Flasche zum Mund. Nachdem er die Hälfte leergetrunken hatte, wischte er sich den Mund ab und sagte: „Ich habe Felix ein einziges Mal in Berlin besucht und dabei Valerie kurz kennengelernt. Ansonsten kenne ich sie nur aus Erzählungen. Du hast gar nicht erwähnt, dass du dich von ihr getrennt hast." Er drehte sich zu Felix um.

Der hatte jedoch gerade ein Stück Apfel im Mund.

„Weil er das offiziell gar nicht getan hat", antwortete ich an seiner Stelle.

Felix warf mir einen empörten Blick zu.

„Ja, du hast gelogen", sagte ich. „Valerie hat mir alles erzählt. Du hast sowohl deinen Job als auch deine Wohnung gekündigt, ohne ihr davon zu erzählen. Dann bist du hierher abgehauen, ohne ihr auch nur eine Nachricht zu hinterlassen!"

Statt zu antworten nahm Felix noch einen Bissen von seinem Apfel. Gelassen kaute er darauf herum, schluckte ihn hinunter und sagte schließlich: „Ach komm, reg' dich nicht so künstlich auf. Du magst sie doch auch nicht."

„Was habt ihr beide denn? Ich finde sie gar nicht so schlimm", warf Daniel ein und setzte wieder die Wasserflasche an die Lippen.

Felix und ich tauschten einen Blick. Es war genauso wie vor der Party, als wäre nichts geschehen. Zwei Menschen, die sich flüchtig aus der Schule kannten, sich gezwungenermaßen ein Zimmer teilen und auf dem besten Weg sind, Freunde zu werden. Den Moment im Flur hatte es nicht gegeben, denn er passte einfach nicht rein. So sah es Felix, da war ich mir sicher.

Und hatte er nicht recht? Es war besser so, ganz bestimmt.

Um mich abzulenken, wandte ich mich Daniel zu: „Der erste Eindruck ist bestimmt ganz nett, vor allem das Äußerliche." Ich sah Felix aus den Augenwinkeln grinsen. „Und sie ist sicher eine geistreiche Gesprächspartnerin. Aber ich wette, du hast mit ihr nie über Karriere, Ziele im Leben, Erwachsensein im Allgemeinen oder Ähnliches gesprochen. Denn gerade du würdest da gnadenlos den Kürzeren ziehen."

„Was hat sie über die WG gesagt?", wollte Felix wissen.

„Dass sie es hier gemütlich findet und es sogar selbst gern mal ausprobieren würde, in einer WG zu wohnen."

„Und daran ist was genau so schrecklich?", fragte Daniel.

„Das war sicher nur die Einleitung", vermutete Felix.

Ich nickte und ahmte ihre Stimme nach: *„Aber jetzt bin ich leider schon zu alt dafür."*

„Das hat sie gesagt?" Daniel sah ernsthaft entsetzt aus.

„Nicht wortwörtlich", gab ich zu. „Aber das war die unterschwellige Nachricht."

„Aber sie ist doch sogar jünger als wir!", rief Daniel.

„Eben."

„Valeries Meinung nach sollte man in unserem Alter mindestens einen sicheren Beruf und eine feste Partnerschaft haben. Am besten hat man auch schon den Heiratstermin festgelegt und ist dabei, das Eigenheim zu bauen." Felix warf die Reste seines Apfels in den Mülleimer.

„Nimm's mir nicht übel, aber dachtest du selbst vor einiger Zeit nicht noch genauso?", fragte Daniel.

Ich sah Felix gespannt an.

„Ja … nein … keine Ahnung." Plötzlich war seine Gelassenheit verschwunden. „Ich geh mich hinlegen, war heute Morgen ziemlich früh auf."

Ich sah ihm perplex nach, als er die Küche verließ.

„Habe ich noch mehr verpasst?", wollte Daniel wissen.

„Erzähl ich dir später. Du kannst schon mal eine Notebook-Tasche kaufen gehen. Achtzehn Zoll." Ich lief Felix hinterher und erwischte gerade noch die Tür, bevor sie hinter ihm zufiel.

„Nervensäge", fluchte er.

„Weißt du, wer eine Nervensäge ist? Deine Ex. Und ich soll dir von ihr ausrichten, dass sie in der Stadt bleibt, bis du zu einem Gespräch mit ihr bereit bist."

„Da kann sie lange warten." Er lächelte liebenswürdig.

„Sei doch nicht so ein Baby! Sprich mit ihr, mach ihr deinen Standpunkt klar und dann ist gut. Dann fährt sie wieder heim und wir haben unsere Ruhe."

„Mach eben nächstes Mal nicht die Tür auf, wenn du nicht mit ihr reden willst." Er zog seinen Pulli aus, so dass ein weißes T-Shirt darunter zum Vorschein kam.

„Selbst jemand wie sie verdient eine Erklärung dafür, warum ihr Freund sie plötzlich verlässt. Wie lange wart ihr eigentlich zusammen?"

Felix löste gerade den Knopf seiner Jeans, als er innehielt und überlegte. „Wir kannten uns schon im Studium, aber kamen erst zusammen, als ich schon meine Stelle in der Klinik hatte. Also knapp zwei Jahre."

Ich wollte den Blick abwenden, als er begann, sich die Hose von den Beinen zu streifen, doch konnte nicht. In seinem alten Leben hatte er mit Sicherheit regelmäßig Sport gemacht. Kein Mann bekam von nichts einen so flachen Bauch mit sanften Sixpack-Konturen und so durchtrainierte Oberarme und Beine.

Als ich meinen Blick wieder zu Felix' Gesicht hob, erwartete mich ein feixendes Grinsen. „Wir hatten unser Gespräch von gestern Abend noch gar nicht zu Ende geführt", sagte er mit anzüglichem Unterton.

Sofort beschleunigte sich mein Herzschlag. Wollte er nun doch darüber reden? Doch eigentlich hörte sich sein Ton weniger nach einem ernsten Gespräch an, als nach ... Flirten?

Ich verstand gar nichts mehr und spielte vorsichtshalber die Ahnungslose. „Welches Gespräch?"

„Das, in dem wir klären wollten, wie lange du für mich geschwärmt hast." Er trat einen Schritt auf mich zu und sah mich wieder mit diesem intensiven Blick an, der meine Haut zum Kribbeln brachte.

„Wenn ich mich richtig erinnere, hast du dieses Gespräch irgendwann nicht mehr weiter führen wollen", sagte ich rau.

Wir blickten uns in die Augen. Dann brach Felix plötzlich den Blickkontakt und zuckte mit den Achseln. „Bis dahin war es ein netter Abend."

Ich folgte ihm verwirrt mit dem Blick, als er sich umdrehte und zu seinem Bett ging. Was war das jetzt wieder gewesen? Erst der Fast-Kuss, dann verhielt er sich wieder ganz normal und nun hatte er schon wieder mit mir geflirtet, oder? Oder war das vielleicht ganz normal in einer Freundschaft zwischen Mann und Frau? Dass man hin und wieder so tat, als würde man flirten, obwohl beide Seiten wussten, dass es nur Spaß war? Ich hatte das schon bei anderen beobachtet, aber Daniel und ich hatten so etwas nie gemacht. Aber Daniel war ja auch ein ganz anderer Mensch als Felix. Jedenfalls schien es nicht, als hätte dieses Flirtgespräch für letzteren irgendeine Bedeutung gehabt, denn kommentarlos legte er sich in sein Bett.

„Rede mit ihr!", verlangte ich lauter als beabsichtigt.

„Es hat keinen Sinn, mit ihr zu diskutieren. Vor allem, weil ich jetzt schon genau weiß, was sie sagen wird."

„Und das wäre?"

„Natürlich soll ich mir meine Stelle im Krankenhaus zurückholen oder, wenn das nicht geht, mir eine andere Stelle als Assistenzarzt suchen. Und zu ihr ziehen, jetzt, wo ich keine Wohnung mehr habe. Wahrscheinlich sieht sie die ganze Situation sogar noch als Chance, schließlich habe ich mich ewig gegen das Zusammenziehen gesträubt. Und wieso? Weil ich wusste, dass sie mich wahnsinnig machen würde."

„Fragt sich, warum du dann überhaupt mit ihr zusammen warst." Vielleicht hatte er sie ja auch so schamlos angeflirtet wie mich, ohne sich etwas dabei zu denken, und Valerie hatte es ebenfalls nicht verstanden.

„Sie war nicht immer so."

Er sagte das so leise, dass ich mir nicht sicher war, ihn überhaupt richtig verstanden zu haben. Ich überlegte gerade, ob ich nachfragen sollte, da murmelte er: „Oder doch? Verdammt, ich weiß gar nicht mehr ... ich glaube, sie war schon immer so. Bevor wir zusammen kamen, waren wir lange Bekannte, dann sogar Freunde. Nur damals störten mich all die Dinge, die mir heute so auf die Nerven gehen, gar nicht. Sie hatten ja auch nichts mit mir zu tun. Da ich nur ein Bekannter war, erwartete Valerie nichts von mir ... ach, wem erzähl ich das? Du weißt ja selbst, was Beziehungen aus einem machen. Dein Ex hat dich doch auch verlassen, weil du schlicht und einfach seine Erwartungen nicht erfüllt hast, oder?"

Da war es wieder. Diese viel zu simple Zusammenfassung meiner zweijährigen Beziehung. Als Elena das vor einer Woche zu mir gesagt hatte, war ich mir sicher gewesen, dass sie es sich zu einfach machte. In der Zwischenzeit hatte ich angefangen zu glauben, dass die Erklärung für Leons Verhalten vielleicht wirklich so banal war. Doch diese Erkenntnis tat immer noch weh. „Scheint so", sagte ich.

Wir schwiegen eine Zeit lang. „Aber glaubst du, dass es immer so sein muss? Dass eine Person die andere nach ihren Erwartungen formen will, die andere sich das nicht gefallen lässt und so die Beziehung zerbricht?"

Felix schwieg lange. So lange, dass ich schon zum Bett schleichen wollte, um nachzusehen, ob er eingeschlafen war.

„Nein. Manche Personen lassen das auch einfach mit sich machen, sodass die Beziehung daran nicht unbedingt zerbrechen muss. Dann leben die beiden glücklich und zufrieden bis an ihr Ende, oder reden sich das zumindest ein. Oder die Beziehung geht an etwas anderem kaputt."

„Vielleicht können sich auch zwei Menschen finden, die so gut zueinander passen, dass sie sich gar nicht verändern wollen", schlug ich vor und musste an Elena denken. Im Grunde dachte sie ähnlich wie Felix. Nur dass sie der Meinung war, anstatt den anderen verändern zu wollen, müsste man ihn genauso nehmen, wie er ist. Mit all seinen eigentlich unannehmbaren Macken. Aber das konnte doch auch keine Lösung sein. Elena selbst war der lebende Beweis.

„Nein."

„Das ist alles? Gar kein Kommentar dazu, wie naiv ich wieder bin?"

„Falls es dir entfallen sein sollte: Ich war heute Morgen um neun Uhr wach. Das macht vier Stunden Schlaf. In diesem Zustand habe ich Flur, Bad und Küche geputzt. Noch Fragen?"

„Du bist müde", schloss ich messerscharf.

„Sieh an, ein Genie."

„Du solltest trotzdem mit ihr reden. Oder schreib ihr einen Brief. Dein Verhalten ist kindisch."

„Ist mir egal."

Ich seufzte. „Dir ist schon klar, dass ich immer wieder davon anfangen werde?"

„Mir ist vollkommen egal, was du heut Abend oder morgen oder in fünf Jahren tun wirst. Solange du mich *jetzt* schlafen lässt!"

„Schon gut", flüsterte ich und verließ das Zimmer. Kaum stand ich im Flur, nicht weit von der Stelle, an der auch Felix und ich gestern Abend gestanden hatten, drohte mich wieder die Erinnerung zu übermannen. Warum konnte ich es nicht einfach vergessen oder so locker damit umgehen, wie Felix es offensichtlich tat? Stimmte mit mir irgendetwas nicht, dass dieser kurze Moment anscheinend einen so großen Eindruck auf mich gemacht hatte? Oder war ich einfach so verzweifelt?

Ich ließ mir den Gedanken kurz durch den Kopf gehen. Vielleicht war ich das wirklich. Die Trennung von Leon war noch nicht allzu lange her und auch wenn ich mein Bestes tat, nicht an ihn zu denken, ertappte ich mich oft dabei, wie mir die Nähe fehlte. Ob das mit Felix eine Art Trost war, eine unterbewusste Strategie, um die Trauer um meine Beziehung etwas zu mildern? Das hörte sich doch plausibel an. Genau, so musste es sein.

Ein Blick in die Küche verriet mir, dass Daniel sich bereits wieder in sein Zimmer zurückgezogen hatte. Felix schlief ebenfalls, Elena arbeitete heute den ganzen Tag. Umso besser. Es wurde ohnehin höchste Zeit, dass ich mich ernsthaft um meine Mappe kümmerte. Von meiner Internetrecherche wusste ich, dass Zeichnungen einen wichtigen Teil der Bewerbungsmappe ausmachten, doch sollten es größtenteils realistische Zeichnungen sein. Zwar wollte ich meinen Karikatur-Comics auch einen Platz in der Mappe einräumen, doch wenn ich eine Chance auf einen Studienplatz haben wollte, musste ich mich wohl oder übel auch mit Fluchtpunkt und Perspektive beschäftigen. Am besten fuhr ich als erstes in den großen Buchladen in der Innenstadt, der weit mehr Fachbücher zu bieten hatte als der, in dem Elena und ich arbeiteten. Ich musste dringend meine theoretischen und praktischen Zeichenkenntnisse auffrischen.

Gerade als ich meine Schuhe anzog, piepste mein Smartphone. Eine Nachricht. Genervt entriegelte ich die Tastensperre. In dem Moment, in dem ich den Namen des Absenders las, war meine Mappe vergessen.

Kapitel 7

Ich starrte auf seinen Namen, bis die schwarzen Buchstaben auf dem hellerleuchteten Display verschwammen.

„Ach, Maja, ich habe dir übrigens einen Schlüssel… Was ist denn mit dir los?"

Ich hob den Kopf. Daniel stand in seiner Zimmertür und musterte mich besorgt.

„Leon hat mir geschrieben."

„Was?" Er kam näher und sah genauso geschockt aus, wie ich mich fühlte. „Was will er?"

„Keine Ahnung. Ich habe mich noch nicht getraut, die Nachricht zu lesen."

„Vielleicht hast du nur was bei ihm vergessen. Eine Socke unter dem Bett zum Beispiel."

„Du glaubst, wegen einer Socke würde er mir eine Nachricht schicken?"

Daniel dachte kurz nach und zuckte dann mit den Achseln. „Es wäre nett. Es gibt nichts, was ärgerlicher ist, als einzelne Socken."

Ich starrte ihn an. Zwar glaubte ich nicht an seine Socken-Theorie, doch wahrscheinlich hatte Leons Nachricht tatsächlich nichts mit unserer Beziehung zu tun.

Bestimmt ging es um irgendetwas Praktisches, das er noch klären musste. Ohne weiter darüber nachzudenken, ließ ich mir die Nachricht anzeigen. Ich wollte die Augen zukneifen und erst lesen, wenn ich mich seelisch darauf vorbereitet hatte. Doch Leons Nachricht bestand nur aus einem Satz. Drei Wörter, um genau zu sein. Und die hatten meine Augen bereits nach einer Sekunde erfasst.

Lass uns reden.

„Oh Gott", stieß ich hervor. Über eine Woche meldete er sich gar nicht und jetzt das?

„Was denn? Ich will es auch lesen!", verlangte Daniel.

Neben mir ging die Zimmertür auf und Felix kam heraus. Mit verwuschelten Haaren und noch immer in T-Shirt und Boxershorts. Kommentarlos nahm er mir das Smartphone aus der Hand. „Was für ein Idiot", urteilte er und gab mir das Smartphone zurück. „Mein Rat: Antworte am besten gar nicht."

Ich sah hilfesuchend zu Daniel, doch der starrte mit offenem Mund Felix an.

Dieser schien sich plötzlich der allgemeinen Aufmerksamkeit standbewusst zu werden. „Was? Es ist allgemein bekannt, dass diese Wohnung hellhörig ist. Dafür, dass ihr eure Privatangelegenheiten trotzdem auf dem Flur vor meiner Tür besprecht, kann ich nichts."

Daniel erwachte aus seiner Starre. Er schloss den Mund und riss mir ebenfalls das Smartphone aus der Hand. „Jetzt will ich aber endlich auch lesen!"

„Tut euch keinen Zwang an. Mein Smartphone ist euer Smartphone", sagte ich trocken.

„Oha", kam es von Daniel. „Felix hat Recht. Strafe ihn mit Schweigen. Wenn er dich zurück will, soll er sich ein bisschen mehr Mühe geben."

Ich klaute mir mein Smartphone zurück und betrachtete die Nachricht noch einmal selbst.

„Und wenn er ihr tausend Nachrichten schreibt, Rosen regnen lässt und auf einem Schimmel vorreitet – das hat doch gar keine Bedeutung."

Daniel blinzelte verwirrt. „Hat es nicht?"

Felix schüttelte den Kopf. Doch sein durchdringender Blick war auf mich gerichtet.

„Vielleicht bereut er seine Entscheidung ja wirklich", sagte ich zögernd.

„Das ist nicht dein Ernst, oder?", sagte Felix fassungslos. „Worüber haben wir denn vor zehn Minuten noch gesprochen? Da hattest du eingesehen, dass er dich schlicht und einfach verlassen hat, weil du seine Erwartungen nicht erfüllt hast."

Ich zuckte hilflos mit den Achseln. „Vor zehn Minuten war eben vor zehn Minuten und da hatte er mir noch keine Nachricht geschrieben."

Felix sah aus, als würde er sich jeden Moment die Haare raufen. „Wahrscheinlich ist ihm aufgefallen, dass er so schnell, wie er dachte, keine bessere Freundin findet. Und jetzt denkt er sich, dass er lieber doch noch mal probiert, die alte Freundin so zu verbiegen, dass sie ihm in den Kram passt."

„Aua", murmelte ich.

„Das war hart", sagte auch Daniel.

„Aber wahr." Felix' Blick schien mich zu durchbohren. „Was bringt es dir, wenn ich die ganze Sache schönrede und du in zwei Monaten wieder am selben

Punkt wie vor einer Woche stehst: Todunglücklich, weil dein Freund gemerkt hat, dass du immer noch nicht bereit bist, dich seinen Erwartungen anzupassen und er dich daraufhin ein zweites Mal verlässt."

„Du hast ja recht", murmelte ich.

„Hat er?" Daniel starrte verständnislos von mir zu Felix. „Was, wenn Leon seinen Fehler eingesehen hat? Wenn er bereut, wie er dich behandelt hat und dich jetzt nehmen will, wie du bist?"

Darüber musste ich lachen. Es klang bitter und unglücklich. „Das hört sich so gar nicht nach Leon an."

„Aber wenn du ihm nicht antwortest, wirst du nie erfahren, worüber er mit dir reden will!"

„Geht es hier eigentlich um mein Wohl oder um die Befriedigung deiner Neugier?", fragte ich scharf.

„Können wir nicht beides irgendwie kombinieren?"

„Nein", sagten Felix und ich gleichzeitig.

„Menno." Daniel ließ den Kopf hängen.

„Aber ein bisschen recht hat er schon", sagte ich nachdenklich. „Ich würde auch gerne wissen, ob Leon mich nun tatsächlich wieder haben will oder nur über … vergessene Socken unter dem Bett reden will. Ich könnte ihn wenigstens fragen, was er konkret möchte. Reden wollen kann schließlich vieles bedeuten."

„Tu es nicht", warnte Felix.

Doch da hatte ich die Nachricht schon verfasst und abgeschickt.

Worüber genau?

Felix stöhnte verzweifelt. „Kannst du nicht einmal auf das hören, was man dir sagt?"

„Kann ich. Aber ich bekomme hier von zwei Seiten unterschiedliche Vorschläge und bin aufgrund dessen etwas verwirrt."

Felix zeigte mir einen Vogel.

Ich ignorierte ihn und fixierte mein Smartphone-Display. Nur wenige Sekunden später leuchtete es auf.

„Was schreibt er?", dränge Daniel.

„Über uns. Ich will dich zurück", las ich laut vor. Kraftlos ließ ich mich mit dem Rücken gegen die Wand sinken.

„Was habe ich gesagt?", sagte Felix. „Hättest du lieber auf mich gehört und einfach nicht geantwortet."

Ich schloss die Augen und versuchte, Felix' Tiraden auszublenden, doch es gelang mir nicht.

„Natürlich bist du jetzt verwirrt. Genau das hat er doch beabsichtigt. Dass du dir Hoffnungen machst und dich dem Gedanken hingibst, dass er etwas verstanden hätte. Aber Kerle wie der ändern sich nicht über Nacht, Maja!"

„Felix …?", hörte ich Daniels vorsichtige Stimme.

„Der will dich nur einlullen. Wenn du jetzt nachgibst und dich mit ihm triffst, kommt alles ganz genau so, wie ich es dir vorhin beschrieben habe."

„Felix? Ich glaube, es reicht", sagte Daniel mit fester Stimme.

„Was?"

Ich spürte die Blicke der beiden auf mir. Das Brennen hinter meinen Lidern wurde stärker, so dass ich die Augen noch fester zusammenpresste.

„Maja?", fragte Daniel.

„Schon gut", sagte ich und zog die Nase hoch. Jetzt nur nicht heulen, nicht vor Felix. Ich versuchte, an etwas

Lustiges zu denken und wählte die Erinnerung daran, wie Felix auf dem Badewannenrand eingeschlafen und anschließend in die Wanne gefallen war. Das Brennen ließ augenblicklich nach und ich traute mich, die Augen zu öffnen. „Schon gut“, wiederholte ich.

Felix starrte mich überrascht an. „Du weinst.“

„Tu ich gar nicht.“ Frechheit, das zu behaupten, wo ich gerade so viel Energie darauf verwendet hatte, genau das nicht zu tun.

„Aber fast.“

„Ich war mit Leon zwei Jahre zusammen. Wir haben in derselben Wohnung gewohnt. Ich habe ihn geliebt. Letzte Woche hat er ganz plötzlich mit mir Schluss gemacht. Also was genau ist so unerwartet daran, dass mir diese Nachrichten von ihm nahegehen?“

Felix öffnete den Mund und schloss ihn wieder. „Ich weiß auch nicht“, gab er schließlich zu.

„Wahrscheinlich dachte er, du bist in Wahrheit noch in *ihn* verliebt und die Beziehung zu Leon war nur gespielt“, bot Daniel grinsend an.

Mein Blick richtete sich prüfend auf Felix. Ich wusste, Daniel hatte mich nur aufheitern wollen, aber was, wenn da was Wahres dran war? Dachte Felix nach der Sache gestern tatsächlich, ich wäre noch in ihn verliebt?

„Ha ha“, machte Felix, doch grinste. „Also: Was wirst du tun?“ Wenn er bemerkte, was in mir vorging, ließ er es sich nicht anmerken.

„Ich wäre jetzt gerne alleine, wenn es euch nichts ausmacht.“

Daniel und Felix tauschten einen Blick.

„Sicher?“, fragte mein bester Freund.

„Ich halte das für keine –", begann Felix, doch ich unterbrach ihn: „Ich bin mir sicher und ich brauche jetzt wirklich meine Ruhe."

Nachdem sie einen weiteren Blick getauscht hatten, verzogen sie sich beide in ihre Zimmer.

Ich saß auf dem Flur auf dem Boden, starrte mein Smartphone an und wusste nicht, was ich tun sollte. Es war einfach alles zu viel. Felix, Leon. Doch ich musste eine Entscheidung treffen. Wollte ich noch mal mit Leon reden oder nicht?

Ich dachte an Felix' Worte und gab ihnen recht. Warum sollte sich Leons Meinung über mich so plötzlich geändert haben? Viel wahrscheinlicher war wirklich, dass er einfach noch mal versuchen wollte, ob er mich nicht doch zu dem Menschen machen konnte, mit dem er zusammen sein wollte.

Danke, kein Interesse, schrieb ich und schickte die Nachricht ab.

Doch da hatte ich Leon unterschätzt.

Elena applaudierte, als ich ihr abends am Telefon von meiner Willensstärke berichtete. Kurz fragte ich mich, wie sie das anstellte, da sie ja auch irgendwie den Hörer halten musste. War ich denn die einzige Frau im Universum, die es nicht hinbekam, das Telefon zwischen Ohr und Schulter einzuklemmen? Es schien so, denn nachdem Elena ihren Applaus eingestellt hatte, hörte ich sie in der Küche mit Gläsern hantieren.

„Kannst du auch mal nur eine Sache auf einmal machen?", fragte ich entsprechend schlecht gelaunt.

„Nein, warum sollte ich? Und jetzt erzähl mir alles der Reihe nach."

Ich berichtete von Leons Nachrichten und Felix' Interventionsversuch, der schlussendlich ja auch Früchte getragen hatte.

„Kluger Junge", urteilte Elena. „Aber ich fand auch gestern schon, dass er bei Weitem nicht so schrecklich ist, wie du ihn beschrieben hast. Er ist vielleicht ein bisschen direkter, als es die meisten Leute hören wollen, aber ansonsten ... und er sieht nett aus." Wenn Elena *nett* sagte war das der gleiche Tonfall in dem andere *heiß* oder *geil* sagten.

„Gestern war er ja auch gut drauf. Du willst ihn nicht schlecht gelaunt erleben."

„Jedenfalls war sein Rat bezüglich Leon goldrichtig."

„Wahrscheinlich."

„Sag mal, was hättest du getan, wenn sich Felix nicht aus seinem Bettchen bequemt und dir seine Argumente um die Ohren geschlagen hätte?"

Das wollte ich mir gar nicht ausmalen. Am Ende hätte ich mich noch von Leon einwickeln lassen. Daniel hätte mich darin wahrscheinlich noch unterstützt. „Dasselbe natürlich."

„Natürlich."

„Jetzt erzähl du doch endlich mal, wie der Stand bei dir und Steffen ist."

„Ach, Maja ..."

„So schlimm?"

„Nein, du nervst nur mit deinem ständigen Gefrage."

„Ach so, na dann. Wie ist nun der Stand der Dinge?"

Elena seufzte abgrundtief. „Ich warte ab."

„Du wartest ab?", wiederholte ich verständnislos.

„Bist du jetzt auch noch schwerhörig?"

„Das ist totaler Quatsch."

„Ich dachte ja nur, weil du mich nicht verstehst, obwohl ich laut und deutlich spreche."

„Ich meine das mit dem Abwarten. Deshalb bist du auch so biestig, oder? Weil du genau weißt, dass es Quatsch ist. Vom Abwarten allein löst sich gar nichts."

„Nicht immer ist es das Beste, direkt mit dem Kopf durch die nächste Wand zu rennen. Manche Entscheidungen wollen wohl überlegt sein."

„Jetzt klingst du wirklich wie eine Bankkauffrau."

„Hör auf, dich lustig zu machen! Ich meine es ernst."

„Tut mir leid."

„Immer ziehst du alles ins Lächerliche."

„Ich habe mich doch schon entschuldigt. Soll ich vor dir niederknien?"

„Schon wieder!"

„Tut mir leid."

„Mensch, Maja ..."

„Tut mir leid."

„Schon gut." Auf einmal klang Elena sehr müde. „Ich weiß doch auch nicht, was ich tun soll. Jetzt, wo ich zugegeben habe, dass ihr alle mit eurer Meinung über Steffen recht habt und dass mich seine Macken auch stören ... seitdem bin ich dauernd unzufrieden. Jetzt fällt mir jede Kleinigkeit auf, alles nervt mich. Und ich frage mich einfach, wieso. Davor war ich wirklich relativ zufrieden. Aber seit dem Gespräch mit dir hat sich alles verändert."

„Vielleicht weil du dir das erste Mal selbst eingestanden hast, dass du dir nur einredest, zufrieden zu sein?"

„Vielleicht." Sie seufzte wieder. „Trotzdem will ich nichts überstürzen, verstehst du?"

„Natürlich verstehe ich das."

Während der nächsten Woche verging kein Tag, an dem Valerie nicht wenigstens einmal vor unserer Tür stand. Felix machte es sich zur Gewohnheit, zu jeder Tages- und Nachtzeit als Erster an die Sprechanlage zu gehen, damit es Daniel oder mir gar nicht erst einfallen konnte, seine Ex-Freundin hereinzulassen. Am Mittwoch begann Felix seine Arbeit im Café. Ich ließ es mir nicht nehmen, ihm in meiner Mittagspause einen Besuch abzustatten. Ich setzte mich an einen freien Tisch, versteckte mich hinter der ausgeklappten Karte und hielt nach Felix Ausschau. Genau in diesem Moment kam er aus einer Tür, hinter der wahrscheinlich der Personalbereich lag. Er trug eine dunkelrote Schürze, die vom Hals bis über die Knie reichte. Nicht, dass sie ihm nicht stand. Im Stillen dachte ich, dass er einer von den Männern war, die anziehen konnten, was sie wollten, und immer gut aussahen. Aber trotzdem, Felix in einer Schürze! Ich gab mir alle Mühe, an mich zu halten, und es klappte, solange ich die Luft anhielt. Als ich aufgrund des Sauerstoffmangels atmen musste, ereilte mich der hinausgezögerte Lachanfall.

„Maja?"

Ich duckte mich noch tiefer hinter meine Karte und presste mir eine Hand auf den Mund.

Im nächsten Moment wurde meine Karte weggerissen. Felix stand neben meinem Tisch, eine Hand in die Hüfte gestemmt und funkelte mich an. „Wusste ich es doch!"

„Du siehst … sexy aus." Und das war nicht mal gelogen. Zum Glück schien Felix das nicht zu wissen, denn sein Blick wurde noch finsterer. „Da du die Karte ja nun lange genug studiert hast, nehme ich an, du weißt, was du willst?“

„Ich wollte dich nur in Schürze sehen. Und das habe ich schon bekommen, danke.“

„Meine Chefin steht hinter dem Tresen und beobachtet mich. Wenn du jetzt aufstehst und wieder gehst, denkt sie, ich verschrecke hier die Kunden. Willst du das?“

„Diese Mitleidsnummer musst du noch ein bisschen üben. Die passt einfach nicht zu dir.“

„Gut, dann anders: Wer hat dich letzte Woche davor bewahrt, dich wieder mit deinem Ex-Freund einzulassen? Na? Genau. Also bestell jetzt gefälligst was und spar’ ja nicht am Trinkgeld!“

Ich nickte beruhigt. „Das ist der Felix, den ich kenne und … na ja, den ich zumindest nur noch sporadisch umbringen will.“ Tatsächlich war ich überaus erleichtert, dass er seit der Sache mit Leon wieder normal war. Nichts, was auch nur ansatzweise an Flirten erinnert hätte. Wir waren wieder Freunde, die sich gerne kabbelten, sonst nichts. Das beruhigte mich ungemein. Endlich wusste ich wieder, wo wir standen. Wenn du dieses Kribbeln nicht wäre, das sich immer dann einstellte, wenn Felix mich eine Spur zu lange ansah. Aber das würde ich auch noch in den Griff kriegen. Ich brauchte nur ein bisschen mehr Zeit, ein bisschen mehr Abstand zu unserem Flurmoment.

„Latte Macchiato mit Karamell-Sirup!“, rief Felix laut. „Kommt sofort.“

„Ich hasse dieses süße Zeug“, raunte ich ihm zu.

„Mir egal“, flüsterte er zurück. „Und wehe, du trinkst nicht aus!“

„Wo ist Dani?", rief ich Felix zu, als ich nach Hause kam. Er saß am Küchentisch an seinem Laptop. Daniels Zimmer war leer, ebenso das Bad.

„Miri", sagte Felix abwesend und starrte gebannt auf den Bildschirm.

Ich wollte mich gerade unauffällig über seine Schulter beugen und schauen, was ihn da so faszinierte, als die Türklingel schrillte.

Ich fuhr zusammen, Felix ebenfalls. Dann sprang er vom Stuhl auf, wobei er mir dessen Lehne fast in den Bauch rammte. „Ich gehe!"

„Was für eine Überraschung", murmelte ich.

„Das habe ich gehört!", rief Felix von der Wohnungstür her, bevor er an die Sprechanlage ging. „Valerie, wie oft muss ich dir noch sagen ..."

Ich nutze die Zeit, um mir die Internetseite anzusehen, die Felix auf seinem Laptop aufgerufen hatte. Sie zeigte eine Übersicht deutschsprachiger Zeitungen und Zeitschriften: Von der *Süddeutschen* über die *Bild* bis zur *Brigitte*. Wollte Felix was abonnieren?

Ich hörte, wie die Wohnungstür geöffnet wurde und drehte mich neugierig um. Ließ Felix Valerie jetzt doch rein? Ich konnte nicht viel sehen, da sein Rücken mir die Sicht verdeckte. Ich hörte seine Stimme – er zischte etwas, doch ich verstand kein Wort. Dann knallte er die Wohnungstür zu und drehte sich um. Als er bemerkte, dass ich ihn ansah, erstarrte er.

„Wer war denn das?", wollte ich wissen.

„Valerie."

„Und die stand hier oben vor der Tür, weil ...?"

„Jemand muss die Haustür offen gelassen haben. Und jetzt weg von meinem Laptop. Das ist Privatsache." Mit drei großen Schritten war er bei mir und zog mich am Arm von seinem Computer weg.

„Ist es so ein großes Geheimnis, dass du dir eine Zeitschrift bestellen willst? Wobei, wenn ich es mir recht überlege ... für deinen Geschmack muss man sich schon schämen. Wenn ich an deine Men's Health denke ...“

„Ich wusste es! Du hast meine Sachen durchwühlt, als ich weg war!“

Ich wich ein paar Schritte zurück, um einen minimalen Sicherheitsabstand zwischen uns herzustellen. „Ach komm, was hättest du an meiner Stelle getan? Außerdem lag die Zeitschrift ganz offen ... hinter dem Bett. Wieso hast du eigentlich nichts Persönliches dabei, sondern ausschließlich Kleidung?“

„Damit die Irre, mit der ich mir ein Zimmer teilen muss, nicht darin herumwühlen kann!“ Felix' Augen hatten einen mörderischen Glanz angenommen.

Ich hielt es für klüger, das Thema zu wechseln. „Und, was soll es diesmal sein? Der *Playboy*, die *Freundin*?“

„Ich will mir ganz sicher keine bescheuerte Zeitschrift abonnieren. Ich will für eine schreiben.“

Ich starrte ihn mit offenem Mund an.

Felix erwiderte meinen Blick, scheinbar ebenfalls von seiner eigenen Offenheit überrascht.

„Du willst was?“ In diesem Moment piepste mein Smartphone. „Heißt das, du würdest gerne Journalist werden?“, hakte ich nach, während ich mein Smartphone hervorholte und die Tastensperre entriegelte.

„Keine Ahnung. Ist nur so eine Idee.“

„Aber irgendwo muss diese Idee ja her-“ Ich stockte. Die Nachricht, die ich gerade bekommen hatte, war von Leon.

„Maja?“

„Warte mal ganz kurz.“ Mit zitternden Fingern öffnete ich die Nachricht.

Ich würde wirklich gerne noch mal mit dir reden. Leider lässt dein Mitbewohner mich nicht rein. Ich stehe schon oben vor der Wohnungstür. Ich weiß, dass du da bist. Bitte mach die Tür auf.

Sprachlos starrte ich auf mein Smartphone. Dann hob ich den Blick und sah Felix an.

Der blickte mir mit einer Mischung aus Neugier und Besorgnis entgegen.

„Hast du dazu irgendetwas zu sagen?“ Ich hielt ihm mein Smartphone unter die Nase.

„Verräter!“, fluchte Felix. „Woher weiß er überhaupt, dass du da bist?“

„Leon steht vor der Tür und will zu mir und du verleugnest mich einfach? Und erzählst mir noch, es wäre Valerie?“

„Ich fasse es nicht, dass er mich per SMS bei dir verpetzt! Wenn er wusste, dass du da bist, wieso hat er nichts gesagt? Was für eine –“

„Felix!“

„Was denn?“

„Ach, das klären wir später!“ Ich hastete an ihm vorbei zur Wohnungstür.

„Maja, lass das!“, hörte ich Felix hinter mir rufen.

Ich hatte bereits die Hand nach der Klinke ausgestreckt, als ich innehielt. Ich stellte mich auf die Zehenspitzen und lugte durch den Türspion. Da stand er. Zwar seltsam verzerrt durch das Glas des Spions, aber doch unverkennbar Leon. Die perfekt liegenden braunen Locken. Die irritiert zusammen gezogenen Augenbrauen über den bernsteinfarbenen Augen.

Mein Magen zog sich schmerzhaft zusammen.

„Maja." Plötzlich stand Felix direkt neben mir. „Überleg dir gut, was du jetzt tust."

Ich starrte wütend zu ihm hoch. „Das ist allein meine Sache."

„Maja?" Leons Stimme, von der anderen Seite der Tür. Anscheinend hatte er mich gehört.

„Vergiss nicht, was ich dir Samstag gesagt habe", flüsterte Felix eindringlich.

Ich tat einen tiefen Atemzug. „Du gehst jetzt besser in dein Zimmer, die Küche oder sonst wohin und lässt mich die Angelegenheit selbst regeln."

Felix musterte mich lange. Dann zuckte er mit den Achseln und trat den Weg zurück in die Küche an.

Ich riss die Tür auf. Und obwohl ich mir Mühe gab, äußerlich kalt und abgeklärt zu wirken, machte mein Magen einen Hüpfer.

„Maja." Leon lächelte. „Schön, dass du doch noch aufgemacht hast."

„Ja, tut mir leid. Mein Mitbewohner … hat da was falsch verstanden."

Einen Moment lang sahen wir uns einfach nur an.

„Du siehst gut aus", stellte Leon fest. „Also stimmt es, was Elena gesagt hat? Es geht dir besser ohne mich?"

Ich hatte ganz vergessen, wie sehr Leon sinnloses Drumherumgerede hasste und dass er daher immer schnell zum Punkt kam. Überdeutlich spürte ich Felix' Blick im Nacken. Ich drehte mich um. Der Küchenvorhang war ganz beiseite gezogen. Felix saß am Tisch und starrte mir missbilligend entgegen.

„Lass uns woanders reden", sagte ich und ließ Leon eintreten. Er folgte mir in mein Zimmer. Sorgfältig schloss ich die Tür hinter uns und blieb dort stehen. Vielleicht war es besser, etwas Abstand zwischen mir und Leon einzuhalten.

„Ist das dein Zimmer?", fragte er und schaute sich um.

„Meins und Felix', ja."

„Felix ist der, der mich nicht reinlassen wollte?" Er grinste, doch es wirkte nicht echt.

„Er hatte seine Gründe", sagte ich einfach.

„Ach ja?"

„Er macht sich Sorgen um mich. Er denkt, ich sollte nicht mit dir reden."

„Läuft da was zwischen euch?"

Die Frage kam für mich so unvermittelt, dass ich zuerst dachte, Leon nicht richtig verstanden zu haben. „Was?"

„Habt ihr beide was miteinander? Ihr wohnt im selben Zimmer, er will nicht, dass du mit deinem Ex redest …"

Beinahe hätte ich gelacht. Leon war während unserer Beziehung nicht ein einziges Mal eifersüchtig gewesen, was mich hin und wieder sogar etwas irritiert hatte. Ausgerechnet jetzt fing er damit an? „Leon, was willst du?", fragte ich, plötzlich erschöpft. „Warum bist du hier?"

„Ich vermisse dich." Er kam auf mich zu, stand auf einmal ganz nah bei mir. Seine vertrauten Augen blickten mich traurig an. „Ich denke … Maja, vielleicht war meine Entscheidung zu voreilig. Ich hätte besser darüber nachdenken sollen. Jetzt habe ich Angst, dich zu verlieren." Er zog mich sanft an sich. Meine Wange ruhte auf seiner Schulter und ich schloss für einen Moment die Augen. Diese Nähe zwischen uns ... es war genau wie früher. Ach was, früher. Es war kaum zwei Wochen her, dass wir uns getrennt hatten. Vielleicht war es noch nicht zu spät. Konnte möglicherweise alles wieder wie vorher werden? Könnten wir so tun, als hätten die letzten zwei Wochen niemals stattgefunden? Könnte ich wieder bei ihm einziehen, morgens mit ihm frühstücken, abends mit ihm einschlafen? Was für mich vor einer halben Stunde noch unmöglich gewesen war, schien plötzlich zum Greifen nah. Warum es nicht einfach noch mal versuchen? „Ich vermisse dich auch", gab ich zu. „Aber so einfach ist das alles nicht." Ich machte mich von ihm los. „Du hast unsere Beziehung beendet, nur weil ich mir nicht mehr sicher war, dass ich Juristin werden will. Und im Übrigen halte ich noch immer an diesem Entschluss fest."

Leon nickte ernst. „Und ich kann nicht so tun, als wenn mir deine Unentschlossenheit nichts ausmacht, Maja. Daran hat sich nichts geändert. Ich denke nur, vielleicht ist das trotzdem kein Grund, die Beziehung wegzuwerfen. Vielleicht können wir einfach noch mal über alles reden."

„Ich bin wie ich bin, Leon." Meine Hände zitterten, als ich mir damit durch die Haare fuhr. „Daran will ich nichts ändern. Und ich werde einfach das Gefühl nicht los, dass du genau das versuchst."

Leon kam wieder auf mich zu. Ich wollte ihm ausweichen, doch er nahm mein Gesicht in beide Hände und zwang mich, ihn anzusehen. „Du fehlst mir", wiederholte er. „Können wir den Rest nicht später klären?"

Eine Hand blieb an meiner Wange, die andere strich mir übers Haar und legte sich in meinen Nacken.

Ich schloss die Augen unter dem wohligen Gefühl seiner Hände. Alles war so vertraut. Die Berührungen, der Geruch. Wieso nicht den Kopf ausschalten und einfach den Moment genießen?

Ich hörte, wie die Tür aufgerissen wurde.

Meine Augen flogen auf. Ich sah gerade noch, wie Felix den verdutzten Leon hinten am Mantel packte und von mir wegzog. Dann packte er mich am Arm und zerrte mich aus dem Zimmer. Alles ging so schnell, dass ich keinen Ton von mir geben konnte. Felix beförderte mich durch den Flur. Als er seinen Griff lockerte, um die Tür zum Badezimmer zu öffnen, erwachte ich aus meiner Starre. „Was …?"

„Ruhe und rein da." Er schubste mich, so dass ich vorwärts taumelte. Bevor er die Tür hinter uns zumachte und abschloss, hörte ich noch gedämpft, wie Leon meinen Namen rief.

„Felix!", schrie ich meinen offensichtlich wahnsinnig gewordenen Mitbewohner an, doch der achtete gar nicht auf mich. Ich versuchte, an ihm vorbei zur Tür zu gelangen, doch das Badezimmer war lang und schmal. Felix streckte einen Arm aus und der Weg war versperrt. Mit dem anderen Arm nahm er die Duschbrause vom Halter.

„Was machst du da?"

„Ich unternehme einen letzten Versuch, dich zur Vernunft zu bringen."

„Vernunft?", schrie ich. „*Du* redest von Vernunft?" Meine Stimme hatte einen eindeutig hysterischen Klang angenommen. „Du hältst mich in diesem Bad gefangen! Das ist Freiheitsberaubung! Das ist –" *Strafbar*, hatte ich sagen wollen. Doch in diesem Moment traf mich ein Strahl eiskalten Wassers im Gesicht. Ich prustete und schrie und versuchte, den Strahl mit meinen Händen abzuwehren. Doch es gab kein Entkommen. Mit einem zittrigen Quieken ging ich deshalb zum Angriff über und riss Felix die Brause aus der Hand. Nun war es an ihm, entsetzt zu schreien, als ihn der eisige Stahl traf. Ich hielt die Brause auf ihn gerichtet, selbst, nachdem er den Hahn zugedreht hatte.

Wir starrten uns an, beide klatschnass und zitternd vor Kälte.

„W-w-w-wie geht's dir j-j-j-j-jetzt?", fragte er bibbernd.

Ich schüttelte fassungslos den Kopf. „D-d-d-das war das d-d-d-dämlichste, das du je gemacht hast."

Felix schüttelte den Kopf. Irrte ich mich oder waren seine Lippen schon ganz blau? „B-b-b-bist du jetzt wieder bei klarem V-v-v-v-erstand?"

„I-i-i-i-im Gegenteil. I-i-i-ich kann nur daran denken, wie k-k-k-kalt mir ist."

Wortlos riss Felix ein Handtuch von der Stange und warf es mir zu.

Vom Flur hörte ich Leon rufen. „Maja? Alles in Ordnung?"

„E-e-e-einen Augenblick!" Ich schlang mir das Handtuch um den Körper. Dann packte ich meine Haare und drückte das Eiswasser aus ihnen heraus.

„Z-z-z-zieh deine Sachen aus", riet Felix. Er selbst zog sich bereits sein T-Shirt über den Kopf.

„H-h-h-hier? V-v-v-vor dir?"

Felix stieg gerade aus seiner Jeans. Dann wickelte er sich ein großes Handtuch um den Körper und seufzte zufrieden. „Viel besser“, sagte er, ohne mit den Zähnen zu klappern.

„Ach, was s-s-s-soll’s.“ Ich knöpfte meine Bluse auf, die ohnehin so eng an meinem Körper klebte, dass sie nichts mehr verhüllte. Die enge Jeans von meinen Beinen zu pellen erwies sich als sehr viel schwieriger. Schließlich hielt ich mich an der Handtuchstange fest und streckte Felix mein Bein hin, der den Stoff Stück für Stück herunter schälte und dabei über *unpraktische Frauenmode* schimpfte. Dieselbe Prozedur wiederholten wir mit dem anderen Bein. Dann stand ich in meinem rosa Snoopy-Slip und dem dazu völlig unpassenden grün-schwarzen BH vor ihm, bevor ich mich schnell mit dem Handtuch bedeckte.

Zu spät. Auf Felix’ Gesicht war bereits ein breites Grinsen erschienen. „Das passt aber nicht zusammen.“

„Sag bloß.“ Ich schnappte mir eines von den kleineren Handtüchern, die neben dem Waschbecken hingen und rubbelte meine Haare ab.

„Sieht trotzdem nett aus.“

„Hast du eine Ahnung, wie schwer es ist, ein zusammenpassendes Unterwäsche-Set zu finden, bei dem beide Teile wirklich passen? Das ist wie ...“ Er jetzt fiel mir auf, dass Felix gar nichts Negatives gesagt hatte. „War das ein Kompliment?“

„Mehr an das große Ganze im Allgemeinen als an deine Unterwäscheauswahl im Speziellen.“

Ich brauchte einen Moment, bis ich begriff, dass er den Anblick meines halbnackten Körpers meinte. Erst jetzt wurde mir so richtig klar, dass wir beide nur mit Unterwäsche und einem provisorischem Handtuch bekleidet voreinander standen. „Danke?“, sagte ich unsicher.

„Bitte?“, imitierte er grinsend meinen Tonfall. „Und, was gedenkst du jetzt zu tun?“

Anscheinend war das Leons Stichwort. Er klopfte an die Badtür. „Maja, was ist denn da drinnen los?“

„Ich komme gleich!“, rief ich, errichtete mir aus dem kleineren Handtuch einen Turban um meine nassen Haare und ließ mich erschöpft auf den Badewannenrand sinken. „Ich wünschte, er wäre einfach nie gekommen“, seufzte ich. „Das hat doch alles keinen Sinn. Er hat mir gerade klipp und klar gesagt, dass ihn meine Entscheidung noch immer stört. Ich meine, wie stellt er sich dann das Ganze vor?“

„Wahrscheinlich will er dich einfach einwickeln und hofft, dass du dann nachgibst – um euer *wiedergewonnenes Glück* nicht aufs Spiel zu setzen.“ Felix’ Nasenflügel bebten.

„Er soll gehen“, flüsterte ich und senkte den Kopf. Der Turban löste sich. Das Handtuch fiel hinter mir in die Badewanne und meine nassen Haarsträhnen verteilten sich um mein Gesicht. Mir war das nur recht. Ich hatte das Gefühl, als ob ich gleich losheulen müsste. Da war mir ein Sichtschutz zu Felix durchaus willkommen.

„Dann sag ihm das gefälligst!“

Ich wurde an den Schultern gepackt und herumgedreht, so dass ich Felix ansehen musste. Er schüttelte mich. „Wo kommt auf einmal dieses weinerliche Stück Elend her und was hast du mit Maja gemacht?“

Ich lächelte halbherzig. Gleichzeitig rollte mir eine einzelne Träne aus dem Auge und über die Wange.

„Aufhören!" Felix strich mir die Haare aus dem Gesicht. Dann entfernte er mit seinem Daumen die Träne.

Ich schloss die Augen und wünschte, er würde mich
in den Arm nehmen und einfach festhalten.

„Du hörst jetzt sofort auf zu weinen! Ich meine es
ernst. Ich gönne dem Dreckskerl die Genugtuung nicht,
dich mit verheulten Augen zu sehen."

Er packte mich an den Oberarmen und stellte mich
auf die Füße. „Bereit?"

Ich starrte auf die weißen Fliesen und schüttelte den
Kopf. „Aber ich werde es trotzdem schaffen."

„Das ist meine Maja." Ich hörte Felix' Lächeln mehr,
als dass ich es sah.

Ich hob den Kopf. „Danke."

„Jederzeit wieder."

Als ich die Badezimmertür öffnete, stand Leon direkt
davor.

„Was habt ihr da drinnen gemacht?"

Ich ließ Felix vorbei, der sich kommentarlos in sein
Zimmer zurückzog.

„Habt ihr ... geduscht?"

„Ja, nachdem wir es wild auf dem Badezimmerboden
getrieben haben. Danach brauchten wir dringend eine
Erfrischung." Ich hörte ein Grunzen aus Felix' Zimmer,
das ein bisschen wie Schluckauf klang und dann in ein
Husten überging.

Leon sah aus, als wüsste er nicht, ob er lachen oder
sich übergeben sollte. „Das ist ein Scherz, oder?" Doch
sein Lächeln wirkte unsicher.

Ich setzte eine bedauernde Miene auf, was mir nicht
leicht fiel. Ich musste die Sache schnell hinter mich
bringen, sonst würde ich doch wieder zu heulen

anfangen. „Leider nein. Was glaubst du, warum Felix mich so stürmisch weggeschleift hat?" Ich seufzte tief. „Er ist wie ein Tier, hat sich einfach nicht unter Kontrolle. Ich weiß, ich hätte es dir sagen sollen. Es ist auch nicht so, als hätte ich gar keine Gefühle mehr für dich, aber …"

„Es *ist* ein Scherz, oder?"

Verdammt. „Geh einfach, Leon", sagte ich mit aller Entschlossenheit, die ich aufbringen konnte. „Ich will dich nicht mehr sehen. Ich will keine Anrufe, keine Nachrichten. Es ist aus und daran ist nichts mehr zu ändern. Denn ich will mich nicht ändern, aber so, wie wir beide sind, können wir auch nicht zusammen sein."

„Maja …"

„Geh!"

„Was ist denn passiert? Eben waren wir uns noch einig, bis dieser Kerl dich weggeschleppt hat."

„Wir waren einig, dass wir uns nicht einig sind! Du willst mich doch nur zurück, wenn ich mich ändere, oder? Sei ehrlich."

„Ach Maja, zu einer Beziehung gehören immer zwei. Und es gehört auch dazu, dass man Kompromisse eingeht, sich aufeinander zubewegt –"

„Hier geht es aber nicht darum, dass ich die Spülmaschine nicht ausräume, Partys veranstalte ohne dir Bescheid zu sagen oder deinen Geburtstag vergesse. Es geht um mich und wer ich bin, begreifst du das nicht, Leon? Das ist nichts, was ich abstellen könnte, selbst wenn ich es wollte. Es gehört zu mir wie meine zu großen Schneidezähne oder die Cellulite an meinen Oberschenkeln. Und deshalb wolltest du mich jedenfalls noch nie zum Schönheitschirurgen schicken."

Ich sah förmlich, wie es hinter Leons Stirn arbeitete. Wenn die Situation nicht so traurig gewesen wäre und ich nicht schon wieder darum kämpfen müsste, meine Tränen zurückzuhalten, hätte ich lächeln müssen. Einserabitur, beide Staatsexamen überdurchschnittlich gut bestanden, aber das hier ging einfach nicht in seinen Kopf. Das war es wohl, was man emotionale Intelligenz nannte. Hatte Elena das nicht mal in der *Cosmopolitan* gelesen?

„Bitte geh jetzt", flüsterte ich.

Leon zögerte. Dann nickte er kurz, drehte sich um und ging zu Tür. Dort blieb er stehen und sah sich nach mir um. „Ich wollte nicht, dass es so kommt. Ich habe dich wirklich gern."

Ich nickte nur. Sprechen konnte ich nicht.

„Tschüss, Maja." Die Tür schloss sich mit einem leisen Klicken hinter ihm.

Meine Kehle war trocken, jedes Schlucken schmerzte. Ich versuchte krampfhaft, den Sturzbach, der hinter meinen Augen lauerte, nicht loszulassen.

„Cellulite?"

Ich drehte den Kopf.

Felix stand im Türrahmen unseres Zimmers. „Hast du doch gar nicht."

„Doch", flüsterte ich. „Ein bisschen schon." Und die erste Träne bahnte sich ihren Weg über meine Wange.

Felix kam auf mich zu. Kurz stand er einfach nur da, dann breitete er die Arme aus und drückte mich fest an sich. „Macht aber nichts. Du siehst trotzdem toll aus."

Ich presste meine Wange gegen sein T-Shirt und weinte.

Kapitel 8

Auch am nächsten Tag musste ich arbeiten. Leider hatte Elena ihren einzigen freien Tag, so dass ich ihr nicht von Leons Besuch erzählen konnte. Daher schrieb ich ihr in einem unbeobachteten Moment eine Nachricht: *L war da. Hätte fast nachgegeben, aber F hat mich kalt abgeduscht. Hab L weggeschickt und Fs Shirt vollgeheult.*

Oder zumindest hatte ich gedacht, dass es ein unbeobachteter Moment war: „Maja!"

Mein Kopf schoss hoch. Frau Schneiders dürrer, schlammbrauner Körper kam auf zehn-Zentimeter-Absätzen auf mich zugestakst. Wo kam die denn her? Vor fünf Sekunden hatte ich ihre schrille Stimme noch im ersten Stock mit Patrick flirten gehört.

Sie blieb vor der absolut kundenlosen Kasse stehen und streckte mir auffordernd die Hand entgegen.

Ich starrte blöd. Was wollte sie haben? Tesafilm? Schere? Meine Seele?

„Ihr Handy."

Ich war mir sicher, dass mir in diesem Moment die Gesichtszüge entglitten.

„Da Sie sich scheinbar nicht an die Regeln halten können, muss ich Sie wohl dazu zwingen."

„Ich habe nur kurz eine Nachricht –“

„Habe ich Ihnen bei Ihrer Einstellung gesagt, dass Handys während der Arbeit im Spind zu bleiben haben?“

„Schon, aber Patrick –“

„Der hat eine pflegebedürftige Mutter und muss in Notfällen erreichbar sein.“

Wenn das dieselbe Mutter war, in deren Begleitung ich Patrick neulich in der Kletterhalle getroffen hatte, war sie für ihren Zustand noch recht flott die Fünf-Meter-Wand hochgekrakselt.

Frau Schneiders ausgestreckte Hand wippte ungeduldig.

Ich hielt verzweifelt Ausschau nach einem Kunden. Irgendeinem, der mich aus dieser absurden Situation retten könnte. Doch der Laden war so leer wie selten. Also ließ ich mein Smartphone in Frau Schneiders knochige Finger fallen.

„Kann ich es nach der Schule ... äh, nach meiner Schicht wieder haben?“

Der Blick meiner Chefin wurde nach meinem absichtlichen Versprecher noch finsterer. „Natürlich, es gehört schließlich Ihnen.“

Zum Glück hatte ich meine Mittagspause schon hinter mir, so dass mir der Verlust meines Smartphones nicht weiter wehtat. Zwar hätte ich zu gerne gelesen, was Elena auf meine Nachricht antwortete, doch das war nun nicht gerade überlebenswichtig. Außerdem hatte ich meine beste Freundin unterschätzt. Eine halbe Stunde, nachdem Frau Schneider mit meinem Smartphone im Personalbereich verschwunden war, hetzte Elena in den Laden. „Wieso antwortest du denn nicht mehr?“, keuchte sie.

„Die böse Lehrerin hat mein Smartphone einkassiert.“

Elena kicherte. „Dann erzähl mir jetzt von gestern. Los!“

„Wenn die Schneider sieht, wie ich mit dir plaudere statt zu arbeiten, klebt die mir noch den Mund mit Tesa zu.“

Doch Elena quengelte so lange, bis ich nachgab. Bei ihrer sonst so erwachsenen Art würde man nie vermuten, dass sie besser jammern konnte als jede Zweijährige. Wenigstens half sie mir dabei, die Augen nach Frau Schneider offen zu halten.

„Ich glaub es ja nicht!“, rief sie, nachdem ich geendet hatte. „Der Kerl wird mir immer sympathischer. Warum willst du ihn noch mal nicht heiraten?“

Ich sah sie nur böse an.

„Ist dir mal aufgefallen, dass du fast ständig von ihm redest?“, fuhr sie unbeeindruckt fort. „Felix hier, Felix dort. Von Leon hast du nie so viel geredet, als ihr noch zusammen wart.“

Die Leichtigkeit, mit der Elena von meiner Beziehung in der Vergangenheitsform sprach, versetzte mir noch immer einen Stich. Ich ignorierte ihn und konzentrierte mich auf das Thema. „Wir wohnen zusammen, Elena, und wir sind befreundet, da redet man schon mal über den anderen. Ach, stimmt ja, Freundschaft zwischen Mann und Frau geht ja überhaupt nicht. Tut mir leid, ich hab vergessen, dass deine Ansichten noch bei den Neandertalern feststecken.“

„Ach komm, das sieht man einfach, dass ihr beide nicht nur Freunde seid.“

„Ach ja? Und woran genau sieht *man* das?“, fragte ich biestig. Das brauchte ich nun echt nicht. Ich hatte noch immer an dem Drama mit Leon zu knabbern, da war ich froh, dass zumindest mein Verhältnis zu Felix geklärt war. Auf eine Freundin, die einfach daher kam und all die Zweifel wieder hochwirbelte, konnte ich wirklich verzichten.

In diesem Moment erschien zum Glück Frau Schneider auf der Treppe.

„Oh, Sie hab ich gesucht!“ Elena redete auf unsere Chefin ein, faselte irgendwas von Dienstplan und Urlaubstagen, damit diese gar nicht erst auf die Idee kam, mir Kaffeeklatsch während der Arbeitszeit zu unterstellen. Dann dirigierte sie sie die Treppe hoch, wahrscheinlich in Richtung Personalbereich. Bevor die beiden aus meinem Blickfeld verschwanden, formte Elena aus Daumen und kleinem Finger einen imaginären Telefonhörer, den sie sich ans Ohr hielt.

Ich nickte und war zum ersten Mal in meinem Leben froh, dass die Schneider ein Gespräch zwischen mir und Elena unterbrochen hatte.

In dem Moment, in dem ich die Haustür aufschloss, wusste ich, dass etwas nicht stimmte. Eine gespenstische Stille lag über der Wohnung. Fast so, als würden alle Zimmer die Luft anhalten. Die Tür zu meinem und Felix’ Zimmer war geschlossen. Ein ungewöhnlicher Zustand, seit Felix aus seiner Lethargie erwacht war. Ob er zu Hause war oder nicht, meist war die Tür nur angelehnt.

Ich schlich auf Zehenspitzen zur Tür und lauschte.

„Es ist meine Schuld.“

Erschrocken sprang ich zurück.

Daniel lugte in den Flur und bedeutete mir, zu ihm zu kommen.

Immer noch damit beschäftigt, meinen rasenden Herzschlag zu beruhigen, schlüpfte ich in sein Zimmer. „Was ist los? Ist Felix da?“

Daniel nickte. „Ich weiß auch nicht, wie das passieren konnte. Sie hat mich ausgetrickst! Hat gesagt, sie wolle nur mal mit mir reden und einen Kaffee trinken. Sie hat sogar Kuchen gekauft!“

„Valerie?“

Daniel nickte.

„Du hast sie reingelassen?“

Er nickte wieder.

„Ist doch nicht so schlimm“, versuchte ich, meinen aufgelösten Freund zu trösten. „Ich habe sie auch schon mal reingelassen, erinnerst du dich? Wir haben geredet, dann ist sie wieder gegangen. Nichts ist passiert. Klar war Felix nicht begeistert, aber schlussendlich ...“

„Hörst du mir eigentlich zu? Es war ein Trick! Eigentlich hat sie gehofft, dass Felix heimkommt. Vielleicht wusste sie es auch, vielleicht hat sie sich bei seinen Kollegen nach seinen Arbeitszeiten erkundigt.“

„Was ...? Soll das heißen ...?“

„Felix ist von der Arbeit gekommen, als Valerie und ich immer noch in der Küche saßen und Kaffee getrunken haben. Jetzt sind sie in eurem Zimmer und reden. Na, fallen dir jetzt immer noch tröstende Worte für mich ein?“

Ich schüttelte den Kopf, zu geschockt, um auch nur eine Antwort zu formulieren.

„Dachte ich mir schon."

Ich starrte die Wand an, auf deren anderer Seite sich Felix und Valerie gerade aufhielten und wünschte, ich könnte hindurch sehen. Wie das Gespräch wohl lief? Ob Felix es schaffte, sich gegen Valerie durchzusetzen und ihr seinen Standpunkt klarzumachen?

„Sie hat mir einfach so leidgetan, weißt du. Da reist sie extra an, um mit Felix zu sprechen, und wird so von ihm abgefertigt. Sie ist jetzt seit fast einer Woche hier und wir alle behandeln sie wie Luft. Das hat doch keiner verdient."

Da war was dran. „Vielleicht ist es gar nicht so schlecht, dass es so gekommen ist." Ich wusste nicht, ob ich mehr mit Daniel oder mit mir selbst sprach. Ich ließ mich auf Daniels Bett sinken, kickte die Schuhe von den Füßen und ließ meine Tasche fallen. „Das wird schon alles." Genau. Es würde alles gut werden. Felix und Valerie sprachen sich aus, trennten sich endgültig und dann wäre alles wieder so wie vorher.

Es dauerte noch über zwei Stunden, bis wir endlich Stimmen im Flur hörten. Daniel und ich stürzten an die Tür und lauschten. Es hörte sich ganz so an, als würden Felix und Valerie nicht im Streit auseinandergehen. Zumindest verabschiedeten sie sich wie zivilisierte Menschen.

Kaum war die Wohnungstür zugefallen, hechteten Daniel und ich auf den Flur. „Wie war's?", riefen wir gleichzeitig.

Felix starrte uns ausdruckslos an. „Wie soll es schon gewesen sein?" In seiner Stimme lag ein eindeutig aggressiver Unterton.

„So schlimm?", fragte ich mitfühlend.

„Tut mir einen Gefallen und geht mir nicht auf die
Nerven, ja?“ Damit machte er kehrt, verschwand in seinem Zimmer und schlug die Tür hinter sich zu.

„Oh oh“, machte Daniel. „Bin ich froh, dass ich da
heute nicht mehr rein muss.“

„Das ist nicht fair“, jammerte ich.

Daniel betrachtete mich mitleidslos. „Was ist schon
fair im Leben? Sag Bescheid, wenn du mehr aus ihm
herausbekommen hast, ja?“

„Du schuldest mir noch eine Notebooktasche.“

„Was? Ach, Mist, vollkommen vergessen. Lass mich
raten: Jetzt schulde ich dir noch was?“

„Exakt.“

„Mit Schulden kann ich leben.“

„Wie schön.“ Ich ließ ihn stehen und näherte mich unserer Zimmertür. Davor hielt ich kurz inne. Dann tat
ich einen tiefen Atemzug und trat ein. Plötzlich fühlte
ich mich um zwei Wochen zurückversetzt. Felix lag auf
seinem Bett, die Arme unter dem Kopf verschränkt,
und starrte an die Zimmerdecke. Gut, damals hatte er
sein leeres Gestarre meist als Lesen in einem Buch oder
einer Zeitschrift getarnt. Doch die Atmosphäre, die ihn
umgab, war dieselbe und jagte mir einen eisigen
Schauer den Rücken hinunter. Ich schloss so leise wie
möglich die Tür hinter mir. Unschlüssig blieb ich im
Raum stehen, bevor ich mich auf mein Sofa setzte. Ich
hätte gern neben Felix auf dem Bett Platz genommen,
aber ich traute mich nicht. Plötzlich war da wieder
diese Distanz, die von einem unsichtbaren Wall der Ablehnung herrührte, den Felix innerhalb von Sekunden
um sich herum aufbauen konnte. Ich versuchte, mich
daran zu erinnern, dass wir inzwischen Freunde waren

und nicht mehr Fremde, die sich zu allem Überfluss nicht leiden konnten und trotzdem im selben Zimmer wohnten. Es gelang mir nicht. „Du machst mir Angst."

Langsam drehte Felix den Kopf. Ich meinte, kurz einen Schimmer Wärme in seinen Augen zu sehen, bevor er den Blick von mir ab- und zum Fenster wandte. „Lass mich einfach in Ruhe."

„Was ist denn so Schreckliches passiert?"

„Ich will nicht drüber reden."

Ich musste an mich halten, um nicht zum Bett zu stürzen und die Indifferenz aus ihm heraus zu schütteln. Stattdessen starrte ich ihn voll ohnmächtiger Wut an.

Er warf mir einen kurzen Blick zu. „Es geht dich einfach nichts an."

„Es geht mich nichts an? Wir wohnen zusammen auf engstem Raum." Ich trat einen zögernden Schritt auf das Bett zu. „Schön, vielleicht ist das kein Grund. Aber ich betrachte dich als Freund. Ich will wissen, warum es dir schlecht geht, damit ich dir helfen kann."

„Es geht mir nicht schlecht."

„Sicher." Meine Wut machte Traurigkeit Platz. Es war so offensichtlich, dass es ihm nicht gut ging. Dass er das Gegenteil behauptete, schmerzte. Aber noch mehr schmerzte die Kälte, die er mir plötzlich entgegen brachte.

Er begegnete meinem Blick. „Und das mit dem Wohnen hat sich sowieso bald erledigt. Freu dich, bald hast du das Zimmer für dich allein."

Ich erstarrte. Mein Körper fühlte sich plötzlich taub an, das Atmen fiel mir schwer. Ich brauchte drei Versuche, bis ich meine Stimme wieder fand. „Du ziehst aus?"

„Morgen. Ich habe schon die Zugtickets gebucht."

„Zugtickets?“

„Ich ziehe zu Valerie, nehme mein Leben wieder in die Hand. Ich werde versuchen, meine alte Stelle wieder zu bekommen.“

Mir wurde schwarz vor Augen. Ich streckte die Hand aus, um mich an der Sofalehne abzustützen. „Was hat Valerie mit dir angestellt? Gestern noch warst du dir sicher, dass du all diese Dinge nicht willst.“ Mir fiel seine Bemerkung übers Schreiben ein. Seine Journalistenpläne hatte ich nach der Sache mit Leon vollkommen vergessen. „Du wolltest doch zu einer Zeitung, für sie schreiben.“

„Maja, wach auf! Ja, ich habe früher gern geschrieben und eine Zeit lang habe ich mit dem Gedanken gespielt, etwas in der Richtung zu machen. Aber ich bin Arzt, das ist mein Beruf. Schreiben ist nur ein Hobby, das ich mal hatte, mehr nicht.“

„Es könnte aber mehr sein!“

„Du verstehst es einfach nicht.“ Felix hatte sich aufgesetzt. „Was denkst du, warum ich Valerie all die Zeit aus dem Weg gegangen bin, warum ich nicht mit ihr reden wollte? Weil ich wusste, dass sie mich in die Realität zurückholen würde. Weil ich wusste, dass sie recht hat und ich dann nicht weiter so tun kann, als wäre das Leben, das ich jetzt führe, in Ordnung.“

„Und was soll daran nicht in Ordnung sein?“, fragte ich leise.

„Wir sind siebenundzwanzig, Maja. Wir sind nicht zu jung, um uns festzulegen, im Gegenteil. Dir kommt es vielleicht so vor, als hättest du noch ewig Zeit, alles Mögliche auszuprobieren. Aber ich habe etwas erreicht. Warum sollte ich in meinem Alter noch mal ganz von vorn anfangen?“

Ich sog scharf die Luft ein. „Okay, mal abgesehen davon, dass du etwas erreicht hast und ich nicht –“

„So habe ich es nicht gemeint“, unterbrach mich Felix.

Ich ignorierte ihn. „Mal abgesehen davon, kann es sein, dass dich all die Erwartungen fertig machen? Deine Eltern, deine Ex … oder jetzt wieder richtige Freundin, was weiß ich. Bestimmt auch deine Freunde und vor allem du selbst: Alle erwarten, dass du das Richtige tust. Nein, stimmt gar nicht: Sie erwarten, dass du tust, was alle anderen als das Richtige betrachten. Das heißt aber noch lange nicht, dass es für dich das Richtige ist!“

„Was willst du mir eigentlich sagen?“ Felix hatte die Beine über die Bettkante geschwungen und starrte abwartend zu mir hoch.

Ich biss mir auf die Unterlippe. Ich wusste genau, was ich ihm gerne sagen wollte, aber ich hatte unendliche Angst, dass er das in den falschen Hals bekommen könnte.

„Gib doch zu, dass du einfach nicht willst, dass ich gehe.“

Das war es. Genau das war es, wovor ich mich gefürchtet hatte. „Ich will, dass es dir gut geht.“ Und das war die Wahrheit.

„Ach ja? Kann es nicht sein, dass es dir vielmehr um dich selbst als um mich geht? Kann es sein, dass du noch in mich verliebt bist?“

Ich starrte ihn an. Am liebsten hätte ich kehrt gemacht, wäre aus dem Zimmer gerannt und hätte ihn nie wieder gesehen. Andererseits wollte ich ihn anschreien, schütteln, schlagen. Oder losheulen. Aber ich stand nur wie versteinert da und konnte keinen Muskel bewegen.

Felix wertete mein Schweigen anscheinend als Schuldeingeständnis. Er schüttelte den Kopf und legte sich zurück auf sein Bett, mir den Rücken zugewandt.

Kaum, dass er mich nicht mehr mit seinem Blick fixierte, kam wieder Leben in meinen Körper. „Woher hast du das?", fragte ich leise.

„Oh, es spricht wieder mit mir?" Er wandte sich zu mir um. „Stell dir vor, da bin ich ganz alleine drauf gekommen."

„Bist du nicht." Ich hatte keine Ahnung, woher ich die Gewissheit nahm, aber ich war mir so sicher wie selten in meinem Leben. „Valerie?"

Felix schüttelte den Kopf.

„Du lügst! Valerie hat irgendetwas über mich gesagt, oder? Was war es? Vielleicht, dass sie als Frau sofort sieht, wenn eine andere Frau in einen Mann verliebt ist?"

Felix antwortete nicht. Doch die Art, wie er die Lippen aufeinander presste, gab mir recht.

Ich schüttelte den Kopf, rauschte auf die Tür zu, überlegte es mir anders und blieb schließlich mitten im Zimmer stehen.

„Reg dich ab!" Felix stand nun ebenfalls auf. „Darum geht es eigentlich überhaupt nicht und es macht keinen Unterschied. Ich habe meine Entscheidung getroffen."

Aber es machte sehr wohl einen Unterschied. Und zwar den, dass mir Felix mit seiner Anschuldigung eine Art Knebel umgelegt hatte. Es gab nichts, was ich noch sagen konnte, um ihn davon abzuhalten, in das Leben zurückzukehren, das er nicht wollte. Nichts, das ich sagen konnte, ohne dass es wie der verzweifelte Versuch einer Verliebten wirken musste, ihren Schwarm nicht zu verlieren. Selbst wenn ich ihm jetzt die ganze Wahrheit sagte, wenn ich zugab, dass ich mir meiner Gefühle für ihn nicht sicher war, dass ich viel zu oft Schmetterlinge im Bauch hatte, wenn er in meiner Nähe war und dass ich immer noch allzu häufig an unseren Flurmoment auf der Party dachte – wenn ich all das eingestand und ihm genauso ehrlich sagte, dass ich trotzdem niemals wollen würde, dass er nur um meinetwillen blieb, würde er mir das nicht glauben. Jetzt nicht mehr. Valerie hatte mit ihrer Intrige ganze Arbeit geleistet.

Felix warf sein Buch in seine Tasche, außerdem die paar Kleinigkeiten, die auf dem Nachttisch herumlagen.

„Ich dachte, du fährst erst morgen", sagte ich tonlos.

„Ich denke, ich schlafe heute lieber bei Valerie im Hotel." Er schulterte seine Tasche und schob sich an mir vorbei.

Ich drehte mich um und beobachtete, wie er zur Tür ging. „Geht es dir gut?", konnte ich mich nicht abhalten zu fragen.

„Das ist jetzt nicht mehr dein Problem."

Das Zuschlagen der Tür hörte sich ganz genauso an wie vor zwei Wochen. Als Felix mich in ebendiesem Zimmer zurückgelassen hatte, ebenfalls nach einem Streit. Und genau wie damals hatte ich das Gefühl, dass diese Sache niemals wieder in Ordnung zu bringen war.

Einen langen Moment stand ich einfach nur da, unfähig, mich zu rühren. Dann ließ ich mich kraftlos aufs

Sofa fallen. Ich hatte das Gefühl, mich nie wieder bewegen zu können. Ich war leer, hatte keinen Funken Energie mehr in meinem Körper. Ob Felix sich so gefühlt hatte, als er damals hierher gekommen war? Als er sich kaum aus dem Bett hatte aufraffen können?

Ich weiß nicht, wie lange ich so dalag. Die letzten zwei Wochen zogen noch einmal an mir vorbei. Der erste Tag, an dem Felix und ich erbittert um das Zimmer gekämpft hatten. Der zweite Tag, als Felix abgehauen war. Der Tag darauf, meine und Daniels Sorgen. Dann der Tag, als ich hinausgegangen war und Felix gesucht hatte. Der Tag, an dem sich alles verändert hatte.

Es klopfte an der Tür und Daniel steckte vorsichtig seinen Kopf herein. „Möchtest du reden?"

Ich zuckte mit den Achseln.

Daniel schob sich ins Zimmer und setzte sich zu mir auf das Sofa. „Ich habe gerade mit Felix telefoniert ..."

Ich schloss die Augen. Auch das noch.

„Es tut mir ehrlich leid für dich. Vor allem jetzt, so kurz nach der Sache mit Leon. Kann ich dir irgendwie helfen?"

„Er hat dir gesagt, ich sei in ihn verliebt?", fragte ich überflüssigerweise.

„Er macht sich einfach Sorgen um dich."

Ich lachte bitter auf und beinahe kamen mir dabei die Tränen. „Er verdreht alles. Dass ich in ihn verliebt wäre hat Valerie ihm eingeredet, damit ich ihn nicht davon abhalten kann, mit ihr mit zu gehen."

„Wie ... also bist du gar nicht in Felix verliebt?"

Daniel jetzt meine emotionale Grauzone zu beschreiben, traute ich mir nicht zu. Zumal ich da ja selbst nicht ganz durchblickte. Also sagte ich einfach: „Nein."

„Und wieso hat Valerie das dann behauptet?"

Nur mit Mühe konnte ich ein genervtes Stöhnen unterdrücken. „Weil ich der Ansicht bin, dass es nicht gut für Felix ist, wieder nach Berlin zurückzugehen. Aber in dem Moment, in dem er denkt, dass ich in ihn verliebt bin, hört es sich so an, als wollte ich deswegen, dass er hier bleibt."

Daniel nickte langsam. „Ich hatte am Telefon den Eindruck, dass er mit seiner Entscheidung ganz zufrieden ist."

Ich starrte meinen besten Freund fassungslos an. „Du hast ihn doch vorhin erlebt. Sah er da zufrieden für dich aus?"

„Na ja …"

„Er ist wieder genau wie in den ersten Tagen, als er hierher kam. Er trifft die falsche Entscheidung und hat Angst, sich das selbst einzugestehen."

„Du meinst wegen Valerie?"

„Valerie, sein Beruf, alles! Vor ein paar Tagen hat er mir noch gesagt, dass er auf keinen Fall mit ihr zusammen ziehen wollte, sogar, als sie noch ein Paar waren. Und dass er Journalist werden will!"

„Aber was, wenn er wirklich nur eine Krise hatte, wie Valerie gesagt hat? Und wenn er die jetzt überstanden hat?"

„Du selbst hast mir doch erzählt, dass Felix sein Studium gehasst hat!"

„Es gibt viele Leute, denen ihr Beruf keinen Spaß macht und die ihn trotzdem nicht aufgeben wollen. Außerdem habe ich nicht gesagt, dass er es gehasst hat. Nur, dass er sich ziemlich oft darüber beschwert hat, wenn er mal hier war. Und was Valerie angeht: Es gab

eine Zeit, da war Felix in sie verliebt, sogar bis über
beide Ohren." Er grinste. „Bevor er hierher kam, hat er
sich vor allem darüber beklagt, dass sie nicht versteht,
dass er keine Lust mehr aufs Arztsein hat. Aber wenn
sich das jetzt für ihn erledigt hat, steht ihm und Valerie
nichts mehr im Wege. Ist doch logisch, oder?"
Ich schüttelte nur müde den Kopf.
„Maja, vielleicht steigerst du dich da in was rein. Ich
meine, ihr habt zwei Wochen lang ziemlich eng aufeinander gehangen. Und nach der Sache mit Leon … vielleicht ist es normal, dass du dich da ein bisschen auf Felix fixierst, als Ablenkung sozusagen."
Ich wollte empört etwas einwerfen, doch Daniel war
anscheinend noch nicht fertig.
„Du hast dir eben in den Kopf gesetzt, dass er sein Le-
ben verändern muss und du ihm dabei hilfst. Aber sei
doch froh, dass das alles gar nicht so dramatisch ist.
Dass er einfach nur eine kleine Auszeit brauchte."
„Du verstehst es einfach nicht."
„Maja …"
„Wenn es dir nichts ausmacht, hätte ich jetzt gerne
meine Ruhe."
Daniel schüttelte verwirrt den Kopf. Dann verließ er
das Zimmer.
Ich legte den Kopf in den Nacken und starrte an die
Decke. Und stellte mir die berühmte Frage: War ich verrückt oder alle anderen?
An diesem Abend konnte ich nicht einschlafen. Ich
drehte mich von einer auf die andere Seite und wieder
zurück. Irgendwann fiel ich in einen unruhigen Däm-
merzustand, erwachte, driftete wieder weg. Und als ich
das vierte oder fünfte Mal wach war, es musste schon

gegen Morgen sein, fiel mir plötzlich etwas ein. Nämlich der erste Satz, den Felix zu mir gesagt hatte, als wir nach seiner Nacht auf der U-Bahn-Bank hierher zurückgekehrt waren. Er hatte in seinem Bett gelegen und ich auf diesem Sofa, als er ganz unvermittelt gesagt hatte: *Ich glaube, bei mir wäre es genauso.* Damit hatte er seinen Beruf gemeint, von dem er nicht glaubte, dass er ihn jemals wirklich interessieren würde.

Ich sprang auf. Mein Kreislauf rebellierte und ich wankte kurz, dann fing ich mich und stolperte im Dunkeln hinaus in den Flur. Ich tastete mich an der Wand entlang bis ich Daniels Zimmertür erreichte.

„Wann fährt Felix' Zug?", rief ich, während ich die Tür aufriss.

„Ahhhh…!", schrie Daniel und schoss aus dem Bett hoch.

Ein Moment der Stille, dann: „Maja?"

Ich schwieg, da sich eine Antwort erübrigte.

„Hast du eine Ahnung, wie spät es ist?"

„Nein. Du?"

„Nein", gab Daniel nach einem Moment des Nachdenkens zu. Er konnte das Ziffernblatt seines uralten Weckers im Dunkeln nicht erkennen. „Was willst du?"

„Ich will wissen, wann Felix am Bahnhof losfährt. Und wenn du mir jetzt sagst, dass du das nicht weißt, wirst du ihn noch mal für mich anrufen."

„Acht Uhr siebenunddreißig."

„Hältst du mich für blöd? Du lügst doch, um friedlich weiterschlafen zu können."

„Tu ich gar nicht!"

Ich holte tief Luft und ließ sie langsam wieder entweichen. „Daniel, das hier ist wichtig. Also sag die Wahrheit!"

„Acht Uhr siebenunddreißig. Das weiß ich so genau, weil Miri heute um halb neun zum Frühstücken herkommt und ich davor überlegt hatte, ob ich Felix und Valerie noch bis zum Bahnhof begleiten sollte."

„Miri kommt um halb neun?", fragte ich skeptisch. „Das ist für dich doch noch mitten in der Nacht."

„Wem sagst du das? Kann ich jetzt weiterschlafen?"

„Von welchem Gleis sie losfahren weißt du nicht zufällig?"

„Sehe ich aus wie die Bahnhofsinfo?"

„Danke." Ich schloss so leise wie möglich Daniels Zimmertür. Dann schlich ich auf Zehenspitzen in die Küche, schaltete Licht und die Kaffeemaschine ein und sah auf die große bunte Wanduhr über der Tür. Es war kurz vor sechs.

Ich ließ mir Zeit beim Anziehen, Zähneputzen und Schminken. Dann trank ich in Ruhe zwei Tassen Kaffee. Trotzdem war es danach erst viertel vor sieben. Und plötzlich zweifelte ich daran, ob ich wirklich zum Bahnhof fahren sollte. Was versprach ich mir davon? Valerie würde da sein. In ihrer Gegenwart würde es mir wohl kaum gelingen, Felix von seinem Vorhaben abzubringen. Das hatte ich schließlich gestern nicht mal geschafft und da waren wir allein gewesen. Ich würde mich nur blamieren. Und Felix in seinem Verdacht bestätigen, dass ich ihn wegen meines vermeintlichen Verliebtseins nicht gehen lassen wollte.

Ich stellte die Tasse in die Spüle, ging in mein Zimmer und legte mich komplett angezogen auf mein Sofa-Bett.

Sollte ich Felix doch einfach gehen lassen? Es war schließlich seine Entscheidung. Auch wenn es meiner Ansicht nach die falsche war, aber musste er das nicht für sich selbst herausfinden?

Ich wälzte mich hin und her, wünschte mir nichts sehnlicher, als Felix' Abfahrt einfach verschlafen zu können. Doch die zwei Tassen Kaffee pumpten durch meinen Körper und ließen meinen Verstand nicht zur Ruhe kommen.

Felix war mir wichtig. So viel wusste ich. Und ob das nun Verliebt sein oder Freundschaft oder etwas völlig anderes war – der Gedanke, dass es ihm wieder genauso schlecht ging wie noch vor zwei Wochen, war für mich nicht auszuhalten.

Zum zweiten Mal an diesem Morgen sprang ich so plötzlich auf, dass mir schwarz vor Augen wurde. Ich wühlte in meiner Tasche nach dem Smartphone. Es war kurz vor acht.

Hektisch zog ich Schuhe und Jacke an und hetzte aus der Wohnung. Die Fahrt von hier bis zum Hauptbahnhof dauerte fast eine halbe Stunde. Und das auch nur, wenn direkt eine U-Bahn kam und ich nicht noch zehn Minuten warten musste.

Ich rannte durch die Kälte, schlitterte die Treppen zur Station hinunter. Sie war fast völlig leer. Ich musste gerade eine Bahn verpasst haben. Böses ahnend sah ich zur digitalen Anzeige hoch.

U4 über Hauptbahnhof – 5 min.

Ich fluchte. Dann begann ich, am Gleis auf- und abzumarschieren. Zwischendurch sah ich immer wieder auf die Uhr.

8:03

8:05

Schließlich sprang die Anzeige um: *U3 – In Kürze.*

8:06

Der Lärm einer heranfahrenden Bahn hallte durch die Station. Kaum hielt sie, riss ich die Tür auf und stürzte hinein. Ungeduldig verfolgte ich, wie andere, weniger schnelle Menschen, einstiegen. Dann waren endlich alle drin und die Bahn fuhr los. Wieso fuhr die heute so langsam? Und warum waren ausgerechnet heute so viele Lahmeinsteiger unterwegs? Mussten die nicht pünktlich zur Arbeit?

Kurz: Es dauerte eine Ewigkeit bis zum Bahnhof. Um halb neun stürzte ich aus der U-Bahn, rannte am Gleis entlang und die Rolltreppe hoch. „Rechts stehen, links gehen!", meckerte ich ein kleines Kind an, das neben seiner Mutter auf derselben Stufe stand und mir deshalb nicht schnell genug auswich. Von der B-Ebene führte noch einmal eine endlos lange Rolltreppe zu den Abfahrtsgleisen der Fernzüge. Diesmal kam ich ohne Probleme durch. Oben blieb ich keuchend und mit blei-schweren Beinen stehen. Wohin jetzt? Dieser dämliche Bahnhof hatte über zwanzig Ferngleise.

Ich packte eine stämmige Frau, die in einer Uniform der Deutschen Bahn steckte, am Ärmel. „Wissen Sie, von welchem Gleis der Zug nach Berlin um 8:37 Uhr fährt?"

Die Frau musterte mich mit hochgezogenen Augenbrauen.

Ich ließ ihren Ärmel los. „'tschuldigung, aber ich hab's eilig!"

„ICE 308, 8:37 Uhr, nach Berlin, Gleis 9", ratterte sie herunter, „aber –"

„Danke!" Ich hatte keine Zeit, mir ihre Hinweise auf eine umgekehrte Waggonreihenfolge oder das Fehlen des Speisewagens anzuhören. Die riesige Bahnhofsuhr zeigte 8:35 Uhr. Ich raste im Zickzack an Menschen und Koffern vorbei. Dann bog ich endlich nach rechts auf den Bahnsteig neben Gleis 9 ab. Erst, als ich schon rund fünfzig Meter weiter gesprintet war, fiel mir auf, dass etwas nicht stimmte.

Eine Minute vor der regulären Abfahrtszeit. Und es war kein Zug in Sicht.

Gut, normalerweise kein Grund zur Panik, das hier war schließlich die Deutsche Bahn. Wahrscheinlich hatte der Zug einfach fünf, zehn, oder fünfzig Minuten Verspätung. Aber es standen auch keine Menschen am Gleis. Mit einem flauen Gefühl im Magen hob ich den Kopf und blickte über Gleis 9 hinweg. Dahinter kam direkt Gleis 10, ebenfalls leer. Dann der Bahnsteig zwischen Gleis 10 und 11. Auf Gleis 11 stand ein Zug, ein ICE. In diesem Moment ertönte die Durchsage: „Achtung: Der Intercity-Express dreihundertacht nach Berlin Hauptbahnhof, Abfahrt acht Uhr siebenunddreißig, heute von Gleis elf."

Ich stand da, am falschen Gleis, und starrte den Zug an. Tränen der Verzweiflung traten mir in die Augen. Es war sinnlos. Ich konnte es nicht rechtzeitig schaffen, der Zug würde jeden Moment losfahren. Ich kam zu spät.

In diesem Moment eilte ein Pärchen am Gleis entlang. Der Mann ziemlich groß, mit einem schwarzen Mantel bekleidet und einer mittelgroßen Reisetasche über der Schulter. Die Frau reichte ihm kaum bis an ebendiese, obwohl sie schwarze Stilettos trug. Ihr Oberkörper steckte in einem weißen Blazer und ihre rechte Hand zog ein rotes Mini-Köfferchen hinter sich her. Felix und Valerie.

Ich starrte sie an. Sie waren gerade erst in den Bahnsteig eingebogen, befanden sich noch nicht mal auf meiner Höhe. Ich konnte mich nicht rühren. Was sollte ich tun? Über zwei Gleise und die Menschen, die dazwischen warteten, hinweg schreien?

Mir fiel auf, dass Felix und Valerie nicht miteinander sprachen. Sie warf ihm hin und wieder einen Blick zu, doch Felix' Augen waren stur geradeaus gerichtet.

Seine Entscheidung, sagte eine Stimme in meinem Kopf. *Mach dich nicht lächerlich vor all den Leuten und vor ihm, nur weil du es nicht akzeptieren kannst.*

Sie waren jetzt auf meiner Höhe. Valerie sagte etwas zu Felix, wedelte mit den Tickets, die sie in der freien Hand hielt und deutete auf den nächsten Wagen.

Ich schüttelte resigniert den Kopf. Es ging nicht, ich konnte es nicht. Und der Grund waren nicht die vielen Leute, nicht einmal Valerie. Sondern Felix. Ich konnte nicht noch einmal diesen gleichzeitig wissenden und wütenden Ausdruck in seinen Augen sehen. *„Kann es sein, dass du noch in mich verliebt bist?"*

Sie hatten jetzt fast die Tür ihres Waggons erreicht.

Ich wandte mich ab, wollte nicht sehen, wie er einstieg.

„Maja?"

Ich wirbelte herum und starrte Felix an, der ebenso perplex zu mir herübersah. Das konnte doch nicht sein. Wie schaffte er es, zufällig diagonal hinter sich zu Gleis 9 zu sehen? Was hatte er da gesucht? Der Zug würde jeden Moment abfahren! Da sah ich aus den Augenwinkeln, wie zwei Schaffner aus Felix' Zug sprangen, sich in den Raucherkreis stellten und ihre Zigaretten anzündeten.

„Was machst du hier?", schrie Felix.

„Was denkst du? Ich bin schließlich in dich verliebt?", war ich versucht zu schreien, doch die Leute guckten auch so schon. Und wahrscheinlich würden weder sie noch Felix die Ironie verstehen.

Valerie warf erst mir einen vernichtenden, dann Felix einen ungeduldigen Blick zu. Sie sagte etwas, das ich nicht verstand. Felix zuckte nur mit den Achseln.

„Ich bin am falschen Gleis", rief ich unnötigerweise.

Felix' ernster Gesichtsausdruck wurde von einem Grinsen durchbrochen. „Wie hast du denn das hingekriegt?"

„War gar nicht so schwer."

Ich sah, wie er mit einem Lachen kämpfte. „Glaub ich dir sofort!"

Die Schaffner, die auch interessiert zu uns herüber sahen, hatten aufgeraucht. Mit einem auffordernden Blick in Felix' und Valeries Richtung stiegen sie in den Zug.

Felix hob kurz die Hand zum Abschied und wandte sich dann ab.

„Warte!", schrie ich.

Felix blieb so abrupt stehen, dass Valerie gegen ihn lief. Er hatte schon die oberste Stufe und damit das Innere des Zuges erreicht, doch quetschte sich jetzt an seiner Freundin vorbei und stellte sich mitten in die Tür.

Wir sahen uns an.

Ich bemerkte weder den ärgerlichen DB-Mitarbeiter, der auf Felix zueilte, noch die neugierigen Bahnreisenden, noch Valerie, die mit verschränkten Armen im Zug stand. „Bleib hier!"

Dann war der schöne Moment, in dem ich außer Felix nichts um mich herum mitbekommen hatte, leider vorbei. Plötzlich sah ich den DB-Uniformierten, der jetzt seinerseits in einigem Abstand stehen blieb und anscheinend langsam Interesse an dem Spektakel fand. Ich wurde mir der Schaulustigen auf meinem und dem gegenüberliegenden Bahnsteig bewusst, und auch Valeries saurer Miene. Ich versuchte, mich nur auf Felix' Reaktion zu konzentrieren.

Er trat einen Schritt vor, kam eine Treppenstufe hinunter, lächelte. Doch dann schüttelte er plötzlich den Kopf, langsam, bedächtig. Er drehte sich um und verschwand endgültig im Inneren des Zuges.

Valerie warf mir noch einen langen Blick zu. Dann folgte sie ihm.

Kapitel 9

Es dauerte einen Moment, bis ich verstand, was geschehen war. Die Zugtüren schlossen sich, der ICE fuhr ab. Und ich wurde mir der mitleidigen Blicke der Passanten um mich herum bewusst. Ich beeilte mich, vom Bahnsteig herunter zu kommen.

„Hübsche Männer sind wie …", begann eine dralle, schon etwas ältere Frau, als ich an ihr vorüberging.

„Äh … danke, ich werde es mir merken." Schnell mischte ich mich unter die anonyme Menge der Reisenden. Ich ließ mich treiben und dachte an nichts. Zumindest versuchte ich es. Doch vor meinem inneren Auge erschien immer wieder Felix, der stoisch neben Valerie saß und seinem neuen alten Leben in Berlin entgegenfuhr. Als ich aufblickte trieb ich gerade an der Starbucks-Filiale nahe des Ausgangs vorbei. Lustlos bestellte ich mir einen Frappucchino, schlürfte drei Schlucke und warf das Getränk in den nächsten Mülleimer. Plötzlich bekam ich kaum noch Luft in der riesigen Bahnhofshalle. Ich kämpfte mich nach draußen und stieg in die nächste Straßenbahn nach Hause. Ich setzte mich an einen Fensterplatz und starrte nach draußen. Mein Smartphone klingelte.

Ich nahm den Anruf an, ohne davor aufs Display zu schauen. „Was?", fauchte ich den Anrufer an.

„Maja, ich bin's, Elena."

„Was gibt's?", fragte ich und bemühte mich um eine freundlichere Stimme.

„Kann ich bei dir wohnen?"

Mir fiel das Smartphone aus der Hand. Es krachte auf den Boden der Straßenbahn und die hintere Klappe, sowie der Akku, flogen in verschiedene Richtungen. Fluchend sammelte ich die Einzelteile wieder ein, die sich zum Glück nicht allzu weit verteilt hatten. Schnell bastelte ich mein Smartphone zusammen, drückte auf den Einschaltknopf und brach beinahe in Tränen aus. Das Display blieb dunkel, mein Smartphone gab weder eine akustische noch visuelle Reaktion von sich.

An der Haltestelle vor der WG stürzte ich aus der Straßenbahn. Ich sah nichts, hörte nichts, fühlte nichts mehr. All meine Energie war darauf gerichtet, nicht hysterisch schluchzend zusammenzubrechen. Ich wollte mich auf mein Sofa werfen und weinen. Und danach würde ich losgehen und mir ein neues Smartphone besorgen. Oder sollte ich erst bei Elena vorbeifahren und nach ihr sehen?

Dieses Problem löste sich in dem Moment, in dem ich in unsere Straße einbog. Schon von weitem sah ich sie auf der Stufe vor der Haustür sitzen. Neben ihr stand ein großer schwarzer Koffer.

Als sie mich sah, richtete sie sich auf und klopfte sich das Hinterteil ihres Mantels ab. Sie lächelte, doch ich sah sofort, dass es kein echtes war.

„Ich habe mein Smartphone fallen lassen. Tut mir leid, deshalb konnte ich dich nicht zurückrufen."

„Hm, ich dachte mir so was schon. Deshalb bin ich direkt hergekommen."

„Steffen?", fragte ich.

„Nein. Steffen ist Steffen. Ich bin der Grund. Ich habe mich entschieden, dass ich das so nicht länger möchte."

„Und jetzt ...?"

„Will ich übergangsweise bei dir wohnen. Keine Sorge, ich nehme dir deine freundschaftliche Intimsphäre mit Felix nicht weg. Sobald wir meinen Koffer die Stufen hochgeschleppt haben, gehe ich los und kaufe mir eine Luftmatratze. Wenn wir Tisch und Stühle etwas zur Seite rücken, passt die in die Küche. Oder meinst du, Daniel hat was dagegen?"

„Nein."

„Na also. Los, hilf mir mit dem Ding. Allein schaffe ich das nicht. Von unserer Wohnung habe ich ihn einfach die Stufen runtergezerrt, aber hoch wird das schwieriger."

Ich schloss die Tür auf, stemmte einen Fuß dagegen und hob das untere Ende von Elenas Koffer an. Gemeinsam wuchteten wir das mindestens dreißig Kilo schwere Ungetüm nach oben. Kaum hatte ich die Wohnungstür aufgeschlossen, kam Daniel aus seinem Zimmer gestürzt. „Und?" Er trug nur Boxershorts.

„Hi Daniel", sagte Elena, doch mein bester Freund schien sie gar nicht wahrzunehmen.

„Was ist passiert?" Da fiel sein Blick auf den Koffer. „Ist der von Felix? Wo ist er? Kommt er zurück?"

„Was ist denn los mit dir?", fauchte ich. „Felix hatte eine Reisetasche dabei, keinen Koffer. Und nein, zurück kommt er auch nicht."

Elena blickte ratlos von mir zu Daniel und wieder zu mir.

„Tut mir leid“, murmelte Daniel. „Ich bin wieder eingeschlafen ... und dann hochgeschreckt, als ihr gekommen seid und irgendwie ... Ich habe einfach zu wenig geschlafen! Dann Felix und Miri ... tut mir leid!“ Er torkelte auf mich zu, legte seine Arme um meine Schultern und sackte auf mir zusammen. Ein unangenehmer Geruch, den ich vorhin nicht wahrgenommen hatte, stieg mir in die Nase. „Dani, hast du gestern Abend schon wieder getrunken? Und was ist mit Miri? Du hast gesagt, ihr wolltet zusammen frühstücken.“

Das Bündel, das wie leblos an mir hing, zuckte mit den Achseln.

Ich warf Elena einen hilfesuchenden Blick zu. Ohne nachzufragen legte sie sich einen von Daniels Armen um ihre eigene Schulter, so dass wir uns sein Gewicht teilten. Dann hievten wir ihn gemeinsam zurück in sein Bett.

„Tut mir leid“, nuschelte Daniel und kuschelte sich in seine Decke.

Wieder auf dem Flur blickte Elena mich auffordernd an.

Ich schüttelte den Kopf. „Ich will nicht darüber reden. Erzähl du mir lieber, was Steffen verbrochen hat.“

„Darüber will *ich* nicht reden.“

„Dann lass uns fernsehen.“ In diesem Moment wurde mir zum ersten Mal klar, dass wir gar keinen Fernseher hatten. Daniel hatte einen, aber zurück in sein Zimmer zu gehen stand außer Frage. „Hast du Lust einen Fernseher kaufen zu gehen?“

„Nein.“

„Wollen wir Karten spielen?“

„Nein.“

„Elena, ich habe keine Lust darüber zu reden!“

Sie starrte mich nur mit ihrem unbeugsamen Blick an, die Hände noch immer in die Hüfte gestützt.

Also erzählte ich ihr von Felix’ Abreise und wie es dazu gekommen war. Als ich geendet hatte, ließ ich mich auf mein Sofa fallen. Elena setzte sich zu mir.

„Du kannst sein Bett haben“, sagte ich.

„Sicher?“

Ich nickte. „Können wir jetzt endlich über dich reden? Du hast heute deine Beziehung beendet. Mir ist nur der Mitbewohner davongelaufen.“

„Ist in dem Schrank noch Platz?“ Sie besah sich das Ungetüm, in dem ich meine Anziehsachen verstaut hatte. „Ich hasse es, aus dem Koffer zu leben.“

Das war mir nicht neu. Ich erinnerte mich noch lebhaft, als es uns vor einem Jahr zum ersten und einzigen Mal gelungen war, gemeinsam Urlaub zu nehmen. Wir hatten eine selbstgeplante Europatour gemacht. Es war schön gewesen, aber leider auch anstrengend, weil Elena in allen Hotels, in denen wir immer nur ein bis zwei Nächte blieben, erst mal all ihre Sachen hatte auspacken müssen. Es war richtiggehend zwanghaft gewesen, weswegen ich ihr in einem ernsten Gespräch eine Therapie vorgeschlagen hatte. Eine Äußerung, die sie nicht einmal für kommentierungswürdig gehalten hatte.

„Klar, das meiste ist noch frei.“

Sie begann, ihre Kleidungsstücke ordentlich einzuräumen. Ich unterdrückte ein Seufzen. Das einzig Positive an Felix’ Auszug war, dass ich nun das Zimmer für mich allein hätte haben können. Aber es sollte wohl nicht sein.

„Weißt du, Steffen hat wirklich überhaupt nichts verbrochen. Er war die letzten Tage genau wie immer. Mit seinen Launen und seiner ewigen Ich-komme-zuerst-Haltung. Aber genau das kann ich einfach nicht mehr ertragen, ich sehe ihn an und denke: Warum tue ich mir das an? Warum mache ich das mit? Ohne ihn würde es mir doch viel besser gehen."

„Und? Geht es dir schon besser?"

Sie warf mir einen gereizten Blick zu. „So was geht nicht so schnell, du Trottel. Noch bin ich in der Frischgetrennt-Trauer-Phase."

„Tut mir leid. Willst du einen Film ausleihen und einen Liter Eis essen?"

„Du hast doch gar keinen Fernseher."

„Wir könnten Dani in dieses Bett legen und sein Zimmer nehmen. Er merkt das sicher nicht einmal."

Elena sah mich zweifelnd an. „So einen Sex-and-the-City-Kram haben wir noch nie gemacht."

Ich zuckte mit den Achseln. „Dann fangen wir jetzt damit an."

Ich traute meinen Augen nicht, als Elena plötzlich die Bluse, die sie in der Hand hielt, zurück in ihren Koffer pfefferte. „Okay. Lass es uns ausprobieren!"

Wir nahmen zwar Horrorfilme statt Liebesschnulzen, Chips statt Eis und Elena vergoss auch den Rest des Tages keine einzige Träne – trotzdem war es schön. Als der Mörder ein Opfer ganz besonders grausam zurichtete, sah ich Elena sogar kurz grinsen. Nachmittags wachte Daniel auf und setzte sich zu uns, doch er schien nicht wirklich bei der Sache zu sein. Mit glasigem Blick starrte er auf den Bildschirm und reagierte mit enormer Zeitverzögerung, wenn er angesprochen wurde.

Als Elena und ich uns abends in unser Zimmer zurückzogen, nahm ich mir vor, am nächsten Tag ein ernstes Wort mit ihm zu reden.

Also schlich ich am nächsten Morgen um acht, kaum dass Elena zur Arbeit gegangen war, in Daniels Zimmer. Wieder hing dieser muffige Geruch im Raum. Ich zog den Rollladen hoch und öffnete das Fenster, damit ich überhaupt atmen konnte. Dann wandte ich mich wieder Daniel zu und erstarrte vor Schreck. Er saß kerzengerade in seinem Bett und sah mich an. „Was hast du gemacht?"

„Ich … habe nur den Rollladen hochgezogen und das Fenster aufgemacht."

„Warum?"

„Weil ich hier drin nicht ersticken will, während ich mit dir rede."

Daniels Gehirn schien nur sehr langsam auf Touren zu kommen. „Wie viel Uhr ist es?"

„Etwa viertel nach acht?"

Stöhnend ließ er sich zurück in seine Kissen fallen. „Hast du eine Ahnung, wann ich gestern schlafen gegangen bin?"

„Um zehn. Da hast du mich und Elena aus deinem Zimmer geworfen, weil du dich hinlegen wolltest."

„Es kommt mir aber vor, als hätte ich nur drei oder vier Stunden geschlafen."

„Es waren zehn."

„Danke, rechnen kann ich selbst."

„Willst du Kaffee?"

„Ich will schlafen.“

„Leider keine Option.“

Daniel stöhnte und fuhr sich mit beiden Händen durch die verstrubbelten blonden Haare. „Schön. Kaffee hört sich gut an.“

Wenig später saßen wir in der Küche, jeder eine Tasse mit dampfendem Inhalt in der Hand.

„Dani, so langsam mache ich mir Sorgen um dich.“

Er blickte auf, dann richtete er seine Augen wieder auf den Kaffee. „Da fehlt Milch.“ Er stand auf und ging zum Kühlschrank.

„Dani.“

„Und Zucker.“

„Du kannst dem Thema nicht ewig aus dem Weg gehen. Oder was willst du nach Milch und Zucker noch alles in deinen Kaffee kippen?“

Er blieb an die Arbeitsplatte gelehnt stehen und rührte wie manisch in seiner Tasse. Sein Blick huschte zum Vorhang, der die Küche vom Flur trennte. Er sah aus wie ein Beutetier auf der Suche nach einer Fluchtmöglichkeit.

„Was ist mit dir und Miri? Denkst du nicht, es würde helfen, wenigstens ein einziges Mal darüber zu reden?“

„Es ändert nichts, wenn ich darüber rede.“

„Das weißt du doch gar nicht. Vielleicht kann ich dir helfen, dir irgendeinen Rat geben und es kommt alles wieder in Ordnung.“

„Dein Rat kann auch nichts daran ändern.“

„Woran ändern?“

Er stierte wie hypnotisiert in seinen Kaffee. „Daran, dass Miri weggeht.“ Er seufzte und plötzlich schien der Damm gebrochen. „Wie soll das denn funktionieren?

Ein Jahr lang Fernbeziehung. Und wir sind noch nicht so lange zusammen. Das klappt doch nie!"

„Wo geht sie denn hin?"

„Kanada."

„Ka...! Was will sie denn da?"

Daniel ließ sich wieder auf seinen Stuhl fallen. Alle Kraft wich aus seinem Körper. „Was wollen andere Studenten im Ausland? Erfahrungen sammeln, was erleben, andere Menschen kennenlernen, von allem etwas. Und das ist ihr wichtiger als unsere Beziehung!"

Ich konnte ihn nur anstarren und wusste vor lauter Mitleid nicht, was ich sagen sollte. Stumm trank ich einen Schluck Kaffee. „Aber obwohl sie so lange fort geht, will sie mit dir zusammenbleiben. Das ist doch was!", sagte ich schließlich das einzig Positive, das mir dazu einfiel.

„Sie wird ein Jahr lang weg sein und zwar am anderen Ende der Welt. Da ist nichts mit eben mal besuchen. Wenn ich Glück habe, bekomme ich genug Geld zusammen, um im Sommer hinzufliegen. Aber das war dann auch alles. Und nun sag du mir, wie du die Chancen einschätzt, dass wir in einem Jahr noch zusammen sind. Und sei bitte realistisch."

Ich schwieg. Gerne hätte ich ihm gesagt, dass ich viele Leute kannte, deren Beziehung ein Auslandsjahr überlebt hatte. Leider entsprach das nicht der Wahrheit. Tatsächlich kannte ich ein Ex-Pärchen, das sich schon vorher getrennt hatte und eines, das es zwar schaffte, sich während des Auslandsjahres treu zu bleiben, aber kurz nach der Wiedervereinigung festgestellt hatte, dass sie sich komplett fremd geworden waren.

Daniel interpretierte meinen Blick richtig. „Siehst du?"

Ich wusste nicht, was ich sagen sollte. „Wann geht sie denn?"

„In einer Woche."

„Schon? Aber das wusste sie doch dann vorher. Ihr seid doch erst seit zwei Monaten zusammen!"

„Eben. Sie sagt, sie hätte sich einfach verliebt, komplett ungeplant. Und anfangs wollte sie mir nicht von ihrem Kanadajahr erzählen, weil sie Angst hatte, dass ich dann gar nicht erst eine Beziehung mit ihr anfangen würde." Daniels Stimme hatte einen bitteren Tonfall angenommen. Er lachte freudlos auf. „Und ich kann sie nicht mal bitten, ihren Auslandsaufenthalt für mich sausen zu lassen. So etwas macht man einfach nicht, oder? Eine echte, erwachsene Beziehung muss so was eben aushalten."

Ich beugte mich vor. „Hör mal, es kommt dir vielleicht unwahrscheinlich vor, aber vielleicht schafft ihr es doch. Vielleicht ist ja was dran an dem Spruch, dass eine Beziehung eine räumliche Trennung auf Zeit übersteht, wenn man sich nur genug liebt."

„Ach komm, so naiv bist du nicht, Maja. Und tu nicht so, als wärst du es, nur um mich aufzubauen. Dabei komme ich mir verarscht vor."

Ich seufzte und schüttelte den Kopf. „Von mir aus: Ich denke, dass so eine Fernbeziehung echt Mist ist. Und dass sich die meisten Menschen ihrem Partner nicht mehr so verpflichtet fühlen, wenn er weit genug weg ist und nicht nachvollziehen kann, mit wem man sich trifft und was man macht. Dazu kommt, dass ihr erst so kurz zusammen seid, euch eigentlich noch in der

Kennenlern-Phase befindet und die Verbundenheit wahrscheinlich sowieso noch nicht so tief ist. Wahrscheinlich trifft Miri also schon im ersten Monat einen süßen Kanadier, in den sie sich Hals über Kopf verliebt. Wenn du Pech hast, verschweigt sie es dir bis sie wiederkommt und du hast ein Jahr umsonst auf sie gewartet."

„Maja …", stöhnte Daniel.

Ich grinste. „Vielleicht passiert das aber auch nicht. Und zwar gerade, weil ihr so frisch verliebt seid. Da spielen die Hormone noch verrückt, man denkt pausenlos an den anderen und vermisst ihn schon während einer zehnminütigen Trennung ganz schrecklich. Vielleicht geht euch die ständige Telefoniererei nicht mal auf die Nerven, sondern möglicherweise sehnt ihr euch jedes einzelne Gespräch herbei. Und wofür gibt es Skype? Da könnt ihr euch sogar gegenseitig sehen, das ist fast wie ein Date. Und es hält die Erinnerungen frisch und die Hormone in Schwung. Dani, ich habe keine Ahnung, was passieren wird und du auch nicht. Aber es ist doch blöd, die letzten Tage, die euch gemeinsam bleiben, mit Schmollen und Trinken zu verbringen. Sammelt noch ein paar schöne Erinnerungen! Die bleiben nämlich, egal was passiert."

Daniel sah mich an. Erst dachte ich, er würde aufstehen und gehen. Dann lächelte er. „Netter Versuch."

„Ich meine es ernst. Lass dich nicht so hängen. Das kannst du machen, wenn Miri weg ist. Verschwende die kurze Zeit, die du mit ihr hast, nicht."

„Das sagst du so leicht. Ich kann nicht einfach ausblenden, dass sie geht. Und dass sie es mir verschwiegen hat. Ich sehe sie an und bin wütend."

„Dann lass deine Wut raus, schrei sie einmal richtig an und dann vertrag dich wieder mit ihr."

„Ich kann nicht."

„Ich-kann-nicht wohnt in der –"

„Wenn du das jetzt sagst, werfe ich meine Tasse nach dir!"

„– *Ich-will-nicht*-Straße." Er warf zwar nicht seine Tasse, knuffte mich aber heftig in die Seite. „Aua!"

„Verdient."

Wir grinsten uns an. Nach einer Weile des Schweigens fragte ich: „Hat sich Felix bei dir gemeldet?"

„Nein. Habe ich aber auch nicht erwartet."

„Nicht mal, dass er anruft und sagt: Hey, bin gut angekommen, das Wetter ist gut, mein Leben scheiße und so weiter?"

„Das hättest du wohl gerne. Aber selbst, wenn es so wäre: Wir sind Männer, wir telefonieren nicht andauernd wegen jeder Kleinigkeit."

„Schon klar. Lass uns über was anderes reden."

„Okay."

„Okay."

Der nächste Tag, ein Sonntag, verlief sehr ruhig. Die meiste Zeit hockten Elena und ich gemeinsam vor Daniels Fernseher, während mein bester Freund meinen Rat angenommen hatte und zu Miri gefahren war.

„Mir ist langweilig", sagte Elena auf einmal.

Ich drehte träge den Kopf in ihre Richtung. „Wir könnten Popcorn machen."

„Ich habe keine Lust auf Chips, Popcorn, Eis oder irgendwas anderes Essbares. Und auch nicht auf die blöden Sonntagmittag-Filme. Das kann doch nicht so weiter gehen, Maja."

Widerwillig schaltete ich den Fernseher auf stumm. „Was meinst du?“

„Ich habe schon blaue Flecken am Hintern vom vielen Rumsitzen.“

„Du lügst“, sagte ich überzeugt.

„Na gut, aber ich habe bestimmt schon zwei Kilo zugenommen. Wollen wir nicht lieber mal joggen gehen?“

„Spinnst du? Draußen sind es vielleicht drei Grad. Außerdem hast du Liebeskummer. Wir dürfen keinen Sport machen, nur rumsitzen, heulen und essen. Ich denke, du liest die Cosmopolitan.“

„Nur die Modeseiten.“

„Und deine ganzen Pseudo-Weisheiten?“

„Habe ich von meiner Mutter.“

„Und was sagt die über Liebeskummer?“

Elena antwortete nicht. Ihre Augen blickten nachdenklich am Fernsehbildschirm vorbei. „Ich glaube, ich sollte sie anrufen.“

„Deine Mutter?“

Elena nickte. „Vielleicht sollte ich sogar zu ihr ziehen. Ich müsste zwar eine Dreiviertelstunde zur Arbeit pendeln, aber so eins, zwei Wochen, bis ich eine neue Wohnung habe, wäre das bestimmt machbar.“

„Okay.“ Ich versuchte, nicht allzu hoffnungsvoll zu klingen. Natürlich war es schön, meine Freundin hier zu haben, aber es hielt mich auch davon ab, an meiner Mappe zu arbeiten. Zwar hatte ich mir mittlerweile ein Buch übers Zeichnen zugelegt, aber noch keine Zeit gehabt, mich damit zu beschäftigen.

„Es hat nichts mit dir oder eurer WG zu tun“, versuchte Elena mich zu trösten. „Ich habe nur meine Mutter in den letzten Jahren kaum gesehen und wenn, dann hat sie meistens über Steffen gemeckert. Wenn es noch mal eine Chance für mich gibt, ein wenig harmonische Zeit mit meiner Mutter zu verbringen, dann jetzt. Frisch nach der Trennung von Steffen. Wahrscheinlich wird sie mich mit Lob überschütten.“

„Und das willst du?“

Elena zuckte mit den Achseln.

„Dann ruf sie an.“

Elenas Mutter fuhr zwei Stunden später mit dem Auto vor. Daniel, der inzwischen mit Miri in der WG aufgetaucht war, half meiner Freundin, das Koffer-Monster die Stufen hinunter und in den Kofferraum zu wuchten.

Es war das erste Mal, dass ich Elenas Mutter sah. Ich hatte sie mir immer wie eine Art Drachenlady vorgestellt. Genauso energisch und stur wie Elena, nur eben dreißig Jahre älter. Und rein äußerlich war die Ähnlichkeit unverkennbar. Ihr zweifellos schon angegrautes Haar hatte Elenas Mutter dunkelbraun überfärbt. Es war beinahe ebenso dicht wie Elenas, aber zu einem Dutt gebunden. Das dezente Make-Up und die wachen Augen ließen sie eher wie vierzig statt wie Mitte fünfzig wirken. Sie trug einen langen, dunkelroten Rock und eine schwarze Bluse. Als sie ausstieg, nahm sie als erstes ihr Kind in die Arme. Mit dieser Geste erinnerte sie mich so sehr an meine eigene Mutter, dass mich eine Woge kleinkindlicher Sehnsucht nach meinen Eltern erfasste.

„Steig ein“, sagte sie sanft zu Elena. Mir und Daniel nickte sie zu.

Elena winkte zum Abschied und grinste. „Bis morgen auf der Arbeit.“ Dann stieg sie ein und wirkte dabei wie das kleine Kind, das viele Erwachsene in der Gegenwart ihrer Eltern immer blieben.

Als das Auto außer Sichtweite war, grinste ich Daniel an. „Und bei dir?"

Er zuckte mit den Achseln, während er sich umdrehte. Ich folgte ihm ins Treppenhaus und die Stufen hoch.

„Ich habe deinen Rat beherzigt", warf er mir über die Schulter zu. „Der Streit war der schlimmste meines Lebens, aber irgendwie haben wir uns danach wieder zusammengerauft."

„Hört sich doch gut an."

„Sprecht ihr über mich?", fragte Miri mit schelmisch leuchtenden blauen Augen, als wir zur Tür hereinkamen. Ihr dunkelrot gefärbtes Haar hatte sie zu Rastazöpfen geflochten.

„Ja. Daniel hat erzählt, dass du bald nach Kanada gehst."

„Dachte mir schon, dass er das erzählt hat." Sie lächelte gequält.

„Wieso eigentlich –" Ich wurde von dem durchdringenden Schrillen eines Telefons unterbrochen. „Deins?", fragte ich.

Miri schüttelte den Kopf.

„Meins ist es auch nicht", sagte ich und blickte Daniel an.

Der zuckte mit den Achseln.

„Vielleicht hat Elena ihrs hier vergessen. Ich schau mal nach!", rief ich den beiden zu und verschwand in mein Zimmer.

„Halt!", rief Daniel plötzlich.

Ich drehte mich um. Das Schrillen hallte weiter munter durch die Wohnung.

„Das ist unser Festnetz-Telefon.“

Ich starrte ihn an. „Wir haben ein Festnetz-Telefon?“

„Ja, Festnetz-Flat, war damals beim Internet-Vertrag schon dabei, also habe ich ein Telefon gekauft. Aber kostenlos ins Festnetz telefonieren kann ich auch mit meinem Smartphone und ich gebe die Nummer eigentlich nie weiter, also ruft auch nie jemand auf dem Festnetz an.“

Ring. Ring.

„Anscheinend doch“, stellte ich fest. „Willst du nicht rangehen?“

„Wenn ich nur wüsste, wo das verdammte Teil ist!“

Ring. Ring.

„Da ist aber jemand hartnäckig.“ Ich drehte mich horchend um mich selbst. „Es kommt aus dem Schuhschrank, glaube ich.“

„Was?“ Daniel folgte meinem Blick zu dem kleinen Sideboard, das im Flur an der Wand stand. „Das ist doch kein Schuhschrank. Hast du schon mal reingeguckt? Da ist nur Krimskrams drin und ...“

„... und das Telefon?“

Daniel riss bereits die Türen des Flurschränkchens auf, warf ein Telefonbuch und mehrere Lieferdienst-Flyer beiseite, dann hielt er triumphierend den Hörer hoch. „Hallo?“

Miri und ich tauschten einen Blick.

„Woher hast du diese Nummer?“ Daniel blickte uns vollkommen perplex an. Dann schüttelte er den Kopf, bedeckte den unteren Teil des Hörers mit der Hand und flüsterte. „Er hat das Telefon und das Schreiben vom

Internet-Anbieter, auf dem die Festnetz-Nummer steht, angeblich zufällig hier im Schrank gefunden. Ist das zu glauben? Was für ein Schnüffler. Wahrscheinlich hat er auch alle anderen Schränke in der Wohnung durchwühlt." Er schien zu horchen, dann nahm er die Hand weg und sagte laut in den Hörer. „Schon gut, ich gebe sie dir." Er hielt mir das Telefon hin.

In meiner Magengegend begann es zu flattern. Ich rührte mich nicht von der Stelle.

Daniel seufzte, bedeckte abermals den Hörer und sagte: „Es ist nur Felix, Maja. Kein Grund in Schockstarre zu fallen." Er griff nach meiner Hand und drückte das Telefon hinein. Ich hörte, wie er mit Miri in sein Zimmer ging.

„Maja?", kam Felix' Stimme leicht verzerrt aus dem Hörer. Ein Fluch. Dann: „Daniel, du Idiot!"

Ich räusperte mich und hob den Hörer langsam an mein Ohr. „Hi."

„Daniel, wenn du mich jetzt verarschst …"

„Nein, ich bin es. Maja."

Stille. Dann: „Hi."

„Ist irgendwas passiert?"

Zögern. „Nein. Ich dachte, ich melde mich mal und frage nach, wie es dir so geht."

„Das ist nett. Mir geht es gut, danke. Und wie geht es dir?"

„Ja, es geht. Ich gewöhne mich langsam wieder ein."

„Schön."

Schweigen. „Morgen ist mein erster Arbeitstag."

„Und?"

„Na ja, nichts Und."

„Ich meine: Was willst du damit sagen?"

„Gar nichts will ich damit sagen." Plötzlich klang er gereizt. „Ich wollte einfach nur ein bisschen plaudern, okay?"

„Okay." Ich ging in mein Zimmer und setzte mich aufs Sofa. „Wie kamst du darauf, auf diesem Telefon anzurufen? Ich wusste nicht mal, dass es existiert. Und Daniel hatte es verdrängt."

„Gegenfrage: Was ist mit deinem Smartphone los?"

„Ist … mir kaputt gegangen."

Felix gab ein schnaubendes Geräusch von sich. „Hast du dich drauf gesetzt oder was?"

Jetzt war es an mir zu schnauben. „Es ist mir einfach runter gefallen. Kann jedem mal passieren, oder? Hast du versucht, mich anzurufen?"

„Sonst hätte ich es ja wohl nicht auf dem Festnetz versucht. Schließlich weiß ich, dass das Ding seit Jahren in dem Flurschränkchen vermodert."

Schweigen breitete sich zwischen uns aus. Ich durchforstete mein Gehirn nach irgendeinem unverfänglichen Thema, das ich anschneiden könnte. Doch mir fiel nichts ein, was ich mit Felix besprechen wollte. Zumindest nichts, worüber er bereit war, sich zu unterhalten.

„Vielleicht war das mit dem Smalltalk keine so gute Idee", sagte er schließlich.

Ich wollte ihm recht geben, doch gleichzeitig wollte ich nicht, dass er jetzt auflegte. Wer wusste schon, wann ich wieder seine Stimme hören würde. Ich bemühte mich um einen lockeren Tonfall. „Wir haben einfach keine Übung darin, schließlich haben wir nie Smalltalk geführt."

„Stimmt. Wir haben immer nur gestritten. Oder über tiefgründiges Zeugs geredet."

„Und das willst du ja nicht mehr", rutschte es mir heraus.

Wir schwiegen wieder. Ich spürte, dass Felix kurz davor war, aufzulegen. „Du machst einen Fehler."

„Maja ..."

„Was? Du kannst mich nicht einfach anrufen und dann verlangen, dass ich nichts zu diesem Thema sage. Du machst einen Fehler und das weißt du. Wieso sonst hättest du mich angerufen?"

„Genau diese Frage stelle ich mir auch gerade."

Das tat weh.

Felix seufzte. „Ich bin nicht wie du, Maja."

„Okay."

„Du bist zufrieden mit deinem Leben. Es macht dir nichts aus, dass du nicht weißt, wie deine Zukunft aussieht. Dir macht es nichts aus, dass die Leute über dich reden, wenn du im Alter von siebenundzwanzig Jahren ein neues Studium beginnst. Aber ich bin nicht wie du."

„Okay", sagte ich noch einmal.

„Arzt ist nicht der ideale Job für mich. Das Studium hat mir kaum Spaß gemacht und meine Assistenzarztzeit macht mir auch nicht besonders viel Freude. Aber damit kann ich leben. Womit ich nicht leben kann, ist der Gedanke, irgendwann ohne Beruf und Perspektive dazustehen. In Berlin habe ich alles: Ein geregeltes, sicheres Leben, ein Umfeld, eine Zukunft."

„Bist du fertig?"

„Maja –"

„Wenn du erlaubst, würde ich jetzt nämlich auch gerne etwas dazu sagen." Plötzlich war ich so wütend, dass ich kaum noch an mich halten konnte. „Ich finde es doch sehr auffällig, dass du erst so redest, seitdem du dieses Gespräch mit Valerie hattest. Denn davor kamst du mit deiner Unsicherheit und Perspektivlosigkeit ganz gut zurecht. Dir war egal, was andere über dich denken. Du hast nur an dich gedacht und was du dir vom Leben erhoffst. Du hast dich nach Journalistik erkundigt. Oder habe ich das auch falsch verstanden?"

„Du hast doch keine Ahnung." Die Schärfe in Felix' Stimme stand der in meiner eigenen um nichts mehr nach. „Journalistik ist eine komplizierte Sache. Ich kann mich nicht einfach wie du für ein Studium einschreiben und dann kommt alles von allein. Es ist schwer, in diesem Bereich irgendwann eine Stelle zu bekommen. Man braucht einen Abschluss an einer guten Journalistenschule, in die man aber nicht so einfach reinkommt. Oder ein Volontariat bei einer renommierten Zeitung. Das Risiko ist mir zu groß, dass es am Ende nicht klappt!"

„Du hast Angst."

Felix lachte bitter auf. „Ich hätte nicht anrufen sollen."

„Das hättest du vielleicht wirklich nicht."

„Na, dann."

„Tschüss, Felix."

„Tschüss, Maja." Er legte auf.

Kapitel 10

Am nächsten Tag war Montag und ich musste arbeiten. Elena hatte frei, deshalb rief ich sie in meiner Mittagspause von Daniels altem Smartphone an, das er mir geliehen hatte. Sie klang müde, so als hätte ich sie geweckt. „Sag nicht, dass du bis eben geschlafen hast."

„Was redest du da? Hast du auf die Uhr gesehen? Es ist zwölf. Ich bin seit sieben wach."

„Du klingst aber nicht so."

Ich erwartete, dass Elena explodieren würde, stattdessen seufzte sie nur: „Ich glaube nicht, dass das eine gute Idee war."

„Du meinst, deine Mutter anzurufen?"

„Vor allem, mit ihr mit zu gehen. Ich habe so lange keinen engeren Kontakt zu ihr gehabt, dass ich ganz vergessen hatte, warum. Und der Grund dafür war nicht Steffen."

„Aber du hast gesagt ..."

„Ich weiß, was ich gesagt habe. Geh mir heute nicht auf die Nerven, ja?"

„Dann melde du dich eben, wenn du wieder zu einem Gespräch auf menschenwürdigem Niveau fähig bist." Ich legte auf und sah auf die Uhr. Viertel nach zwölf. Mir blieben noch fünfzehn Minuten bis ich wieder in die Höhle der Frau Schneider zurück musste. Vielleicht könnte ich es noch schaffen, im Künstlerbedarfsladen vorbeizuschauen? Mein Smartphone klingelte. Ich ging ran, ohne einen Blick aufs Display zu werfen. „Das ging aber schnell."

„Tut mir leid", sagte Elena. „Du kannst nichts dafür, dass ich schlecht drauf bin. Ich bin nur ... Ich weiß nicht. Da hatte ich mir eingeredet, dass der Kontakt zu meiner Mutter sich wegen Steffen auf kurze Besuche einmal alle drei Monate reduziert hatte, aber eigentlich hatte ich das selbst so gewollt. Weil sie anstrengend ist und mir ständig gute Tipps geben will, als wäre ich noch zwölf Jahre alt. Nicht, dass ich damals ihre Ratschläge nötig gehabt hätte."

„Einen Milchkaffee bitte", flüsterte ich der Frau hinter dem Café-Tresen zu und legte ihr das abgezählte Geld hin. Zu dem Kunstladen würde ich es jetzt wohl nicht mehr schaffen.

„Kannst du dir vorstellen, wie ernüchternd das ist?", fragte Elena. „Da lasse ich mich von meiner Mutter abholen und denke, mit ihrer Zuwendung wird es mir besser gehen, nur um zu merken, dass es mir durch sie noch schlechter geht. Und zu allem Überfluss muss ich feststellen, dass einer der Gründe, aus dem ich mich von Steffen getrennt habe, gar kein Grund ist. Was soll ich denn jetzt machen? Wenn ich hier bleibe, werde ich wahnsinnig. Aber wo soll ich sonst hin?"

Ich schlug ihr nicht vor, wieder zu mir und Daniel zurück zu ziehen. Wir wussten beide, dass sie darauf ähnlich wenig Lust hatte, wie bei ihrer Mutter zu bleiben. Außerdem hatte ich es gestern nach dem Telefongespräch mit Felix endlich geschafft, mir das Zeichenbuch vorzunehmen. Den ganzen Abend hatte ich willkürlich Gegenstände in meinem Zimmer abgezeichnet und hatte auch vor, das weiterhin jeden Tag zu tun, bis ich mit dem Ergebnis zufrieden war. Es fühlte sich gut an, meinem Traum zumindest in winzigen Schritten näher zu kommen und es war das einzige, was mich im Moment aufrecht hielt. Das und die Tatsache, dass ich endlich nicht mehr auf dem Sofa schlafen musste, sondern ein richtiges Bett zur Verfügung hatte.

„Früher oder später wirst du dir sowieso eine eigene Wohnung suchen müssen."

„Ich weiß."

„Noch zu früh?"

„Viel zu früh. Wenn ich erst eine neue Wohnung habe, ist es endgültig. Und ich muss meine Sachen von Steffen abholen."

„Du weißt, dass ich das jederzeit für dich übernehmen würde."

„Ich weiß. Aber die Trennung war meine Entscheidung. Da sollte ich zumindest die Courage besitzen, meine Sachen selbst abzuholen."

„Ich würde es auch keinem erzählen."

Elena lachte.

„Was ist so lustig?"

„Schau mal auf die Uhr."

„Kann ich nicht. Mein Smartphone ist meine einzige Zeitanzeige und auf dem telefoniere ich gerade."

„Es ist fünf nach halb."

Ich fluchte. Meine Mittagspause war seit fünf Minuten vorbei. „Und deshalb lachst du?" Ich machte kehrt und rannte in Richtung des Buchladens.

„Tut mir leid. Wenn es mir schlecht geht, neige ich zur Schadenfreude."

Der Rest der Schicht wurde besonders unangenehm, da Frau Schneider Zuspätkommer mit Kindergartenmethoden zu triezen pflegte: Strafarbeiten wie Regalputzen und die Beratung von besonders schwierigen Kunden.

Als ich um drei Uhr völlig erledigt die Buchhandlung verließ, war ich fest entschlossen, mir sobald wie möglich einen neuen Job zu suchen. Ich wusste ohnehin nicht, wieso ich mir das solange angetan hatte, außer vielleicht, weil es Spaß machte, mit Elena zu arbeiten. Oder vielleicht würde ich mir statt eines Nebenjobs auch gleich ein Praktikum suchen, das etwas mit Design zu tun hatte. Ein bisschen Geld hatte ich während der letzten Jahre beiseite legen können, ein paar Wochen unbezahlte Praktikumsarbeit könnte ich mir also leisten.

Als ich zur Haustür der WG einbog, fiel mir vor Schreck das Smartphone aus der Hand, mit dem ich gerade hatte Elena anrufen wollen. Stöhnend bückte ich mich nach dem Telefon um zu überprüfen, ob ich gerade das zweite Smartphone innerhalb von vier Tagen vernichtet hatte. Zum Glück schien dieses uralte Modell härter im Nehmen zu sein als mein vorheriges.

„Zeig mal her, ich kenn mich damit aus", sagte der Mann, dessen Anwesenheit mich so überrascht hatte.

„Nicht nötig. Es funktioniert noch." Hastig steckte ich das Smartphone in meine Tasche.

Der Mann zuckte mit den Achseln.

Es war schon länger her, seit ich ihn das letzte Mal gesehen hatte. Die rotbraunen Locken waren so kurz geschnitten, dass sie gerade so die Kopfhaut bedeckten. Der durchtrainierte Körper steckte in einer verwaschenen Jeans und einer dunkelgrünen Windjacke.

Mein Blick kehrte zu seinen Augen zurück, die diesem Mann das gewisse Etwas verliehen. Sie waren von tief dunkelblauer Farbe, mit hellen Sprenkeln dazwischen.

„Du kannst dir wahrscheinlich denken, wieso ich hier bin?", fragte er.

„Ja. Aber ich kann mir nicht erklären, woher du überhaupt weißt, wo ich jetzt wohne."

Er versenkte seine Hände in den Jackentaschen. „Ich bin dahin, wo du früher gewohnt hast und dein Ex hat mir diese Adresse verraten."

Ich schwieg.

„Ist sie hier?"

„Steffen."

„Natürlich ist sie das. Wo sollte sie sonst hin? Sie kann nur bei dir sein."

„Sie ist nicht hier. Komm schon, du kennst sie besser. Wie lange würde sie es deiner Meinung nach in einer WG aushalten?"

Steffen kniff die Augen zusammen. „Wo ist sie dann? In einem Hotel?"

Ich schwieg.

„Sag nicht, sie hat schon eine neue Wohnung!"

„Warum ziehst du mich da mit rein? Frag sie doch selbst."

„Was glaubst du, wie oft ich in den letzten Tagen versucht habe, sie zu erreichen? Sie geht nicht ran."

„Dann will sie offensichtlich nicht mit dir reden."

„Ist mir klar. Was ich nicht verstehe ist, wieso."

Ich schüttelte ungläubig den Kopf. „Im Ernst?"

„Sie hat gesagt, sie hält mein Verhalten nicht mehr aus. Aber das kann nicht der wahre Grund sein."

Ich wollte dieses Gespräch nicht führen und trat unruhig von einem Fuß auf den anderen. Wie wurde ich Steffen wieder los?

„Ich weiß durchaus, dass sie mich für egozentrisch hält und ihr lieber wäre, wenn ich ihr jeden Wunsch von den Augen ablese. Oder es zumindest versuchen würde. Aber das war schon immer so, diese Unzufriedenheit hat sie nicht erst seit gestern. Dass sie sich auf einmal trennt, muss einen anderen Grund haben!"

„Das glaube ich ehrlich gesagt nicht."

Steffen trat einen Schritt auf mich zu. Würde er mich gleich packen und versuchen, die Wahrheit aus mir herauszuschütteln?

Doch er ballte nur die Hände zu Fäusten. „Kannst du Elena was von mir ausrichten?", presste er zwischen zusammengebissenen Zähnen hervor.

„Schreib ihr doch einfach eine Nachricht."

„Wahrscheinlich löscht sie die, ohne sie zu lesen."

Ich seufzte. „Na gut. Aber mach dir keine allzu großen Hoffnungen, dass –"

„Ich würde mich für sie ändern. Das war schon immer so, aber ich habe es ihr nie gesagt, weil ich das Gefühl hatte, dass sie genau das nicht will: Dass ich mich für sie ändere. Sie hat mir von ihrem spanischen Ex-Macker erzählt und wie es ausgegangen ist und dass sie diesen Fehler nie wieder machen will. Deshalb glaube ich auch, dass es einen anderen Grund gibt, aus dem sie sich getrennt hat. Wenn aber wirklich ich das Problem bin, werde ich mit Freude an mir arbeiten, um sie glücklich zu machen. Sag ihr das bitte."

Ich starrte ihn mit offenem Mund an. Mein letzter, nicht vollendeter Satz kam mir wie ein Witz vor. Mit dieser Ansprache hatte Steffen allen Grund, sich Hoffnungen zu machen. So langsam verstand ich, was Elena all die Jahre an ihm gefunden hatte. Ich hätte es wissen müssen. Meine beste Freundin hätte sich schließlich nicht mit einem uneinsichtigen Stoffel abgegeben. Nur: Wieso hatte Elena ihn dann so dargestellt und niemals von seinen guten Eigenschaften erzählt? Davon, dass er sie abgöttisch liebte und sie mindestens so gut verstand, wie sie sich selbst.

Ich räusperte mich. „War das alles?"

Steffen nickte.

„Okay, dann ... Du wirst es ja merken, wenn deine Nachricht irgendetwas an ihrer Meinung ändert."

Ohne sich zu verabschieden wandte Steffen sich ab.

Ich seufzte kopfschüttelnd und steckte den Haustürschlüssel ins Schloss.

„Ach, eins noch." Steffen war nach ein paar Schritten stehen geblieben und fixierte mich mit seinen ungewöhnlichen Augen.

„Ja?"

„Du kannst ihr außerdem sagen, dass ich nicht so leicht aufgeben werde. Ich habe keine Ahnung, ob sie will, dass ich um sie kämpfe oder sie in Ruhe lasse. Aber ich liebe sie und ich werde nichts unversucht lassen, sie daran zu erinnern, dass sie mich auch liebt."

„Okay." Ich wartete, bis Steffen endgültig außer Sichtweite war, bis ich mich wieder der Haustür zuwandte. *Liebe.* Welcher Mensch nahm dieses Wort außer gegenüber dem eigenen Partner schon freiwillig in den Mund? Und dann auch noch Steffen. Dieser Mann hatte innerhalb von zwei Minuten meine komplette Meinung über ihn auf den Kopf gestellt.

Noch im Treppenhaus zog ich mein Smartphone wieder aus der Tasche. Es tutete bereits, als ich die Wohnungstür aufschloss.

Elenas Lachen drang an mein Ohr. „Du vermisst mich ganz schön, oder? Drei Anrufe an einem Tag, das ist ein neuer Rekord, würde ich sagen."

Ich antwortete nicht. Ich konnte nicht. Stocksteif stand ich im Türrahmen.

„Ach nein, warte mal. Ich erinnere mich, dass wir schon mal auf fünf Telefonate an einem Tag gekommen sind. Wann war das? Nach der Sache mit Alejandro? Maja? Wieso antwortest du nicht?"

Ich starrte auf die große, mir wohlbekannte Reisetasche, die mitten im Flur stand.

„Langsam wird es gruselig, Maja! Du erinnerst dich doch noch an den Film, den wir Freitag geschaut haben? Den einen, wo der Mörder die Opfer auf dem Handy anruft und erst mal nichts sagt? Ich weiß, ich habe behauptet, dass der gar nicht gruselig war – war er auch nicht – aber er wird es gerade im Nachhinein."

Ich wollte etwas sagen, doch aus meinem Mund kam nur ein heiseres Röcheln.

Elena stieß einen spitzen Schrei aus. Etwas polterte, wahrscheinlich hatte sie ihr Smartphone fallen gelassen. Dann war die Leitung tot. Langsam ließ ich die Hand mit dem Telefon darin sinken und schloss die Wohnungstür hinter mir.

„Felix?", flüsterte ich. Keine Reaktion. Meine Zimmertür war geschlossen, ebenso die von Daniel. Die Küche war durch den offenen Vorhang einsehbar, doch menschenleer.

Ich durchforstete mein Gehirn nach anderen logischen Erklärungen dafür, dass Felix' vollgepackte Reisetasche in unserem Flur stand. Mir fiel keine einzige ein.

„Felix!", rief ich.

Aus dem Badezimmer drang ein Aufschrei, gefolgt von einem Fluch.

Mein Herz raste. Er war tatsächlich hier. Aber warum?

In diesem Moment öffnete sich die Badtür und Felix blickte mir entgegen, mit nacktem Oberkörper, klatschnassen Haaren und einem Handtuch um die Hüfte. Und einem hässlich blutenden Schnitt am Kinn.

„Oh ...", machte ich.

„Ja, oh. Wegen dir habe ich mich jetzt beim Rasieren geschnitten." Das fröhliche Funkeln in seinen Augen strafte den strengen Tonfall Lügen.

„Du ...? Hier ...?"

„Hast du jetzt jegliche Form menschlicher Kommunikationsfähigkeit verlernt?", fragte er, doch ein wissendes Lächeln umspielte seine Mundwinkel.

Ich versuchte, ein böses Gesicht zu machen, doch es gelang mir nicht. „In eine fremde Wohnung eindringen und dann frech werden, ja? Hast du Dani den Schlüssel nicht zurückgegeben?"

„Fremde Wohnung? Schlüssel zurückgeben? Ich glaube, du missverstehst hier was."

„Sag es", flüsterte ich.

„Das weißt du doch längst, Maja."

„Sag es", wiederholte ich.

Felix' Grinsen wurde zu einem einfachen Lächeln. Er sah mir fest in die Augen. Einen Moment lang standen wir so da, unsere Blicke aneinandergeheftet. Es war genauso wie vor fast zwei Wochen. Wieder standen wir auf diesem Flur, wieder konnte ich meine Augen nicht von seinen abwenden. Wieder breitete sich dieses Kribbeln von meiner Magengegend über meinen ganzen Körper hinweg aus. Und ich wünschte, er würde einen Schritt auf mich zu machen, mich berühren, sein Gesicht zu meinem herunter beugen.

Doch stattdessen zuckte Felix mit den Schultern und ging zurück ins Bad. „Ich ziehe natürlich wieder hier ein."

Im selben Moment, in dem die Badtür hinter ihm zu fiel, klingelte mein Smartphone. Es war Elena.

„Maja, hast du mich eben angerufen?"

Ich musste ein Kichern unterdrücken. Noch nie hatte Elenas Stimme so ängstlich geklungen.

„Ja, habe ich. Tut mir leid, dass du dachtest, der Horrorfilm von Freitag würde wahr werden." Meine Stimme ging in ein leises Lachen über und nur mit Mühe konnte ich mich davon abhalten, laut loszulachen. Ich fühlte mich so befreit wie schon lange nicht mehr.

„Das ist nicht lustig! Was hast du dir dabei gedacht? Und wieso bist du eigentlich so gut drauf? Hat dir die Schneider keine Strafarbeiten aufs Auge gedrückt?"

Ich ging in mein Zimmer und schloss die Tür. Trotzdem flüsterte ich, als ich sagte: „Felix ist wieder da."

„Oh, verstehe. Und wieso das Umdenken?"

„Soweit sind wir noch nicht. Aber heute war sein erster Arbeitstag in seiner alten Klinik in Berlin."

„Du denkst, es war so schrecklich, dass er gleich wieder die Stadt verlassen hat?"

„Vielleicht. Oder er hat begriffen, dass ich die ganze Zeit recht hatte."

„Sehr gut. Genau so würde ich die Frage formulieren: *Bist du wiedergekommen, weil dir klar geworden ist, dass ich die ganze Zeit recht hatte?"*

„Sehr witzig."

„Ich weiß. Wieso hast du mich vorhin eigentlich angerufen?"

„Sitzt du?"

„Was?"

„Du hast mich schon verstanden."

„Geht es um Steffen?"

„Ja."

„Okay, ich sitze."

„Er hat vorhin vor der Haustür auf mich gewartet, weil er dachte, dass du bei mir wohnst. Er schwört, sich zu ändern, wenn du ihn nur zurücknimmst."

Ein lauter Rumms drang durchs Telefon. „Elena? Ich dachte, du sitzt?"

„Ich habe gelogen." Ihre Stimme war nicht mehr als ein Flüstern.

„Was ist passiert?"

„Hab mich neben den Sessel gesetzt." Doch ich war mir sicher, dass das nicht der Grund für das Zittern in ihrer Stimme war. „Was hat er noch gesagt?"

Ich bemühte mich, Steffens Worte so genau wie möglich wiederzugeben. Als ich geendet hatte, schwieg Elena.

Die Zimmertür öffnete sich und ein angezogener Felix kam herein. Er warf mir einen Blick zu, trug dann seine Tasche zum Bett, öffnete sie und wühlte darin herum.

„Bist du noch dran?", fragte ich Elena.

Ich vernahm ein leises, kaum hörbares Schniefen.

„Heulst du etwa?"

Felix warf mir einen neugierigen Blick zu. Als ich ihn böse anfunkelte, wandte er sich wieder seiner Tasche zu. Er schleppte sie zum Schrank und begann, seine Kleidung einzuräumen. Dieser Anblick fesselte mich so sehr, dass ich beinahe Elenas Antwort verpasste: „Na schön. Ich heule. Zufrieden?"

„Ja, bin ich. Und weißt du auch, wieso? Weil das, was Steffen gesagt hat, wirklich zum Heulen ist. Und zwar vor Rührung und Freude. Du heulst doch vor Freude, oder?"

„Ich ... weiß nicht." Sie hielt in ihrem Schniefen inne. „Mann Maja, keine Ahnung. Ich habe mit Heulen nicht so viel Erfahrung."

„Fühlst du dich schuldig, weil du Steffen völlig falsch eingeschätzt hast?"

„Ich hätte wirklich nicht erwartet, dass er so um mich kämpfen würde."

Ich nickte nachdenklich, bis mir einfiel, dass Elena mich nicht sehen konnte. „Ja. Und dass er wirklich bereit ist, sich für dich zu ändern."

Elena schwieg einen Moment. „Doch, das wusste ich. Irgendwie. Ach mann, Maja, ich war so ein Esel."

„Du wusstest, dass er sich für dich ändern würde, wenn du nur den Mund aufmachst?"

„Na ja, ich habe es geahnt, glaube ich. Mehr so unterbewusst. Aber eigentlich war es mir nicht wichtig, weil ich ihn ja gar nicht ändern wollte. Alejandro, du erinnerst dich? Außerdem liebe ich Steffen doch genauso, wie er ist. Natürlich gehen mir seine schlechten Seiten mal auf die Nerven, aber das ist doch normal, geht mir bei dir ja auch so, obwohl ich dich nicht so oft um mich habe.“

„Wieso hast du dann überhaupt Schluss gemacht?“

„Weil ich dachte, ich verdiene was Besseres! Ständig habe ich das zu hören bekommen, von Freunden, von meiner Mutter. Ja, es stimmt, ich habe mich oft über Steffen beschwert, aber kann man sich nicht mal über seine Beziehung beklagen, ohne durch die Blume gesagt zu bekommen, dass man sie besser beenden sollte?“

„Vielleicht ... ich denke, es ist schwer für andere zu unterscheiden, ob du wirklich unzufrieden bist oder dich nur mal beschweren willst und –“

„Nein“, schnitt Elena mir das Wort ab. „Das ist es nicht. Alle, auch du, haben Vorurteile gegenüber Steffen, weil er vielleicht nicht gerade der Traumprinz ist, der einem die Sterne vom Himmel holt. Und eigentlich wusste ich es besser, ich bin Realistin! Ich brauche niemanden, der mir die Sterne vom Himmel holt, das mache ich schon selbst, wenn ich sie haben will. Ich war so dämlich!“

Ich musste lächeln. „Nur zeitweilig. Eigentlich ist meine beste Freundin nämlich eine extrem kluge Frau, musst du wissen.“

„Ich weiß.“ Ich hörte, dass auch sie lächelte. „Ich hoffe, Steffen verzeiht mir.“

„Ich glaube, da hast du gute Chancen.“

„Ach, bevor ich auflege und es vergesse: Ich will es als erstes wissen, wenn es Neuigkeiten aus *eurem* Zimmer gibt, ja?"

Ich warf einen prüfenden Blick auf Felix, doch der räumte gerade seine Socken in den Kleiderschrank, wofür er meine T-Shirts beiseite schob. Fehlte nur noch, dass er mein Bettzeug auf den Boden warf und durch sein eigenes ersetzte. „Darüber reden wir ein andermal", raunte ich.

Ich wartete, dass sie auflegen würde. Doch die Verbindung blieb weiterhin bestehen. Vielleicht hatte sie in ihrer Eile das Auflegen vergessen? „Elena …?"

Jemand räusperte sich am anderen Ende der Leitung. „Danke."

„Wofür?" Wenn ich so darüber nachdachte, hatte ich eigentlich gar nichts getan.

„Danke, dass du für mich da warst. Danke, dass ich bei dir wohnen durfte und du dir alle Mühe gegeben hast, damit ich mich besser fühle. Danke, dass du mich heute dreimal angerufen hast und dass du Steffen zugehört hast, statt ihn einfach wegzuschicken. Danke, dass du das Beste für mich willst. Und danke, dass du mich auch in meinen schlimmsten Zeiten erträgst."

„Jetzt ist aber gut!", rief ich schließlich. „Wie lange willst du Steffen noch warten lassen. Gleich steht er wahrscheinlich wieder bei mir vor der Tür und will wissen, warum ich dir seine Nachricht noch nicht ausgerichtet habe!"

Elena kicherte. „Ja, das sähe ihm ähnlich. Gut, ich lege jetzt auf."

„Seit wann kündigst du das vorher an? Ich will die alte Elena zurück! Die, die einfach –"

Tut. Tut. Tut.

„– auflegt", beendete ich meinen Satz in die tote Leitung. „Na also."

„Alles wieder gut?", kam es von Felix.

„Ja, ich denke, Elena wird sich in circa anderthalb Minuten mit ihrem Freund versöhnen."

Felix nickte nur und wandte sich wieder seiner Tasche und dem Schrank zu.

Ich sah ihn nachdenklich an. „Wieso bist du wieder hier?"

Felix schwieg.

„Du warst dir doch so sicher mit deiner Entscheidung." Ich gab dem Satz absichtlich einen ironischen Klang. „Was hast du noch gleich gesagt? Moment, ich hab's fast."

„Das muss jetzt wirklich nicht sein."

Ich fuhr ungerührt fort: „Ach ja! *Du willst nur, dass ich hier bleibe, weil du noch in mich verliebt bist.*"

„Maja ..."

„Warte, mir fällt noch mehr ein. *Ob es mir gut geht oder nicht ist jetzt nicht mehr dein Problem.*"

„Bist du fertig?"

„Nein. Wenn du unbequem stehst, solltest du dich lieber setzen. Das hier könnte noch etwas dauern."

„Es tut mir leid."

„Oh." Ich war ehrlich erstaunt. Doch es hielt nur kurz an. „Was denn genau? Was du mir alles an den Kopf geworfen hast oder die Tatsache, dass du mich am Bahnhof einfach hast stehen lassen? Dass du mich erst anrufst und dann sagst, du hättest es besser lassen sollen?"

Felix legte den Kopf schief und überlegte. „Ersteres ja, das mit dem Bahnhof ... Also du musst zugeben, das war schon ziemlich peinlich und ich war damit ein kleines bisschen überfordert. Und am Telefon ... nun, ich gebe zu, ich hätte das vorher besser überdenken sollen." Er lächelte und diesmal war es kein bisschen ironisch. „Es tut mir wirklich leid, Maja. Alles."

Ein wohliges, warmes Gefühl breitete sich in meinem Körper aus. Ich lächelte ebenfalls. „Hauptsache, es geht dir wieder gut."

„Dank dir."

Schweigend blickten wir uns an. Es war ein schönes, einvernehmliches Schweigen, das jäh von lautem Klopfen an der Tür unterbrochen wurde.

„Ja?", rief Felix, bevor ich auch nur den Mund öffnen konnte.

Daniel steckte den Kopf herein. Er sah mit großen Augen Felix an. „Du?"

„Freust du dich?" Felix strahlte seinen Freund an.

„Ähm... ja? Und worüber genau?"

„Er ist zurück." Beim letzten Wort verdrehte ich die Augen.

„Echt? Du ziehst wieder hier ein?"

„Wenn ich darf", heuchelte Felix Demut. Und das auch noch schlecht.

Daniel warf mir einen nachdenklichen Blick zu. „Na ja. Ich will eigentlich keine große Sache daraus machen, aber du bist von einem auf den anderen Tag einfach ausgezogen und –"

„Und ich habe noch Miete für den Rest des Monats gezahlt", beendete Felix trocken den Satz.

„Ja ..." Daniel stellte sich neben mich.

„Aber?", half Felix seinem Freund auf die Sprünge.

„Du kannst es zwar nicht wissen, aber so eine WG ist ja keine reine Zweckgemeinschaft."

„Kommt das nicht ganz auf die WG an?"

„Hm... vielleicht. Meine ist es jedenfalls nicht."

„Seit wann?"

„Noch nie gewesen. Du wohnst hier unter Freunden. Und das heißt, dass man gewisse Verpflichtungen neben der reinen Zahlung seines Mietanteils hat."

„Soll ich jetzt irgendwas unterschreiben, wodurch ich mich verpflichte, meinen nächsten Auszug mehrere Monate im Voraus anzukündigen?"

„Nein, dann könnte ich dich ja auch einfach in den Mietvertrag aufnehmen lassen. Ich will nur – und ich denke, da spreche ich auch für Maja – dass du in Zukunft im Hinterkopf behältst, dass wir nicht nur irgendwelche Fremden sind, die zufällig die Wohnung mit dir teilen."

„Und dass du nicht mehr Hals über Kopf ausziehst", brachte ich es als Einzige auf den Punkt.

Nun wurde auch Felix' Blick ernst. „Das kann ich leider nicht versprechen."

Ich hielt den Atem an.

Daniel blickte geradezu verstört drein.

„Ich meine nur, dass ich schließlich nicht weiß, ob ich ein Praktikum hier in der Stadt bekomme. Und selbst wenn: Zu dritt in dieser Zwei-Zimmer-Wohnung zu wohnen ist ja auf Dauer keine Lösung, oder? Zumal ich ja ab jetzt derjenige sein werde, der auf dem Sofa schläft." Er zwinkerte mir zu.

Ich versuchte ebenfalls zu lächeln, um die Situation aufzulockern, doch es gelang mir nicht. Natürlich hatte er recht. Natürlich freute ich mich für ihn, dass er ein Praktikum machen wollte und egal, ob er eine Stelle hier in der Stadt oder in Timbuktu fand, ich würde mich so oder so für ihn freuen. Und natürlich hatte er auch mit der Wohnsituation recht, ich war ja im Grunde derselben Meinung. Rein vom Kopf her. Nur komischerweise machte es mir gar nichts aus, mein Zimmer mit ihm zu teilen, im Gegenteil. „Oder wir suchen uns einfach eine andere Wohnung für unsere WG. Eine mit drei Zimmern", schlug ich vor.

Daniel nickte begeistert.

„Wenn ich hier bleibe", sagte Felix.

„Wenn du hier bleibst", bestätigte ich und brachte nun endlich mein Lächeln zustande.

Felix erwiderte es.

„Wie wäre es mit einer Welcome-Back-Party?", rief Daniel.

„Gute Idee", meinte Felix, noch bevor ich etwas dazu sagen konnte. „Heute Abend?"

„Heute?", murrte ich.

„Heute", beschied Felix. „Sei keine Spielverderberin."

Mir blieb nichts übrig, als mich geschlagen zu geben.

Zu meiner Überraschung hatte auch Elena Lust, am Abend zu unserer Party zu kommen.

„Das lass ich mir nicht entgehen. Steffen und ich haben noch genug Zeit, ausgiebig allein miteinander zu sein. Außerdem hat er so Gelegenheit, zu zeigen, dass sich ab jetzt etwas in unserer Beziehung ändert."

„Ich dachte, du wolltest gar nicht, dass er sich für dich ändert."

„Will ich auch nicht. Aber ich habe mir vorgenommen, diese ‚Du-wolltest-dich-doch-ändern'-Trumpfkarte hin und wieder auszuspielen. Zum Beispiel bei Gelegenheiten wie heute. Was sollen wir mitbringen?"

Es wurde eine nicht annähernd so große Party wie letztes Mal. Insgesamt waren wir zu zehnt: Daniel, Felix, ich, Elena und Steffen, Miri, Benni und noch drei Freunde von Daniel, die bereits auf der letzten Party gewesen waren. Eigentlich konnte man diese Zusammenkunft nicht einmal reinen Gewissens *Party* nennen. Aber es war lustig. Wir hielten uns alle in der Küche auf, tranken Wein und Bier und kamen auf immer abstrusere Gesprächsthemen.

Und je weiter der Abend voran schritt und je mehr der Alkoholvorrat schrumpfte, desto öfter wanderte mein Blick zu Felix. Ich beobachtete ihn, wie er mit Daniel herumalberte oder über eine von Elenas Lebensweisheiten lachte. Und oft genug fing er meinen Blick auf und erwiderte ihn. Mit diesem intensiven Ausdruck in den Augen, so dass ich irgendwann nicht mehr wusste, ob mir wirklich wegen des Alkohols schwindelig war.

„Was läuft da zwischen euch beiden?", fragte Benni, der neben mir saß, als mein Blick wieder mal Felix folgte, als dieser aufstand, um das Badezimmer aufzusuchen.

„Huh?" Verwirrt sah ich in die braunen Augen.

„Ihr werft euch schon den ganzen Abend Blicke zu."

Schnell blickte ich zu den anderen. Doch die waren leidenschaftlich in ein Gespräch über Sexstellungen vertieft.

„Das bildest du dir nur ein." Leider hatte ich bereits mehrere Gläser Wein getrunken, so dass meine Argumentationsfähigkeit ein wenig eingeschränkt war.

„Als ob mir das nicht auffällt, wenn deine Augen während unserer Unterhaltung immer wieder zu Felix wandern."

Irgendwie hatte ich das Gefühl, mich entschuldigen zu müssen. „Tschuldigung."

Benni lachte. „Ach was. Ich bin nur neugierig. Was ist mit euch beiden?"

Ich musterte ihn zweifelnd. Es war wahrscheinlich weder ein guter Zeitpunkt noch Ort, um irgendjemandem meine ungeklärte Beziehung zu Felix auseinanderzusetzen. Und schon gar nicht einem von Felix' Freunden. Andererseits hatte Benni ein nettes Lächeln. Und ich mochte den Farbton seiner Augen. „Also ..." Ich beugte mich zu ihm und entschied, am besten am Anfang zu beginnen. „Wir kennen uns ja noch aus der Schule, Felix und ich, und ..." Da stockte ich bereits das erste Mal. Sogar in meinem angetrunkenen Zustand war es mir noch unangenehm, zuzugeben, dass ich zehn Jahre lang, mit mehr oder weniger kleinen Unterbrechungen, in Felix verliebt gewesen war.

„Ich weiß, er war dein Schulschwarm", kam Benni mir zu Hilfe.

Ich lehnte mich etwas zurück, um ihm entsetzt ins Gesicht zu starren. „Hat Felix das etwa erzählt?"

Benni lachte. „Nein, das war Daniel. Auf der letzten Party hier, weißt du noch?"

„Ach ja", nuschelte ich und merkte, wie ich rot wurde. Benni musste mich ja für total betrunken halten.

„Und beruhte das auf Gegenseitigkeit?", fragte er, nachdem er sich wieder zu mir gebeugt hatte. Sein Atem kitzelte meine Wange.

„Häh?"

„Na, hat Felix auch für dich geschwärmt, damals in der Schule?“

Dieselbe Frage hatte ich mir auch schon gestellt. „Keine Ahnung.“

„Hattest du denn das Gefühl, dass er auch auf dich stand?“

„Hin und wieder. Wir haben manchmal Blicke getauscht. Da hatte ich das Gefühl, als wäre es eine einvernehmliche Schwärmerei. Also, einvernehmlich, dass wir beide wollen, aber sich keiner von uns traut, den ersten Schritt zu machen. Oh Gott, ich rede wie eine Vierzehnjährige.“

Benni prustete mir ins Ohr. „Stimmt. Aber es ist irgendwie süß.“

„Ich würde schon gerne wissen, ob die Schwärmerei gegenseitig war oder ob ich mir das eingebildet habe“, flüsterte ich. Mir war plötzlich ein bisschen schwummerig und ich stützte mich mit dem Unterarm auf Bennis Schulter ab.

„Frag ihn doch einfach.“

Ich nickte heftig und überlegte, ob ich die Gelegenheit nutzen und Felix jetzt direkt vor der Toilettentür auflauern sollte. Da wurde mir plötzlich bewusst, wie still es in der Küche war. Ich blickte auf und sah zu meinem Schreck, dass aller Augen auf mich und Benni gerichtet waren. Wir lösten uns voneinander, ich peinlich berührt, Benni lachend. „Was? Sind wir interessanter als eure Gesprächsthemen? Das ist traurig.“

Ich musste lachen.

„Warum helft ihr uns nicht ein bisschen auf die Sprünge? Ihr scheint ja keine Probleme zu haben, interessante Gesprächsthemen zu finden“, sagte Felix.

Wann war der denn wiedergekommen? Er saß auf seinem Platz neben Daniel, als wäre er nie weggewesen. Einmal mehr an diesem Abend war sein Blick auf mich gerichtet, doch der Ausdruck in seinen Augen war nun ein ganz anderer als zuvor. Er sah ... verärgert aus.

Aus unerfindlichen Gründen kicherte Elena in diesem Moment los und schubste mich an. Ich hatte keine Ahnung, was sie mir damit sagen wollte. Aber ich hatte es satt, das Zentrum der Aufmerksamkeit zu sein, wenn ich zu beduselt war, einigermaßen schlagfertige Antworten zustande zu bringen. Wackelig stand ich auf, murmelte etwas von Toilette und verließ die Küche. Statt ins Bad ging ich in mein Zimmer, trat ans Fenster und öffnete es. Eine eisige Brise wehte mir entgegen. Ich schloss die Augen und atmete tief die kühle Luft ein. So stand ich eine Weile, bis ich das Gefühl hatte, wieder klarer denken zu können. Ich machte das Fenster zu und drehte mich um. In diesem Moment ging die Zimmertür auf.

„Schon mal was von Anklopfen –" Ich brach ab, als ich Felix' erkannte.

„Ja, irgendwann habe ich schon mal was davon gehört. Ich vergesse aber dauernd, was es noch mal genau war, dieses Anklopfen."

Ich kicherte.

„Was machst du hier drin? Die anderen fragen sich schon, ob du auf dem Klo eingepennt bist."

„Ich bin betrunken", sagte ich, weil ich das Gefühl hatte, dass das alles erklärte.

„Da bist du heute Abend in guter Gesellschaft." Felix schloss die Tür hinter sich, doch mit so viel Schwung, dass sie laut zukrachte.

„Redest du von dir selbst?"

„Von mir, von Daniel, von Benni. Das Schlimme ist, dass der gar nichts verträgt. Gib ihm eine Flasche Bier und er liegt schon halb unterm Tisch."

„Dani?"

„Benni."

„Was hast du denn heute gegen ihn? Vorhin warst du auch schon so komisch zu uns."

Felix verdrehte die Augen. „Gar nichts hab ich gegen ihn. Es ist die Wahrheit, dass er nichts verträgt."

„Mir kommt er nüchterner vor als du."

„Du bist betrunken, das hast du eben selbst gesagt. Deine Meinung zählt also nicht. Kommst du jetzt wieder mit oder willst du dich weiter hier verstecken, weil ich so böse zu dir war?"

„Bist du eifersüchtig?"

Felix starrte mich mit halb geöffnetem Mund an.

Ich prustete los. „Ich hab recht, oder?"

„Davon träumst du vielleicht."

Aber ich konnte mich gar nicht wieder einkriegen. „Du bist echt eifersüchtig!"

„Na, du musst es ja wissen. Mit so was kennst du dich schließlich aus."

„Hä?"

Jetzt war Felix derjenige, der grinste. „Valerie?"

„Ach, die!" Ich winkte ab. „Übrigens hab ich dir immer noch nicht verziehen, dass du dich hast von ihr manipulieren lassen."

„Ich weiß gar nicht, was du meinst", spielte Felix den Unschuldigen.

„Dass du ihr geglaubt hast, ich wäre in dich verliebt!"

„Ist doch naheliegend, oder? Schließlich warst du das
ja schon in der Schule." Seine Augen funkelten herausfordernd. Er machte einen Schritt auf mich zu.

„Apropos." Ich wich zurück, weil mich Felix' Nähe
noch mehr beduselte als der Wein. „Standest du in der
Schule eigentlich auch auf mich?"

„Was?"

„Na, Benni hat mich gefragt, ob meine Schwärmerei
einseitig war oder sie erwidert wurde. Also?"

Er kam weiter auf mich zu.

Mit jedem Schritt, den er näher kam, wich ich einen
zurück. Lange würde ich das Spiel nicht mehr spielen
können, da mir die Wand mit dem Fenster in die Quere
kam.

„Wenn du aufhörst, vor mir wegzulaufen, sag ich es
dir."

„Warum suchst du auf einmal so verzweifelt meine
Nähe?" Trotzdem kam ich seiner Aufforderung nach.
Nicht, weil ich mich aktiv dafür entschieden hätte, son-
dern weil ich am Fenster angelangt war.

„Tu ich nicht", behauptete Felix, doch stand im nächsten Moment so nah vor mir, dass ich seine Körperwärme spürte.

Ich stützte mich mit den Händen auf der Heizung ab
und setzte mich halb darauf. So gewann ich zumindest
noch ein paar Zentimeter Abstand. Die Erinnerung an
den Beinahe-Kuss der letzten Party drängte sich mir ins
Gedächtnis. Felix stand so dicht, dass sich unsere Beine
fast berührten. Niemand, der uns so gesehen hätte,
wäre auf die Idee gekommen, dass wir nur plauderten.
Das hier war etwas anderes. Was genau, wusste ich
nicht, doch ich war mir sicher, dass es mit Freundschaft

nichts zu tun hatte. „Also?“, krächzte ich. Ich spürte seine körperliche Nähe in jeder Faser meines Körpers.

Felix machte noch einen halben Schritt auf mich zu. Seine Fußspitzen berührten meine. Er torkelte leicht und stützte sich mit einer Hand auf dem Fensterbrett hinter mir ab. Sein Arm streifte meine Schulter. „Was glaubst du?“ Seine Stimme klang kein bisschen betrunken, doch an seiner beeinträchtigten Feinmotorik merkte ich, dass er es war. Seine Lippen kräuselten sich zu einem herausfordernden Lächeln.

Ich musste mich zusammenreißen, damit meine Stimme nicht zitterte, als ich sagte: „Hör auf mit den Spielchen. Wir hatten eine Abmachung, schon vergessen?“

Felix nahm die Hand vom Fensterbrett und kämpfte kurz um sein Gleichgewicht, bevor er sich aufrichtete. Die Lippen unwillig zusammengepresst blickte er auf mich herab.

„Bist du jetzt beleidigt?“, fragte ich. Das Denken und Sprechen fiel mir nun, mit ein wenig Abstand zwischen uns, um einiges leichter.

„Pffh“, machte er nur und setzte sich neben mich.

„Was denn? So daran gewöhnt, dass Frauen auf deine Flirtversuche eingehen?“

„Wolltest du mich nicht was fragen?“, versuchte er, das Thema zu wechseln.

Ich konnte mir ein Kichern nicht verkneifen, doch tat ihm den Gefallen. „Damals in der Schule“, half ich ihm auf die Sprünge.

„Ja?“ Er grinste bereits wieder.

„Du willst, dass ich es noch mal ausspreche, oder?“

Er nickte nur, ein belustigtes Funkeln in den Augen. In dem grellen, künstlichen Licht, das im Zimmer herrschte, konnte man den grünlichen Ton seiner Iris gut erkennen. Und zum ersten Mal fiel mir das bläuliche Muster auf, das sich rund um seine Pupille schlängelte. Was für unglaublich schöne Augen. Plötzlich war es mir peinlich, die Frage zu wiederholen.

Anscheinend erriet Felix, was in mir vorging, denn er lachte leise auf und legte seinen Arm um meine Schulter.

Ich vergaß für einen Moment zu atmen. Das warme Gewicht seines Armes fühlte sich mehr als gut an.

„Was glaubst du denn, Maja?", hauchte seine Stimme, plötzlich viel näher an meinem Ohr als zuvor.

„Ist das ein Ja?"

„Kommt ganz darauf an, wie du die Frage formulierst."

Jetzt wollte ich es aber genau wissen. „Du warst an mir interessiert?"

Wieder dieses leise Lachen, das mir einen wohligen Schauer über den Rücken jagte. „Das kann man wohl so sagen."

„Wieso hast du dann nie was versucht?" Ich zog eine Schnute. „Die Frage kann ich nur zurückgeben."

„Ich dachte ... na ja, ich hatte Angst, dass ich mir deine Blicke nur einbilde. Oder falsch deute. Du warst so beliebt, besonders bei den Mädchen, wieso solltest du gerade an mir Interesse haben?"

„Und du warst Daniels coole Freundin, das einzige Mädel in der Jungsclique. Die fanden dich doch alle toll, weil man mit dir Spaß haben konnte, ohne ständig jedes Wort auf die Goldwaage zu legen. Dass du ausgerechnet mich mochtest, hätte ich nie gedacht. Wir hatten doch kaum was miteinander zu tun."

Ich lächelte nur selig. Mein Teenager-Ich hatte also richtig gelegen. „Ich frage mich, was gewesen wäre, wenn …"

„… wenn einer von uns den ersten Schritt gemacht hätte?", vollendete Felix meinen Satz. Er zog mich näher zu sich, so dass ich fast auf seinem Schoss saß. Ich wollte die Hand ausstrecken und über sein Haar streichen.

Er beugte sich zu mir. Ich spürte seinen Atem auf meinen Lippen. Doch bevor er mich küssen konnte, stemmte ich reflexartig beide Hände gegen seine Brust. „Felix."

Er wich zurück, nahm sogar seinen Arm von meiner Schulter. In seinen Augen spiegelte sich eine bunte Vielfalt an Gefühlen wider. Enttäuschung, Frustration, aber auch Unsicherheit.

„Wieso machst du das immer wieder?" Meine Stimme klang schrill und kam viel lauter heraus als beabsichtigt.

Er seufzte. Statt mich anzusehen starrte er auf den Boden. „Du stellst Fragen."

„Wieso? Ist die Antwort so offensichtlich?", fragte ich verzweifelt. Ich fühlte mich, als wäre ich die einzige, die die Pointe eines Witzes nicht verstand. Stimme irgendetwas nicht mit mir?

„Ich finde schon."

„Dann bin ich vielleicht einfach zu blöd." Jetzt zitterte meine Stimme und ich stand kurz davor in Tränen auszubrechen. „Ich meine, vielleicht ist das ja wirklich normal in einer erwachsenen Freundschaft zwischen

Mann und Frau, vielleicht hab ich da einfach zu wenig Erfahrung. Und ich war lange kein Single mehr, und …“

Felix’ entrüstetes Schnauben unterbrach mich. „Freundschaft plus, oder was? Also bitte.“

„Dann bist du einer von denen, die betrunken einfach mit jeder flirten?“ Das war ja noch schlimmer.

„Maja.“ Endlich sah er mich wieder an. Seine wunderschönen Augen hatten wieder diesen intensiven Ausdruck angenommen, der mein Herz zum Rasen brachte.

„Die Antwort ist viel simpler“, flüsterte er rau. Er streckte die Hand aus und strich mir eine Haarsträhne aus dem Gesicht. „Ich sehe dich an und will dir nah sein.“ Er überbrückte den Abstand zwischen uns und küsste mich. Diesmal ließ ich es nicht nur zu, ich sehnte es herbei. Seine weichen Lippen auf meinen fühlten sich so gut an, dass ich leise aufseufzte. Felix’ Hand wanderte von meiner Wange in meinen Nacken, zog mein Gesicht noch näher zu sich. Alle Gedanken waren wie aus meinem Kopf gefegt, ich spürte nur Felix’ Lippen, seine Berührungen. Mit geschlossenen Augen genoss ich seinen Geschmack, genoss die Hitze, die sich rasend schnell durch meinen ganzen Körper ausbreitete.

Plötzlich war Felix auf den Beinen und zog mich mit auf die Füße. Er ließ nicht von meinen Lippen ab, als er mich gegen das Fensterbrett presste. Ich schlang beide Arme um seinen Hals, schmiegte mich an ihn, doch es war nicht nah genug.

Dann strich plötzlich seine Zunge über meine Unterlippe und mit Freude gewährte ich ihm Einlass.

Seine Zunge erkundete meine, spielte mit ihr und lockte mich, bis mir ein leises Stöhnen entwich. Da ließ sein Mund von mir ab und ich sah seine zufrieden gekräuselten Lippen, bevor an meinem Hals fortführte, was er an meinem Mund begonnen hatte.

Ungeduldig streckte ich die Hände nach Felix' Pullisaum aus, doch er griff nach meinen Handgelenken und hielt sie fest, ein schelmisches Grinsen auf den Lippen. Dann küsste er mich wieder, noch leidenschaftlicher, noch fordernder als zuvor. Als eine seiner Hände an meine Hüfte wanderte, befreite ich mich aus seinem Griff und schob beide Hände unter seinen Pulli. Das Kleidungsstück war schnell über seinen Kopf gezogen, ebenso das T-Shirt, das er darunter trug. Auch Felix' Bewegungen waren jetzt deutlich ungeduldiger, trotzdem ließ er es sich nicht nehmen, den Saum meines Oberteils provozierend langsam nach oben zu schieben. Endlich zog er es mir über den Kopf und ließ es achtlos zu Boden gleiten. Er umschlang mich mit beiden Armen, presste meinen Oberkörper an seinen und manövrierte mich so durchs Zimmer. Ich klammerte mich an ihn, um nicht zu stürzen und vergrub mein Gesicht in der warmen Haut seiner Halsbeuge. Mit den Händen fuhr ich über seine Oberarme, die feinen Muskelwölbungen, und von dort über seine Schulter, seine Brust, seinen Bauch. Gleichzeitig machten Felix' Berührungen mich fast wahnsinnig. Wie in Zeitlupe fuhren seine Finger am Bund meiner Jeans entlang, während sein Mund sich mit leichten Küssen von meinem Schlüsselbein zu den Wölbungen meiner Brüste vorarbeitete.

Im selben Moment, in dem ich den Knopf seiner Hose öffnete, fanden seine Finger den Verschluss meines

BHs. Er sah mich an, einen fragenden Ausdruck in den Augen. Ich lächelte nur und zog ihn mit mir, als ich mich rücklings aufs Bett sinken ließ.

Kapitel 11

Ich erwachte mit einem wohligen Gefühl. Zufrieden blinzelte ich ins Sonnenlicht, das durchs Fenster direkt aufs Bett schien. Direkt auf den Körper neben mir. Mit einem Schlag kehrten die Erinnerungen an den gestrigen Abend zurück. Etwas bruchstückhaft zwar – zum Beispiel wusste ich nicht mehr, wieso Felix und ich überhaupt alleine in diesem Zimmer gewesen waren, während in der Küche eine Party stattfand – doch was Felix und ich miteinander getan hatten, wusste ich noch ganz genau. Jedes einzelne Detail war noch da, der Kuss, Felix' Finger an meinem Jeansbund, wie ich ihn mit mir aufs Bett zog. Und auch danach … schon ab dem Kuss hatte ich nicht mehr klar denken können, aber was Felix dann auf dem Bett mit mir angestellt hatte, hatte mir buchstäblich die Sinne geraubt.

Ein Lächeln stahl sich auf mein Gesicht, als ich Felix' schlafende Gestalt betrachtete. Er lag auf der Seite, mir zugewandt, eine Hand unter dem Kopf – denn auf dem einzigen Kissen hatte ich geschlafen – eine Hand vor seinem Gesicht, den Mund leicht geöffnet. Die Decke bedeckte ihn nur bis zur Hüfte und ließ den nackten Oberkörper frei. Das Verlangen, ihm eine Strähne des dunklen Haares aus dem Gesicht zu streichen, wurde übermächtig, doch gerade, als ich die Hand ausstrecken wollte, erinnerte ich mich noch an etwas anderes.

„Ich sehe dich an und will dir nah sein."

Das hatte er gesagt, als Grund für seine Annäherungsversuche, als Grund für das, was wir anschließend getan hatten.

„Ich sehe dich an und will dir nah sein."

Gestern Abend, berauscht vom Alkohol und Felix' Nähe, hatte sich dieser Satz romantisch angehört. Aber jetzt konnte ich mich nur mit Mühe davon abhalten, mir verzweifelt die Hand vor die Stirn zu schlagen. Dieser Satz war nicht gleichbedeutend mit „Ich mag dich" und schon gar nicht mit „Ich bin in dich verliebt". Die grausame Wahrheit war, dass dieser Satz gar nichts bedeutete, außer vielleicht „Ich finde dich attraktiv und will mit dir schlafen." Wie blöd ich doch gewesen war!

Ich versuchte, das Schluchzen zurückzuhalten und auch sonst kein Geräusch zu machen, als ich aus dem Bett stieg, mir meine Kleidung zusammen suchte und splitterfasernackt durch den Flur ins Badezimmer huschte. Erst, als ich die Tür hinter mir geschlossen hatte, ließ ich den Tränen freien Lauf. Was hatte ich getan? Gestern, vor dieser Nacht, hatte ich meine Gefühle gegenüber Felix vor mir selbst noch verharmlosen können, aber jetzt? Ich schlief nicht mit Männern, für die ich keine Gefühle hatte, niemals. Was ich gestern Nacht gefühlt hatte, war kein abenteuerliches Prickeln gewesen oder reine Leidenschaft – es waren Gefühle gewesen, tiefe Gefühle, die ich für Felix hegte, und das nicht erst seit gestern. Gefühle, die nicht erwidert wurden, da war ich mir ziemlich sicher.

Ich weinte, bis sich eine fast angenehme Leere einstellte, dann putzte ich mir die Zähne, duschte und sorgte mit Make-up, Kajal und Wimperntusche dafür, dass man mir zumindest nicht ansah, dass ich mir gerade eine halbe Stunde lang die Augen aus dem Kopf geheult hatte.

Eins stand fest: Hier konnte ich nicht bleiben, zumindest vorerst nicht. Felix' reuevolles Gesicht, wenn er mir sagte, dass das zwischen uns nur ein betrunkener One-Night-Stand gewesen war, ertrug ich im Moment nicht.

Ich schlich zurück ins Zimmer und schnappte mir so leise wie möglich mein Zeichenbuch, einen Block, Bleistifte und meine Handtasche, als plötzlich mein Smartphone darin zu klingeln begann. Mein Herz machte einen erschrockenen Hüpfer. Ich hastete aus dem Zimmer, als Felix sich zu rühren begann. „Maja?", hörte ich ihn murmeln, als ich gerade die Zimmertür hinter mir zuzog. Hektisch schlüpfte ich in meine Schuhe und nahm gleichzeitig das Gespräch an, ohne vorher auf die Nummer zu schauen.

„Hallo Schatz, hier ist deine Mutter."

Auch das noch. Ich hielt erschrocken den Atem an. Waren das Schritte aus Felix' Zimmer gewesen? Schnell schob ich mich aus der Wohnung.

„Schatz? Bist du noch dran?"

„Entschuldigung", keuchte ich. „Warte kurz." Ich legte das Smartphone zur Seite und zog mir die Schuhe richtig an. Verdammt, ich hatte meinen Mantel vergessen. Außerdem waren meine Haare noch nass. Ich würde mir den Tod holen. Die Luft anhaltend legte ich mein Ohr gegen die Wohnungstür und lauschte. Kein

Zweifel. Ich hörte Schritte aus dem Flur. Felix war aufgestanden. Fluchend griff ich nach meinem Smartphone und lief die Treppen hinunter.

„Schatz?", rief die Stimme meiner Mutter aus meiner Jackentasche, in die ich das Smartphone achtlos hineingestopft hatte. Ich angelte es heraus, mit der freien Hand öffnete ich die Haustür. Ein eisiger Wind wehte mir entgegen und ließ mich erzittern.

„Was gibt's denn?", hauchte ich ins Smartphone. Dabei gab ich mir alle Mühe, meine Stimme nicht vor Kälte zittern zu lassen.

„Darf ich nicht mal einfach so meine einzige Tochter anrufen?"

„Doch, natürlich." Weil ich keine bessere Idee hatte, machte ich mich auf den Weg zur U-Bahn-Station. „Wie stehen die Dinge im Kuhka-, ähm ... bei euch?"

„Ach, na ja", seufzte meine Mutter.

Ich wusste, dass dies die Einleitung zu einer ewig langen Erzählung sein würde. Prinzipiell hatte ich nichts dagegen, vor allem, weil ich meine Mutter so lange nicht mehr gesprochen hatte und ihre Geschichten mich wenigstens von Felix ablenken würden. Leider fror meine Hand jetzt schon am Smartphone fest. Ich begann zu rennen.

„Der Winter ist immer so eine Sache, das weißt du ja. Dein Vater ist unzufrieden, weil er nichts im Garten machen kann und läuft mit so einem Gesicht herum. Nichts ist ihm recht zu machen."

„Mama", unterbrach ich, weil ich in diesem Moment die U-Bahn-Station erreicht hatte.

„Ja? Stör ich dich schon wieder?"

„Nein, aber die Verbindung wird gleich weg sein. Ich muss runter zur Bahnstation."

Meine Mutter seufzte theatralisch.

„Aber wie wäre es, wenn ich dich besuchen komme? Jetzt gleich. Also, das heißt, ich würde jetzt losfahren."

„Kind, das wäre wunderbar! Wir könnten mal wieder zusammen Kaffee trinken, du kannst mir aus deinem Leben erzählen. Du meldest dich ja sonst nie. Das letzte Mal haben wir an Weihnachten gesprochen."

„Das war vor sechs Wochen, Mama."

„Sag ich ja! Eine Ewigkeit! Soll ich uns was Schönes kochen? Worauf hättest du denn Appetit?"

„Ist mir egal, wirklich."

„Na komm, soll ich uns Bandnudeln mit Gulasch machen? Das hast du doch früher so gern gegessen."

„Von mir aus. Mama, ich muss jetzt wirklich runter zur Bahn. Es ist kalt hier draußen."

„Ist gut, also es gibt dann Gulasch, wenn du kommst. Ich freue mich!"

„Bis später", bibberte ich und stakste mit steifen Beinen die Stufen hinunter.

Schon in der U-Bahn kamen mir Zweifel, ob meine spontane Entscheidung die richtige war. Die letzten Male war ich zwar immer voller Vorfreude zu meinen Eltern hin-, aber voller Ernüchterung wieder heimgefahren. Ich konnte selbst nicht genau sagen, woran das lag. Wenn ich an meine Eltern dachte, hatte ich automatisch Bilder meiner Kindheit im Kopf: Leckeres Essen, ein warmes Wohnzimmer im Winter, der Duft des Räuchermännchens in der Vorweihnachtszeit, ein bunter Geburtstagskuchen und viele Geschenke.

Wenn ich dann in dem kleinen Bauernhäuschen ankam, das meine Eltern vor drei Jahren gekauft hatten und das nichts mit der Vierzimmerwohnung gemein hatte, in der ich aufgewachsen war, legte sich die Euphorie schnell. Dann nervte mich, dass immer zur selben Zeit zu Abend gegessen wurde, dass meine Mutter mich wie ein Kind bediente, mein Vater mein Studium nicht erst nahm – egal, was es gerade war –, sie den Kaffee noch immer mit Hand filterten, weil er so angeblich besser schmeckte und so weiter und so fort.

Ich zweifelte weiter, als ich am Bahnhof aus der U-Bahn stieg, mir ein Zugticket kaufte und mich auf einen Fensterplatz im Regionalexpress fallen ließ.

Ob es allen Erwachsenen so ging? Hatten sie alle dieses seltsam ambivalente Verhältnis zu ihren Eltern? Wünschten sie sich auch einerseits, dass alles genau so blieb wie früher und fanden genau das andererseits unerträglich nervig?

Elena schien entschieden in ihrer Meinung über ihre Mutter. Auch Daniel kam nicht wirklich gut mit seinen Eltern aus, von Felix ganz zu schweigen. Soweit ich bisher gehört hatte, schien sein Vater ihn beruflich eher unter Druck zu setzen.

Warum war ich die einzige in meinem Umfeld, die sich in Krisensituationen und an Feiertagen noch immer die Geborgenheit ihrer Eltern wünschte? War ich in meiner Entwicklung irgendwie zurückgeblieben?

In diesem Moment klingelte mein Smartphone. Es war Daniel. Ich starrte auf mein Display. Ob Felix ihn gebeten hatte, mich anzurufen? Hatte er unserem Mitbewohner bereits brühwarm berichtet, was vorgefallen war? Und dass die arme Maja, die sich anscheinend mehr erhofft hatte als einen simplen One-Night-Stand, geflüchtet war? Meine Finger zitterten, als ich Daniel wegdrückte.

Bevor ich noch weiter darüber nachdachte, was Felix Daniel genau erzählt haben könnte und darüber am Ende noch in Tränen ausbrach, holte ich mein Zeichenbuch, Papier und einen Bleistift hervor. Ich schlug das nächste Kapitel auf, in dem es darum ging, menschliche Proportionen realitätsgetreu abzubilden. Ich suchte mir den einzigen Mitreisenden aus, den ich von meinem Platz aus sehen konnte – einen älteren Mann, der mir schräg gegenüber saß und aus dem Fenster sah – und begann zu zeichnen. Ich hörte erst damit auf, als die Durchsage meinen Zielbahnhof ankündigte. Zwar war mein Zeichenobjekt schon vor einer Weile ausgestiegen, doch bis dahin hatte ich die ungefähren Proportionen bereits zu Papier gebracht. Die letzten zwanzig Minuten hatte ich dann die Grautöne schraffiert und war mit dem Ergebnis zufrieden. So sehr, dass ich in Erwägung zog, die Zeichnung für meine Mappe zu verwenden.

Soweit das Auge reichte, sah man nur Land, Land und nochmals Land. Ein paar Häuser und Menschen, aber noch viel mehr Kühe und Schafe. Der Anblick deprimierte mich immer ein wenig. Denn er erinnerte mich daran, dass dies nicht der Weg zu meiner elterlichen Wohnung war, in der ein Großteil meiner Kindheit stattgefunden hatte.

Meine Mutter musste das Taxi gehört haben, denn sie steckte den Kopf aus dem Küchenfenster als wir vorfuhren. Ihre dunklen Dauerwelle-Locken bewegten sich im Wind. Das Häuschen war zweistöckig, allerdings mit kaum zwanzig Quadratmetern pro Stockwerk. Von außen erfüllte es das verbreitete Klischee eines Häuschens auf dem Lande: Weiß gestrichene Front mit Blumenkästen vor den Fenstern und dunkelroten Ziegeln.

Meine Mutter winkte wild, während ich den Taxifahrer bezahlte und ausstieg.

Noch bevor ich die Haustür erreichte, öffnete sie sich bereits und meine Mutter zog mich in eine Umarmung. „Du hast ja gar nichts an", sagte sie scheltend, als sie mich um Armeslänge von sich wegschob und betrachtete.

„Lange Geschichte", nuschelte ich und schob mich an ihr vorbei ins Warme.

Meine Mutter hatte wie versprochen gekocht. Während des Essens sprach sie hauptsächlich von meinem Vater und dass es Zeit wurde, dass dieser endlich in Rente ging. Beim Nachtisch wechselte sie das Thema und erzählte von Nachbarn, die ich noch nie persönlich getroffen hatte, aber alle haargenau aus den Erzählungen meiner Mutter kannte.

Erst, als wir drei Stunden nach meiner Ankunft Kaffee tranken und meine Mutter selbstgebackenen Kuchen auftischte, wandte sich das Gespräch mir zu.

„Und? Wie geht's Leon?"

Ich hatte meinen Eltern nichts von der Trennung erzählt. Anfangs, weil ich noch an der winzigen Chance gehangen hatte, dass wir wieder zusammenkommen könnten und dann, nach Leons Besuch, bei dem Felix mich so tatkräftig unterstützt hatte, war dieses Kapitel für mich einfach abgeschlossen gewesen. Ich wollte nicht daran denken und schon gar nicht darüber sprechen. Erst recht nicht mit meiner Mutter, der ich mit Sicherheit jedes Detail noch einmal vorkauen müsste.

Ich seufzte abgrundtief.

„Was ist los? Fühlst du dich nicht gut?", fragte meine Mutter besorgt.

Es half nichts. Also berichtete ich stichwortartig von der Trennung.

„Wie entsetzlich. Wie kam es denn dazu?"

„Ist doch egal. Ich wohne jetzt jedenfalls bei Daniel."

„Der kleine Dani! Das war schon immer ein lieber Junge." Die Augen meiner Mutter fingen an zu leuchten.

Ich grinste und beglückwünschte mich selbst zu diesem überaus cleveren Schachzug. Daniel war von meiner Mutter schon immer vergöttert worden.

„Eigentlich dachten dein Vater und ich ja immer, dass ihr beiden irgendwann einmal heiraten würdet. Ihr wart schon als Kinder so süß miteinander."

Ich verschluckte mich an meinem Kaffee. „Ich dachte, darüber hätten wir uns bereits sehr viel öfter als nötig unterhalten." Allerdings hatte meine Mutter dieses Thema schon seit Jahren nicht mehr angeschnitten. Da hatte ich es in meiner Gutgläubigkeit wohl vergessen.

„Na ja, aber jetzt, wo du nicht mehr mit Leon zusammen bist ..."

„Daniel und ich sind nur Freunde, Mama, wie oft denn noch? Du erwartest doch auch nicht, dass ich was mit Elena anfange, oder?"

Meine Mutter schlug entsetzt eine Hand vor den Mund.

Ich verdrehte die Augen. „*So* war das nicht gemeint."

„Gleich kommt dein Vater nach Hause, dann kannst du das mit ihm besprechen." Meine Mutter stand auf und machte sich in der Küche zu schaffen, die durch eine Art Theke mit dem Wohnzimmer verbunden war. Ich hörte Geschirr klirren.

„So war das nicht gemeint!", schrie ich. In diesem Moment hörte ich, wie die Haustür aufging. Auch das noch.

Mein Vater trat ins Wohnzimmer. „Ach, hallo", sagte er überrascht, aber nicht sonderlich erfreut. „Auch mal wieder da? Du rufst ja nie an, sagt deine Mutter."

Ich erwog, dieses Haus sofort zu verlassen. Wo waren die Eltern, von denen ich mich als Kind verstanden und behütet gefühlt hatte?

Mein Vater stöhnte genervt. Ich sah hoch und erkannte, warum. Meine Mutter winkte ihn aus der Küche hektisch zu sich heran.

„Ich bin gerade erst nach Hause gekommen", murrte mein Vater vor sich hin, doch trottete brav in die Küche.

Das Gemurmel meiner Mutter hörte ich bis ins Wohnzimmer, doch konnte den genauen Wortlaut nicht verstehen.

„Und was soll ich deiner Meinung nach dagegen tun?", empörte sich mein Vater. „Sie ist alt genug."

„Es war so nicht gemeint!", versuchte ich es ein letztes Mal. „Es war ein Vergleich, okay? Weil Mama mir schon wieder Daniel aufschwatzen wollte, habe ich gesagt, dass sie das bei Elena ja auch nicht tut. Sie hat das völlig falsch interpretiert!"

„War ja klar", zeterte mein Vater und kam aus der Küche. „Wieder mal aus einer Mücke einen Elefanten gemacht. Lass Maja doch ihre eigenen Männer aussuchen. Außerdem ist sie doch mit diesem Anwalt zusammen.“

„Leon“, rutschte es mir aus Gewohnheit raus. Egal, wie oft Leon und ich gemeinsam bei meinen Eltern zu Besuch gewesen waren: Mein Vater weigerte sich hartnäckig, sich seinen Namen zu merken.

„Das ist es ja! Sie haben sich getrennt!“, lamentierte meine Mutter.

Ich musste hier weg, und zwar sofort. In diesem Moment schrillte ein Klingeln durch das Wohnzimmer. Es kam aus meiner Tasche, die unterm Esstisch lag.

„Wenn niemand etwas dagegen hat, würde ich dann endlich hochgehen und mich umziehen. Schließlich bin ich gerade erst nach Hause gekommen.“

„Mach nur, Liebling. Ich wärme dir dann unser Mittagessen wieder auf. Es gab Gulasch.“

Mein Vater murmelte etwas Unverständliches, während ich meine Tasche vom Boden aufhob.

„Es wird Zeit, dass er in Rente geht“, seufzte meine Mutter.

„Bist du sicher? Ihr beide den ganzen Tag zusammen in diesem kleinen Haus? Hältst du das für eine gute Idee?“

„Wieso? Dein Vater und ich verstehen uns doch blendend.“

Ich fischte mein Smartphone aus der Tasche. Natürlich hörte es in ebendiesem Moment auf zu klingeln. Ich sah auf das Display: Ein Anruf in Abwesenheit von Daniel.

„Langsam wird es nervig“, seufzte ich.

„Möchtest du noch mal mitessen, wenn dein Vater gleich isst?"

„Nein, danke. Um ehrlich zu sein, denke ich, dass ich gleich –" Ich wurde vom Klingeln des Festnetztelefons unterbrochen.

„Oh, einen Moment, Schatz." Meine Mutter eilte zum Telefon und kam kurz darauf mit dem Hörer in der Hand und einem seligen Lächeln auf den Lippen zurück. „Es ist Dani." Weil ich keine Anstalten machte, das Telefon zu nehmen, drückte sie es mir einfach in die Hand.

Ich starrte das Gerät an. Wenn Daniel mir bis zu meinen Eltern hinterher telefonierte, wusste er Bescheid. Es gab keine andere Erklärung.

„Ja?", hauchte ich.

„Ähm ... ja ... also ...", druckste Daniel herum. „Felix hat mir alles erzählt."

Ich hatte es gewusst, trotzdem traf mich die Bestätigung hart. Wie konnte Felix' das tun? Wieso zog er Daniel da mit hinein? Konnte er sich nicht denken, dass die ganze Angelegenheit schon schmerzhaft genug für mich war? Aber nein, hier ging es ja anscheinend nicht um mich, sondern nur um Felix' eigenes schlechtes Gewissen.

„Und was genau willst du jetzt von mir?", fragte ich kalt.

„Maja, ich mache mir doch nur Sorgen um dich."

Augenblicklich verpuffte meine Wut, zumindest die auf Daniel. Ich seufzte. „Du solltest dich in dieser Angelegenheit nicht einmischen. Das ist eine Sache zwischen mir und Felix."

„Das weiß ich doch, Maja." Er schwieg einen Moment. „Eigentlich habe ich auch nur angerufen, um dich zu fragen ... geht es dir gut?"

Die ehrliche Sorge in seiner Stimme ließ mich lächeln. „Mein Mitbewohner ist eine Klatschtante, mein bester Freund verfolgt mich übers Telefon, meine Mutter versucht mal wieder, mich mit dir zu verkuppeln und mein Vater steht kurz vorm Burn-Out. Alles ganz ausgezeichnet."

Daniel kicherte. „Deine Mutter liebt mich immer noch?"

„Abgöttisch."

Daniel kam aus seinem Gekicher gar nicht mehr heraus.

Plötzlich hörte ich eine leisere, genervte Stimme aus dem Hintergrund: „Hör auf, so dämlich zu lachen. Dafür solltest du nicht anrufen."

„Warte mal, ist das Felix?", fragte ich fassungslos.

Daniel hörte augenblicklich auf zu lachen. „Äh ... also ..."

„Er hört schon die ganze Zeit mit, oder?"

„Maja, er hat sich doch auch nur Sorgen ge-"

Doch ich ließ ihn nicht ausreden. „Du kannst ihm ausrichten, dass ich so viel Feigheit nicht mal ihm zugetraut hätte!"

Ich wollte auflegen, da sagte Felix plötzlich: „Wer ist hier feige? Ich bin nicht derjenige, der sich bei seinen Eltern verkrochen hat, weil er Angst hat, mit seinem Mitbewohner reden zu müssen."

„Der Lautsprecher ist an", sagte Daniel unnötigerweise.

Allein schon Felix' Stimme zu hören, versetzte mir einen Stich. Doch ich achtete nicht darauf. Konzentrierte mich stattdessen auf die Wut, die mich stark und weniger verletzlich machte. „Haha, hast du gerade tatsächlich *reden* gesagt? Du weißt schon, dass das die Sache ist, vor der du normalerweise wegläufst, oder?" Ich hatte nicht gemerkt, dass sich meine Mutter von hinten anschlich. Plötzlich kitzelte mich etwas an der Wange. Als ich dorthin griff, hatte ich die Haare meiner Mutter in der Hand. Ich schrie auf und ließ das Telefon fallen. „Mama!"

„Ich wollte nur wissen, warum du ihn so anschreist", sagte sie beleidigt. „Dani ist doch so ein Netter. Warum bist du so gemein zu ihm?"

„Ich rede doch gar nicht mehr mit ihm!", keuchte ich, während ich unter der Couch nach dem Telefon tastete. „Außerdem geht dich das nichts an!" Endlich bekamen meine Finger das Gerät zu fassen. „Ich komme heim", sagte ich knapp in den Hörer, ohne mich vorher zu vergewissern, dass die beiden überhaupt noch dran waren. „Dann können wir *reden*."

Ich verließ das Haus meiner Eltern, ohne mich zu verabschieden. Mein Vater war noch oben und wollte sowieso nicht gestört werden und meine Mutter wütete noch beleidigt in der Küche. Ich wusste schon jetzt, dass ich spätestens morgen dem Drang erliegen würde, mich bei ihr zu entschuldigen.

Es war schon dunkel draußen, als ich die WG betrat. Zunächst war alles still. Ich zog meine Schuhe aus, nahm meine Winterjacke vom Haken und zog sie mir über. Mir war vom Weg zwischen der U-Bahn-Station und der Wohnung noch immer schrecklich kalt. In diesem Moment ging die Zimmertür zu meiner Rechten auf. Felix lehnte im Rahmen und betrachtete mich.

Ich lehnte mich meinerseits gegen die Wand und verschränkte die Arme, als könnte ich mich so vor dem schützen, was dieses Gespräch bringen würde. Wir starrten uns schweigend an. „Wo ist Daniel?", fragte ich schließlich, um überhaupt etwas zu sagen.

„Nicht da." Felix verzog das Gesicht. „Deine Mutter vergöttert ihn also, ja?"

„Ich vermute sogar, dass sie ihn lieber mag als mich." Unwillkürlich war ich auf Felix' beiläufigen Tonfall eingegangen. Es wäre so leicht. Einfach tun, als wäre nichts gewesen. Auch wenn sich ein Teil von mir genau das wünschte, wusste ich doch, dass ich das nicht konnte. Nicht mehr. „Du hast es ihm also erzählt?"

Felix seufzte und wandte den Blick ab. „Das musste ich gar nicht. Er hat es erraten."

Ich hob ungläubig die Augenbrauen.

„Nun schau nicht so, Maja. Wahrscheinlich können es sich alle, die gestern da waren, denken. Plötzlich waren wir in unserem Zimmer verschwunden und sie haben den Rest des Abends nichts mehr von uns gehört. Da bleibt nicht allzu viel Spielraum für Interpretationen." Er lächelte und suchte meinen Blick.

Ich wusste nicht, was ich sagen sollte. Natürlich hatte er recht und ich konnte nicht fassen, dass ich nicht daran gedacht hatte, wie unser Verhalten auf die anderen gewirkt haben musste. Trotzdem. Irgendetwas musste er doch zu Daniel gesagt haben, dass mein bester Freund sich solche Sorgen um mich machte und mir bis zu meinen Eltern hinterher telefonierte.

„Es tut mir leid."

Ich starrte Felix an. Es war, als hätte er meine Gedanken gelesen. „Was hast du zu ihm gesagt?" Meine Stimme zitterte vor unterdrückter Wut.

„Ich … was?"

„Was du zu Daniel gesagt hast", wiederholte ich. „Er hat erraten, was gestern Abend war, aber was hast du dazu gesagt? Du wirst es ja wohl irgendwie kommentiert haben." Und ich hatte auch schon so eine Ahnung, wie Felix' Kommentar ausgesehen hatte. Aber ich musste es jetzt genau wissen.

Felix' Miene verdüsterte sich. Sein Lächeln wich einem Stirnrunzeln gepaart mit einem irritierten Lippenkräuseln. Keine Frage, er war wütend. „Was glaubst du denn, was ich gesagt habe? Na los, jetzt bin ich neugierig."

„So etwas wie: ‚*Wir hatten einen One-Night-Stand, aber Maja kann nicht damit umgehen*'?"

Felix musterte mich schweigend. Dann: „Du glaubst, so was würde ich über dich sagen?"

Seine betroffene Miene ließ meine Wut augenblicklich verpuffen. Ich musste nicht fragen, ob ich mit meiner Vermutung falsch gelegen hatte, die Antwort stand Felix ins Gesicht geschrieben. Ich konnte seinem enttäuschten Blick nicht mehr standhalten und sah zu Boden. „Aber wofür hast du dich dann entschuldigt?", fragte ich flüsternd.

„Das ist jetzt auch egal. Ich dachte wirklich, du würdest mich mittlerweile wenigstens einigermaßen kennen."

„Ich –"

„Schon gut, gib dir keine Mühe."

Ich beobachtete stumm, wie er sich Mantel und Schuhe anzog. „Felix ..."

Doch da schlug bereits die Tür hinter ihm zu.

Ich stand noch immer im Flur und starrte die Tür an, durch die Felix gerade verschwunden war, als Elena mich anrief. „Du musst mir alles ganz genau erzählen. Ich will Einzelheiten hören!"

„Einzelheiten?"

„Na, von deiner Nacht mit Felix!"

Ich schloss die Augen und fluchte lautlos. Natürlich, Elena war ja auch eine von denen gewesen, die sich ohne Probleme zusammenreimen konnten, was gestern Abend passiert war. Wäre mir das doch eingefallen, bevor ich ihren Anruf angenommen hatte. Aber da war ich gedanklich noch mit Felix beschäftigt gewesen.

„Oh nein, es war nicht gut, oder?", fragte Elena und klang ehrlich bestürzt. „War er zu betrunken? Hatte er Mundgeruch?"

„Es war gut!", verteidigte ich Felix automatisch und gab Elena damit natürlich genau, was sie wollte.

„Nur gut oder mehr als gut? Auf einer Skala von –"

„Ich werde nicht näher ins Detail gehen. Eigentlich möchte ich überhaupt nicht darüber reden."

Anscheinend merkte Elena an meinem Tonfall, dass etwas nicht stimmte, denn plötzlich wurde sie ebenfalls ernst. „Du gestehst es dir endlich ein, oder?"

Ich musste nicht fragen, was sie meinte. Und auch eine Antwort war überflüssig.

„Und was hat Felix dazu gesagt?"

„Wir haben noch nicht darüber geredet. Ich wollte zwar, aber irgendwie ... irgendwie haben wir wieder angefangen zu streiten."

„Ach, Maja." Elena seufzte.

„Eigentlich macht das mit dem Reden sowieso keinen Sinn. Ich weiß, dass er nicht dasselbe fühlt." Ich merkte, wie sich ein Kloß in meinem Hals bildete. Ich glaubte Felix, dass er Daniel gegenüber nichts dergleichen gesagt hatte, trotzdem wusste ich, dass es für ihn nur ein One-Night-Stand gewesen war.

Ich sehe dich an und will dir nah sein.

Wenn er wirklich etwas für mich fühlte, hätte er es gestern doch klipp und klar gesagt. Sonst brachte er die Dinge ja auch auf den Punkt.

„Ach, Maja", wiederholte Elena, als ich ihr meinen Gedankengang erklärte. „Egal, wie viel du in diesen winzigen Satz hinein interpretierst – du wirst es nie sicher wissen, wenn du Felix nicht direkt fragst."

„Ich weiß nicht, ob ich das kann."

„Aber ich weiß es."

Nach dem Gespräch mit Elena verließ ich die WG wieder. Ich brauchte frische Luft, um einen klaren Kopf zu kriegen. Außerdem beschäftigte sich das nächste Kapitel meines Zeichenbuchs mit Landschaften. Doch als ich im Park auf der Bank saß, das leere Blatt Papier vor mir auf dem Schoß, schaffte ich es einfach nicht, den Bleistift anzusetzen. Nach einer knappen Stunde, in der ich nicht einen Strich zustande gebracht hatte, packte ich meine Sachen zusammen und trat den Heimweg an.

Als ich nach Hause kam waren Daniel und Miri nicht da. Vermutlich verbrachten sie die letzten beiden Nächte bei Miri zu Hause und fuhren am Freitag früh gemeinsam zum Flughafen.

Doch ich sah auf den ersten Blick, dass Felix wieder da war. Sein Mantel hing an der Garderobe. Und obwohl er gehört haben musste, dass ich heimgekommen war, rührte er sich nicht. Seufzend streifte ich meine Stiefel ab, zog die Jacke aus und betrat unser Zimmer. Da lag er, auf dem Sofa ausgestreckt und blickte mir entgegen.

Ich blieb an der Tür stehen, weil ich es mir nicht zutraute, unter seinem intensiven Blick auch nur einen weiteren Schritt zu tun. „Können wir reden?", fragte ich, ohne ihn anzusehen. Ich sah aus den Augenwinkeln, wie er sich aufsetzte. Gerade, als das Warten auf seine Antwort unerträglich zu werden drohte, sagte er: „Das sollten wir, ja."

Vorsichtig hob ich den Blick. Felix lächelte, doch es war unübersehbar, dass es ihn einige Anstrengung kostete. Er nickte auffordernd zu dem Platz neben sich.

Ich lächelte dankbar zurück und setzte mit zu ihm aufs Sofa, so viel Abstand zwischen uns wie möglich. Trotzdem spürte ich seine Anwesenheit neben mir überdeutlich. „Es tut mir leid."

„Nein, mir tut es leid", sagte Felix schnell. „Ich habe überreagiert."

„Nein, du hattest vollkommen recht. Ich hätte dir das nicht unterstellen dürfen, ich hätte wissen müssen, dass du so etwas niemals sagen würdest. Ich sollte dich besser kennen."

„Vielleicht", lenkte Felix ein. Er warf mir einen langen Blick zu. „Nenn' mich naiv, aber ich glaube immer noch, dass du mich eigentlich besser kennst. Und dass das vorhin weniger von deiner Meinung über mich kam, sondern vielmehr von der ganzen Situation."

Das war mein Stichwort. Ich tat einen tiefen Atemzug, um mich darauf vorzubereiten, was ich gleich sagen würde. Meine Hände begannen zu zittern, mein Mund wurde trocken.

„Du wolltest wissen, wieso ich mich entschuldigt habe", sagte Felix in diesem Moment.

Ich starrte ihn an, verstand nicht, was er meinte. Zu beschäftigt war ich noch mit den Worten, die ich mir gerade im Kopf zurechtgelegt hatte, aber die ich nun doch nicht sagen würde. „Ja ... stimmt."

Felix sah mich an, ein Lächeln, das ich nur als wehmütig bezeichnen konnte, auf den Lippen. „Was gestern passiert ist, ist allein meine Schuld. Ich war es, der dauernd betrunken mit dir geflirtet hat. Also ist es auch meine Schuld, wenn wegen dem, wozu meine Flirterei geführt hat, unsere Freundschaft kaputt geht. Dafür habe ich mich entschuldigt."

„Oh ..." Ich war sprachlos. Zu viele Gedanken gingen mir durch den Kopf, zu viele Emotionen kamen hoch, als dass ich eine Antwort hätte formulieren können.

„Und genau das habe ich auch zu Daniel gesagt. Als du heute Morgen einfach abgehauen bist, ist mir erst klar geworden, was ich angerichtet habe. Ich hatte Angst, dass du nicht mehr zurückkommst, dass du nichts mehr mit mir zu tun haben willst. Das habe ich ihm gesagt und er hatte die Idee, bei deinen Eltern anzurufen, als du nicht ans Handy gegangen bist."

Ich nickte nur. Das war es also. Er hatte Angst um unsere Freundschaft. Am liebsten hätte ich ihm um die Ohren gehauen, dass er sich seine Freundschaft sonst wohin stecken konnte. Aber ich konnte nichts sagen, konnte mich nicht rühren.

„Es tut mir leid." Er suchte meinen Blick. Als ich ihm auswich, strich er über meine Hand.

Ich zog sie zurück, als hätte er mich verbrannt. „Hör auf, das zu sagen!" Ich rückte demonstrativ die letzten paar Zentimeter auf die Sofalehne zu, weg von Felix. „Wenn man dir zuhört, könnte man meinen, du hättest mir K.O.-Tropfen ins Glas gemischt und wärst dann über mich hergefallen. Wir hatten Sex, Felix, weil wir es beide wollten. Also bitte hör auf, dich dafür zu entschuldigen." Letztendlich hatte ich mit meiner Anschuldigung vorhin gar nicht so unrecht gehabt. *Wir hatten einen One-Night-Stand und Maja kann nicht damit umgehen.*

Zwar hatte er das nicht zu Daniel gesagt, aber das war es, was er dachte. Wieso sonst diese endlosen Entschuldigungen und seine Sorge um unsere Freundschaft? Aber das Schlimmste war, dass er recht hatte. Es war für ihn nur ein One-Night-Stand gewesen, denn mehr wollte er ganz offensichtlich nicht. Und damit konnte ich tatsächlich nicht umgehen.

„Ich ... so meinte ich das doch nicht, Maja." Er seufzte. Wir sahen uns in die Augen. Ich noch immer wütend, er mit einer Mischung aus Unsicherheit und Entschlossenheit im Blick. „Gut, wenn du die Wahrheit hören willst", sagte er schließlich. Er machte eine Pause und ich hatte den Eindruck, dass das, was er als nächstes sagen wollte, ihm alles andere als leicht fiel. „Ich bereue diese Nacht nicht. Nichts davon, das könnte ich nie. Wahrscheinlich nicht einmal, wenn unsere Freundschaft tatsächlich daran zerbricht. Aber das will ich eben nicht, verstehst du?"

Ja, ich verstand. Die Nacht war schön gewesen, aber anscheinend nicht schön genug, dass er noch mehr solcher Nächte mit mir verbringen wollte. Nicht schön genug, um mehr als freundschaftliche Gefühle in ihm zu wecken. Ich spürte ein mittlerweile vertrautes Brennen hinter meinen Augen und stand auf. „Ist schon gut, wir bleiben Freunde", hörte ich mich sagen. Ich musste hier raus, sonst würde ich gleich vor Felix' Augen in Tränen ausbrechen.

„Maja, warte", hielt er mich zurück, als ich die Hand schon an der Türklinke hatte. „Ich muss dir noch etwas sagen."

Lautlos zog ich die Nase hoch. Noch flossen keine Tränen und ich riskierte es, Felix steif zuzulächeln. „Was denn?"

„Ich habe morgen ein Vorstellungsgespräch bei einer Zeitung."

„Ist doch super." Ich versuchte, mein Lächeln zu intensivieren, doch es gelang mir nicht.

„Ja, ich hatte echt Glück. Gestern habe ich über zwanzig Bewerbungen abgeschickt und heute kam dieser Anruf. Anscheinend ist die Praktikantin, die momentan bei ihnen arbeitet, schwanger. Sie sollte eigentlich noch bis zwei Monate vor der Geburt bleiben, aber jetzt sind Komplikationen aufgetreten und sie muss zu Hause bleiben. Deshalb suchen sie auf die Schnelle jemanden, der für sie einspringen kann."

„Ich freue mich für dich, ehrlich." Und ich war mir sicher, dass ich das wirklich tun würde – wenn ich endlich die Chance bekam, dieses Zimmer zu verlassen und mein Gefühlschaos in Ordnung zu bringen.

Felix schien von dem, was in mir vorging, nichts mitzubekommen. Er lächelte. „Danke. Das bedeutet mir wirklich viel." Er zögerte und ich wusste, dass noch mehr kam. „Wenn ich den Praktikumsplatz bekomme, werde ich ausziehen müssen. Die Zeitung ist fast eine Stunde Bahnfahrt von hier entfernt und das wenige Geld, das sie mir für das Praktikum zahlen für die Zugfahrt auszugeben, kann ich mir einfach nicht leisten."

Ich nickte matt und realisierte zu meiner Überraschung, wie sich Erleichterung bei mir einstellte. „Das jetzt war ja ohnehin nicht als Dauerlösung gedacht", sagte ich. Und im Grunde gab es keinen besseren Zeitpunkt als jetzt.

Auch Felix war die Erleichterung anzusehen. Er stand auf und kam auf mich zu, einen so warmen Ausdruck in den Augen, dass ich wegsehen musste. Bevor ich es verhindern konnte, zog er mich in eine Umarmung.

„Lass uns in Kontakt bleiben, ja? Auch wenn ich nicht mehr hier wohne, trotz allem, was in den letzten Wochen war: Du bist meine beste Freundin."

Ich nickte nur. Und konnte nicht verhindern, dass eine Träne in Felix' Pulli sickerte.

Kapitel 12

Ich konnte nicht sagen, wie lange ich danach bei laufender Dusche im Badezimmer saß und weinte. Aber wahrscheinlich lange genug, dass es sich auf die nächste Wasserabrechnung niederschlagen würde. Danach ging es mir besser. Ich fühlte mich angenehm leer und war guter Hoffnung, dass alles gar nicht so schlimm war, wie es zuerst den Anschein gehabt hatte. Gut, ich war in Felix verliebt, aber er nicht in mich. Daran war nichts zu rütteln. Aber wenn er wirklich diesen Praktikumsplatz bekam, würde er wegziehen. Aus den Augen, aus dem Sinn – so sagte man doch. Ich würde über ihn hinweg kommen, meine ganze Energie auf meine Mappe richten und einen Platz an einer Kunsthochschule bekommen. Alles würde gut werden.

Felix' Vorstellungsgespräch fand am nächsten Vormittag statt. Da Daniel noch immer bei Miri war, hatte ich die ganze Wohnung für mich. Ich nutzte diesen Umstand, indem ich es mir in der Küche bequem machte: Mit einer ganzen Kanne Kaffee bewaffnet breitete ich alle Zeichnungen, die ich besaß, auf dem Tisch aus. Ich ließ mir Zeit, nahm jede einzeln zur Hand und prüfte sie auf ihr Potenzial, als Teil meiner Mappe Eindruck zu machen. Ich wusste, dass ich nicht zu viele

Bleistiftzeichnungen auswählen durfte. In einer Mappe war unter anderem Vielfältigkeit gefragt, daher wollte ich mich mindestens noch mit Kohle- und Acrylmalerei beschäftigen, eventuell auch noch mit Fotografie. Bald stand also mal wieder ein Besuch im Fachbuchladen an.

Ich hatte mich gerade für vier Zeichnungen entschieden, darunter auch die von dem älteren Fahrgast, die ich auf dem Weg zu meinen Eltern angefertigt hatte, als ich die Wohnungstür hörte. Als ich aufblickte sah ich gerade noch, wie Daniel den Flur entlang gestampft kam, in seinem Zimmer verschwand und die Tür hinter sich zuknallte.

Einen Moment saß ich nur perplex da, dann klopfte ich vorsichtig. „Dani? Ist was passiert?"

Ich bekam keine Antwort. Als sich auch nach mehrmaligem Klopfen und Rufen nichts rührte, war ich kurz davor, trotzdem nachzusehen, was los war. Andererseits: Selbst Daniel hatte ein Recht darauf, seine Probleme mit sich selbst auszumachen, wenn er das wollte. Und da es mit Sicherheit um Miri ging, war es vielleicht besser, auf Felix zu warten. Der musste ohnehin bald nach Hause kommen.

Tatsächlich ging kaum eine halbe Stunde später abermals die Haustür.

„Ich hab den Praktikumsplatz!", rief Felix, noch bevor er die Küche erreicht hatte.

Seine strahlenden Augen entlockten mir ein Lächeln. „Das freut mich für dich! Herzlichen Glückwunsch!" Und natürlich freute es mich auch für mich selbst. Ich überlegte, ob ich ihn umarmen sollte, entschied mich aber dagegen. Auch, wenn ich mich gestern sozusagen leer geweint hatte, spürte ich, dass zu viel Nähe den Bach wieder zum Fließen bringen könnte. „Du, ich weiß es ist gerade schlecht und wahrscheinlich willst du irgendwie feiern oder so, aber du musst mit Daniel reden." Ich erklärte ihm kurz, was vorgefallen war. Daraufhin verschwand er ohne zu murren und ohne anzuklopfen in Daniels Zimmer. Und blieb dort.

Ich sammelte meine Zeichnungen ein und setzte mich dann aufs Sofa, um noch etwas Mappenrecherche zu betreiben, doch konnte mich nicht konzentrieren. Nach etwa einer Stunde hörte ich Daniels Zimmertür aufgehen und erwartete jeden Moment, dass Felix zurück in unser Zimmer kam. Stattdessen sauste ein Schatten im Flur vorbei und die Haustür ging erst auf, dann zu.

Als ich den Schlüssel endlich wieder in der Haustür hörte, sprang ich auf und verstellte einem erschrockenen Felix den Weg. Ich musterte ihn von oben bis unten. Er hielt eine Supermarkt-Tüte mit länglichem Inhalt in der Hand.

„Hast du Alkohol gekauft?", fragte ich fassungslos.

Felix drängte sich an mir vorbei. „Ich sollte ihn trösten und genau das mache ich."

„Indem du ihn abfüllst? Du weißt doch, dass er ohnehin dazu neigt, seinen Kummer in Alkohol zu ertränken!"

Felix verdrehte die Augen. „Jetzt mach mal halblang. Ist nur Wein, kein Wodka. Und ich bin ja dabei. Wir führen Männergespräche und da gehört das eben dazu. Vertrau mir", sprach's und verschwand in Daniels Zimmer.

Männergespräche, genau. Gab es so etwas überhaupt?

Ich horchte den ganzen Abend auf irgendwelche Geräusche im Flur, doch solange ich wach war, blieb alles ruhig. Irgendwann schlief ich ein.

Als ich am nächsten Tag gegen Vormittag aufwachte, fühlte ich mich wie gerädert. In der Nacht war ich ständig hochgeschreckt, weil ich dachte, Daniels Zimmertür gehört zu haben. In meinen Träumen hatte ich einen betrunkenen Daniel gesehen, wie er versuchte, sich aus dem winzigen Küchenfenster zu stürzen und Felix, wie er tatkräftig dabei mithalf.

Ich ließ den Blick durchs Zimmer schweifen, doch es war unmöglich zu sagen, ob Felix in der Nacht hier geschlafen hatte. Seine Wolldecke war zweimal zusammengelegt und bedeckte auf diese Weise – wie immer tagsüber – eine Hälfte des Sofas. Aber ob sie hundertprozentig genauso dalag wie gestern Abend, wusste ich beim besten Willen nicht.

Ich quälte mich aus dem Bett und zur Zimmertür, die seltsamerweise geschlossen war. Die hatte ich am Abend doch hundertprozentig offen gelassen. Ich schleppte mich Richtung Bad, doch bog kurz entschlossen zur Küche ab, als ich Stimmen von dort hörte. Am Küchentisch saßen meine zwei widerlich munteren Mitbewohner, tranken Kaffee und aßen frische Croissants und Brötchen.

„Na, gut geschlafen?", fragte Daniel.

Kurz fragte ich mich, ob ich nicht immer noch träumte. „Nein, ich habe nicht gut geschlafen. Und weißt du auch, wieso? Weil mir die ganze Nacht im Kopf herumgegangen ist, dass deine Freundin ihre letzte Nacht in diesem Land alleine verbringt. Und dass du dir das nie verzeihen wirst."

Daniel blinzelte verständnislos, stand auf, holte eine Tasse aus dem Schrank, befüllte sie mit Kaffee und hielt sie mir entgegen. „Ich war bei Miri. Es war zwar ziemlich spät, aber sie hat es verstanden, wir haben uns vertragen, eine schöne letzte Nacht gehabt und ich habe sie auch vorhin zum Flughafen gebracht. Es ist alles in Ordnung. Bis auf den Umstand natürlich, dass meine Freundin jetzt in einem Flugzeug nach Kanada sitzt."

„Oh …", ich warf Felix einen kurzen, aber anerkennenden Blick zu. Dann widmete ich mich wieder Daniel. „Wie geht es dir denn jetzt?"

„Ganz okay, eigentlich."

Ich setzte mich neben ihn. „Ist doch klar, dass das Zeit braucht. Wahrscheinlich wirst du dich jetzt eine ganze Weile mal okay fühlen, mal total fertig sein. Aber das geht vorbei."

„Ähm, Maja?"

„Was denn?", fragte ich mitfühlend.

„Das alles hat Felix mir gestern Abend und heute Morgen schon gesagt. Glaub mir, wir haben das Thema totdiskutiert. Eigentlich will ich im Moment gar nicht mehr darüber reden."

„Oh … okay." Das verstand Felix also unter einem *Männergespräch*. So, wie ich das sah, war dabei der einzige Unterschied zu einem Frauen- oder Unisexgespräch, dass zwingend Alkohol anwesend sein musste.

„Hat dir Felix schon von seinem Praktikumsplatz erzählt?", fragte Daniel begeistert.

„Hat er."

„Ist doch eine super Chance, oder?"

Ich nickte. „Wann geht es eigentlich los?"

„Am Montag", sagte Felix. „Also werde ich ab Sonntag offiziell nicht mehr hier wohnen."

„Wow, das ging echt schnell. Hast du schon eine Unterkunft?"

„Ich habe im Internet zwei Inserate von WGs gefunden, die einen neuen Mitbewohner suchen. Ich hab mit beiden schon für nächste Woche Besichtigungstermine vereinbart, vielleicht wird das ja was. Bis dahin wohne ich in einer Jugendherberge."

„Das wird bestimmt toll", sagte ich. „Also das Praktikum, nicht die Jugendherberge."

Sofort hatte Felix wieder dieses Strahlen in den Augen. „Das ist meine Chance. Vielleicht bekomme ich nach dem Praktikum das Angebot, ein Volontariat anzufangen. Und selbst wenn nicht, bekomme ich schon mal eine Ahnung, ob die Arbeit bei einer Zeitung überhaupt etwas für mich ist. Vielleicht veröffentlichen die sogar einen Artikel von mir. Ich habe gestern kurz mit einem anderen ehemaligen Praktikanten gesprochen und der ist mittlerweile freier Mitarbeiter. Das heißt, die veröffentlichen regelmäßig Artikel von ihm. Unglaublich, wie viele Türen so ein Praktikum öffnen kann!"

„Wie läuft es eigentlich mit deinen Zukunftsplänen?", warf Daniel, an mich gewandt, ein.

„So eine Mappe ist ein unglaublicher Aufwand", sagte ich. „Aber ich werde das durchziehen, egal wie viele Jahre in Folge ich mich bewerben muss. Irgendwann werde ich einen Studienplatz bekommen." Zufrieden sah ich in die Runde. Meine beiden Mitbewohner tauschten einen Blick. „Was? Habe ich was Falsches gesagt?"

Felix schüttelte den Kopf, ein Lächeln auf den Lippen. „Es ist nur so, dass ich dir noch was sagen wollte. Bevor ich gehe."

Gegen meinen Willen begann mein Herz zu rasen.

„Ich finde, du tust das Richtige."

Die Enttäuschung schwappte über mich hinweg und riss auch mein Lächeln mit sich. Aber was hatte ich auch erwartet?

„Ich weiß, vor nicht allzu langer Zeit habe ich dir noch vorgeworfen, dass du nichts zu Ende führen kannst", sagte Felix schnell, meine plötzlich ernste Miene falsch interpretierend, „aber ich habe meine Meinung geändert. Du solltest Kunst studieren. Und ich bin mir sicher, du schaffst das."

„Danke", krächzte ich.

„Vielleicht solltest du auch ein Praktikum machen, während du auf das nächste Semester wartest", redete er fröhlich weiter. „Ich kann mich ja bei meiner Zeitung mal für dich umhören, wenn du willst. Die bieten auch Praktika im Medienbereich an, vielleicht wäre da ja was für dich dabei."

„Ja, vielleicht." Ich bemühte mich um ein Lächeln, damit er nicht misstrauisch wurde. Dabei wünschte ich mir, es wäre schon Sonntag und ich könnte endlich damit beginnen, Felix zu vergessen. Nur noch zwei Tage musste ich überstehen, das musste doch zu schaffen sein. Vielleicht sollte ich einfach so tun, als wäre ich das ganze Wochenende über beschäftigt und Felix aus dem Weg gehen, bis er weg war.

In diesem Moment strahlte Daniel in die Runde: Apropos ... Abschiedsparty?"

Die Party fand am nächsten Abend statt. Diesmal kamen wieder mehr Gäste, was einerseits daran lag, dass es Samstag war, und andererseits daran, dass Felix aus seiner *Abschiedsfeier* eine derart große Sache machte, dass er alle Menschen anrief, die er jemals in dieser Stadt kennengelernt hatte.

Ich dagegen lud keinen meiner Freunde ein. Es war mir ganz recht, dass ich die meisten der Gäste nicht kannte und vor allem, dass Felix beschäftigt war. Ich suchte mir eine ruhige Ecke und brachte den Abend auf diese Weise hinter mich, nur ab und zu unterbrochen von Benni, der ein Gespräch mit mir suchte. Ich war nicht in Feierlaune, hatte keine Lust auf oberflächliche Gespräche. Und natürlich spukten mir auch die Geschehnisse der letzten Party im Kopf herum.

Ich war froh, als auch die letzten Gäste im Morgengrauen aus der Tür stolperten und ich mich ohne schlechtes Gewissen schlafen legen konnte. Wenige Minuten später hörte ich, wie Felix ins Zimmer schlüpfte. Ich lauschte den mittlerweile vertrauten Geräuschen, die er vor dem Schlafengehen von sich zu geben pflegte: Das Abstreifen seiner Jeans, das Über-den-Kopf-ziehen des Pullis. Das leise Quietschen des Sofas, wenn er sich darauf setzte. Und schließlich das Geraschel der Bettdecke, wenn er sich zudeckte. Felix schlief meist sehr schnell ein. Schneller als ich. So hatte ich gelernt, an seinen Atemzügen zu erkennen, ob er noch wach war oder bereits schlief. Felix' Geräuschen zu lauschen war zu einer Art Einschlafritual für mich geworden. Es beruhigte mich und gab mir ein seltsam sicheres Gefühl. So sehr ich mir seine Abfahrt auch herbei sehnte, so bang wurde mir bei dem Gedanken, bald wieder alleine in diesem Zimmer einschlafen zu müssen. Ich seufzte angesichts der Widersprüchlichkeit.

„Du bist noch wach", kam es vom Sofa her.

Ich schlug mir mit der flachen Hand so leise wie möglich gegen die Stirn. Vor lauter Melancholie hatte ich versäumt zu bemerken, dass Felix heute nicht direkt eingeschlafen war. „Ja, aber nicht mehr lange. Es ist schon fast sechs."

Ich bekam keine Antwort. Angestrengt lauschte ich in die Dunkelheit. War Felix jetzt doch eingeschlafen?

„Wir haben zu wenige Partys gefeiert", sagte er plötzlich.

„Was?"

„Man sagt doch, dass in einer WG dauernd Partys stattfinden, oder? Und wo ich morgen ausziehe ist mir aufgefallen, dass wir eindeutig zu wenige davon hatten."

„Seit ich hier wohne, hatten wir drei. In nicht mal vier Wochen. Und davor warst du depressiv und nicht ansprechbar. Dafür, finde ich, kann sich unser Schnitt durchaus sehen lassen."

„Und wir hatten nicht einmal Streit wegen des Putzens."

„Weil hier keiner putzt."

„Aber ich dachte, in einer WG geht es ständig drunter und drüber. Partys, Streit wegen des Putzens, Abspülens und so weiter."

„Dafür hatten wir beide wegen vielen anderen Dingen Streit. Das ist doch auch was."

„Hm", machte Felix und schwieg dann.

Ich seufzte, denn an schnelles Einschlafen war nicht mehr zu denken. „Was ist eigentlich mit dir los?"

„Ich weiß nicht. Ich hatte mir das alles nur ganz anders vorgestellt."

„Hast du zu viel getrunken?"

„Ich habe heute Abend fast gar nichts getrunken."

„Dann mache ich mir Sorgen." Melancholie bei mir selbst war eine Sache. Aber bei Felix fand ich sie beängstigend.

„Jetzt, wo alles zu Ende ist, habe ich das Gefühl, dass wir die Zeit nicht richtig genutzt haben. Ich meine, ich wollte nie in einer WG wohnen, geschweige denn zu dritt in einer Zweizimmerwohnung. Aber jetzt finde ich, dass wir mehr daraus hätten machen können."

„Du kannst es ja in deiner nächsten WG besser machen."

„Du verstehst überhaupt nicht, was ich meine, oder?"

Nein, das tat ich wirklich nicht. Aber so oder so wünschte ich, er würde einfach damit aufhören und schlafen. Dann wäre Sonntag und alles hätte ein Ende. Felix würde gehen und ich könnte aufhören, mich zu fragen, ob ich das gut oder schlecht fand. Denn es würde ganz einfach so sein.

„Ich habe überhaupt keine Lust darauf, mit irgendwelchen fremden Leuten zusammenzuwohnen. Am liebsten würde ich hierbleiben."

Ich schwieg.

„Bist du noch wach?", fragte Felix.

„Ja, ich weiß nur ehrlich nicht, was ich dazu sagen soll."

„Vergiss es einfach."

„Okay."

Ich lag noch lange wach und lauschte den Geräuschen aus der Ecke, in der Felix' Bett stand. Doch diese tiefen, langen, unheimlich beruhigend wirkenden Atemzüge wollten sich einfach nicht einstellen.

Am nächsten Tag fuhren Daniel und ich mit Felix zum Bahnhof. Auch wenn es sich nur um eine Fahrt von fünfundvierzig Minuten mit dem Regionalexpress handelte und Felix versprochen hatte, uns oft zu besuchen, fühlte es sich wie ein richtiger Abschied an. Am Bahnhof frühstückten wir noch in einem Café und pünktlich um zehn nach eins empfingen wir den einfahrenden Zug am Gleis. Felix umarmte uns beide kurz, dann stieg er ein. Um dreizehn nach eins fuhr der Zug los, Felix winkte uns durchs Fenster zu. Dann war er weg.

Ich sah dem Zug nach, selbst als ich ihn schon lange nicht mehr sehen konnte.

Irgendwann räusperte sich Daniel neben mir. „Wollen wir gehen?"

„Klar."

„Hast du Lust, heute Abend zusammen Sushi zu machen?"

„Sicher."

„Ach nee, ist ja Sonntag. Wir können keine Zutaten kaufen."

„Hm." Wir nahmen die Rolltreppe runter zu den U-Bahn-Gleisen.

„Und wenn wir Sushi essen gehen, All-you-can-eat?"

„Von mir aus."

„Mann Maja, eigentlich solltest du mich unterhalten und nicht umgekehrt. Ich bin vorgestern verlassen worden! Und jetzt muss ich auch noch dich trösten!"

Ich musterte meinen besten Freund. Seit Daniel mich bei meinen Eltern angerufen hatte, hatten wir nicht mehr über Felix gesprochen. Ich hatte keine Ahnung, wie viel er von meinen Gefühlen ahnte. Und zumindest im Moment hatte ich keine Muße, es herauszufinden.

Die U-Bahn kam, wir stiegen ein. Daniel setzte sich ans Fenster und drehte das Gesicht weg.

„Auf was hast du denn Lust?", schrie ich gegen die Fahrgeräusche der Bahn an. „Wir machen heute ganz genau das, was du dir wünschst!"

Daniel musterte mich durch die Spiegelung der Fensterscheibe hindurch. „Lass uns einfach Sushi essen gehen."

„Okay."

„Okay."

Während der nächsten Tage beschäftigte ich mich, wenn ich nicht gerade arbeiten musste, mit meiner Mappe. Ich fuhr noch einmal in den Fachbuchladen und kaufte mir Bücher über das Zeichnen mit Kohle, über Acrylmalerei und Fotografie. Auch dem Laden für Künstlerbedarf stattete ich einen Besuch ab und deckte mich mit allem ein, was für meine neuen Projekte nötig war. Wann immer ich an Felix dachte, seine Anwesenheit in unserem Zimmer vermisste, sagte ich mir, dass es besser so war. Und stürzte mich noch tiefer in die Arbeit. Die Abende verbrachte ich mit Daniel, der zwar offensichtlich litt, der aber seinen Liebeskummer zumindest nicht mehr in Alkohol zu ertränken versuchte. Das Thema Felix schnitt er zu meiner Erleichterung nicht mehr an.

Es wurde Freitag und ich war zufrieden mit mir. Die erste Woche ohne Felix hatte ich gut überstanden. Auch wenn ich manchmal versucht gewesen war, auf seiner Facebook-Seite nachzusehen, wie es ihm ging, ob er Fotos hochgeladen und neue Freunde gefunden hatte, hatte ich mich am Ende immer davon abhalten können. Es brachte ja nichts, sagte ich mir. Auch wenn seine Abwesenheit manchmal so wehtat, dass ich kaum atmen konnte und die Sehnsucht nach ihm meine Hände so stark zittern ließ, dass ich den Pinsel aus der Hand legen musste – es würde besser werden. Das sagte ich mir wie ein Mantra: Es würde besser werden. Vorausgesetzt, ich blieb jetzt stark und riss nicht die alten Wunden wieder auf, indem ich Felix bei Facebook stalkte.

Seit Anfang der Woche beschäftigte ich mich mit Acrylmalerei und hatte bereits fast die Hälfte der Buchlektionen durchgearbeitet. Wider Erwarten fiel mir diese neue Art von Malen nicht so schwer wie ich befürchtet hatte und ich spielte mit dem Gedanken, bald auch das verwandte Malen mit Öl- und Aquarellfarben auszuprobieren. Alles in allem war ich also ganz stolz auf mich, als ich am Freitagmorgen meine Arbeit im Buchladen antrat. Dieses Hochgefühl hielt allerdings nur so lange an, bis Elena an der Kasse zu mir stieß. „Und? Was ist jetzt mit Felix?"

Kurz starrte ich sie verwirrt an, dann wurde mir mit einem Schlag klar, was sie meinte. Seit unserem letzten Gespräch, in dem sie mir geraten hatte, Felix meine Gefühle zu gestehen, hatte ich mich nicht mehr bei ihr gemeldet. Ich brachte sie kurz auf den neuesten Stand bezüglich Felix' Praktikumsplatz und des damit einhergehenden Auszugs.

Zum Glück kommandierte mich Frau Schneider zur Regalbestückung ab, bevor Elena irgendetwas dazu sagen konnte. Auch die Mittagspause verbrachten wir getrennt und in mir keimte die Hoffnung, einem ernsten Gespräch mit meiner Freundin aus dem Weg gehen zu können. Doch wir hatten zeitgleich Feierabend und natürlich fing Elena wieder mit dem Thema an, kaum dass wir aus dem Buchladen getreten waren.

„Ist er gegangen, weil er mit deinen Gefühlen überfordert war?“

„Nein, ich glaube, er will einfach dieses Praktikum machen.“ Ich beschleunigte meine Schritte. Je schneller ich die U-Bahn-Station erreichte, desto schneller würde ich auch Elena und vor allem dieses Gesprächsthema loswerden.

Ohne mit der Wimper zu zucken passte sich meine Freundin dem Tempo an. Sowohl in ihrer Schritt- als auch in ihrer Redegeschwindigkeit. „Wie kann es denn sein, dass er einfach abhaut, nachdem du ihm gestanden hast, in ihn verliebt zu sein? Das ist doch wirklich …“

Ich wartete ab und hoffte, dass sie sich in einem ihrer Monologe verlor.

Doch in diesem Moment hielt Elena inne und musterte mich misstrauisch. „Du hast es ihm doch gesagt, oder?“

„Hmm“, machte ich nur.

„Maja!“ Sie blieb stehen.

Widerwillig drehte ich mich zu ihr um. „Ich musste es gar nicht sagen, weil auch so vollkommen klar war, dass es nicht auf Gegenseitigkeit beruht. Können wir jetzt bitte weitergehen?“

Doch Elena rührte sich nicht vom Fleck. „Und was genau hat Felix gesagt oder getan, dass du dir seiner nicht vorhandenen Gefühle so sicher bist?“

Ich war kurz davor, sie einfach stehen zu lassen. Schließlich konnte mich niemand dazu zwingen, diese Sache, die ich bisher so gut im Griff gehabt hatte, wieder aufzurollen und von allen Seiten zu betrachten, bis es mir so richtig schlecht ging. Warum machte Elena das?

„Maja", sagte meine Freundin in diesem Moment, als hätte sie meine Gedanken gelesen. Ihre Stimme klang so sanft wie selten. „Ich möchte dir doch nur helfen."

Wir standen uns einen Moment lang schweigend gegenüber. „Ich weiß", sagte ich schließlich, meine Stimme jetzt schon peinlich belegt, obwohl wir ja noch gar nicht richtig angefangen hatten, über Felix zu sprechen. Ich zog die Nase hoch und tat einen tiefen Atemzug. „Er hat sich um unsere Freundschaft gesorgt, okay? Als wir über die Nacht gesprochen haben, ging es ihm nur um die blöde Freundschaft und seine Sorge, dass sie dadurch, dass wir Sex hatten, kaputt gegangen sein könnte." Nun musste Elena es doch auch verstehen. Schließlich war es ja nicht meine verdrehte Wahrnehmung, dass Felix nicht mehr als Freundschaft wollte, es war einfach offensichtlich nach seiner Reaktion.

Doch Elena sagte gar nichts. Schweigend setzten wir unseren Weg fort und ich begann stumm darum zu betteln, dass sie endlich die erlösenden Worte sagen würde: *Du hast recht. Du bist für ihn einfach nur eine gute Freundin.* Dann könnte ich wirklich, endlich mit dem Thema abschließen.

Doch Elena meldete sich erst wieder zu Wort, als wir die U-Bahn-Haltestelle erreicht hatten. Und natürlich gab sie mir auch diesmal nicht, was ich hören wollte.

„Ich finde, du solltest es ihm sagen. Du kannst nicht wissen, wie er wirklich fühlt, so lange du es nicht versuchst, Maja."

Zum Glück fuhr in diesem Moment meine U-Bahn ein.

„Denk über meine Worte nach!", rief Elena mir hinterher, als ich in die Bahn stieg.

Tatsächlich bekam ich Elenas Worte den ganzen Abend über nicht mehr aus dem Kopf. Warum, konnte ich mir selbst nicht erklären. Schließlich wusste ich genau, wie Felix reagieren würde, wäre ich tatsächlich so verrückt, ihm meine Gefühle zu gestehen. Das Wort *Freundschaft* würde fallen, eventuell auch *gute Freundin* und *nicht verlieren wollen*. Das Gespräch würde eben genau so ablaufen wie das letzte, als es um die gemeinsame Nacht ging. Als ob es für Felix einen Unterschied machte, ob wir nun Sex hatten oder ich mich in ihn verliebt hatte.

Oder?

Es war dieses winzige *oder*, das mir meinen Seelenfrieden zu rauben drohte. Würde sich die Situation für Felix vielleicht doch anders darstellen, wenn ich ihm die Wahrheit über meine Gefühle sagte? Gab es vielleicht sogar eine Chance, dass er genauso fühlte? Allein bei dem Gedanken daran beschleunigte sich mein Herzschlag und meine Hände wurden feucht. Eben noch war ich mir so sicher gewesen, genau zu wissen, was Felix wollte und was nicht, was er fühlte und was auf keinen Fall, aber plötzlich ... Je länger ich darüber nachgrübelte, desto klarer wurde mir, dass ich nicht die geringste Ahnung hatte, was in Felix vorging. Und jetzt?

Ihn in dieser Ahnungslosigkeit anzurufen oder zu besuchen und mit meinem Geständnis herauszuplatzen … also nein, das ging nun wirklich nicht. Wenn es nur einen Weg gäbe, ihn vorher ein bisschen besser einschätzen zu können.

Ich ertappte mich bei dem Gedanken, wie viel einfacher es wäre, wenn Felix wieder hier wohnen würde. Mit ein bisschen Zeit und Beobachtungsgabe müsste es doch möglich sein, herauszufinden, was er von mir dachte. Ob der Gedanke, dass wir mehr als Freunde sein könnten, tatsächlich so abwegig für ihn war. Aber die Chance hatte ich verpasst. Felix war weg.

Mitten in meine Überlegungen hinein klingelte plötzlich mein Smartphone. Als ich den Namen im Display las, kippte ich fast vom Sofa.

„Hi, Felix", sagte ich betont gut gelaunt.

„Maja", sagte er und ich hörte das Lächeln in seiner Stimme.

Wieso rief er an? Tausend Möglichkeiten schossen mir durch den Kopf. War das Praktikum doch nichts für ihn und er wollte wieder hier einziehen? Hatte er noch mal über alles nachgedacht und war doch zu dem Schluss gekommen, dass er mehr als freundschaftliche Gefühle für mich hegte? Dann fiel mir die wahrscheinlichste aller Optionen ein und meine Hoffnungen zerplatzten wie Seifenblasen. *Lass uns in Kontakt bleiben* – das hatte er schließlich gesagt. Als Freunde.

Tatsächlich erging Felix sich nach einer kurzen Frage nach meinem Befinden in Erzählungen über seinen neuen Arbeitsalltag, ganz so, wie *Freunde* es tun würden.

Ich lauschte seiner Stimme und fragte mich, wie sie wohl klingen würde, wenn sie komplett andere Wörter von sich geben würde. *Ich liebe dich*, zum Beispiel. Ob er das oft zu Valerie gesagt hatte, als sie noch zusammen gewesen waren? „Scheint ja, als hättest du eine schöne Woche gehabt“, sagte ich, nur um überhaupt irgendetwas zum Gespräch beizutragen.

Felix schwieg. Dann: „Hast du mir überhaupt zugehört? Ich habe dir gerade ausführlich erzählt, dass ich bisher kein einziges Wort schreiben durfte.“

„Oh.“

„Aber immerhin haben sie mir in Aussicht gestellt, bald was eigenes zu machen. Für die Online-Ausgabe der Zeitung, ist das nicht unglaublich? Eine eigene Veröffentlichung!“

Seine Aufgekratztheit lenkte mich kurzzeitig von meinen eigenen Gedanken ab. Ich musste lächeln.

„Die Kollegen sind im Großen und Ganzen auch echt nett“, fuhr er fort. „Hier arbeiten viele junge Leute und Praktikanten, mit denen ich hin und wieder was unternehme. Ach, und ich habe ein WG-Zimmer bekommen! So kurzfristig, ist das nicht unfassbar!“

Das war wirklich unfassbar, vor allem, wenn man sich überlegte, dass sich auf meinen Aushang in der Uni bis jetzt immer noch niemand gemeldet hatte. Andererseits war das nun ja ohnehin hinfällig.

„Es ist eine Dreier-WG, aber diesmal auch mit drei Zimmern.“ Er lachte. „Zwei Mädels. Ich dachte erst, vielleicht wollen die keinen Mann mit drin haben, aber als ich dann dort war, haben wir uns alle auf Anhieb gut verstanden und sie meinten, sie würden sich freuen, wenn ich ihr Mitbewohner werden würde.“

Na, das konnte ich mir lebhaft vorstellen. Glückwunsch, da hatte er sich ja in kürzester Zeit gleich zwei Verehrerinnen geangelt.

„Maja?"

„Hm?"

„Geht es dir gut? Du bist irgendwie so still."

Tatsächlich war ich mit der Vorstellung bedient, wie sich seine beiden neuen Mitbewohnerinnen an ihn heranmachten. Ich gab mich nicht der Illusion hin, dass Felix dem lange widerstehen würde. Gut, mit ein bisschen Glück würde daraufhin ein solcher Zickenkrieg ausbrechen, dass Felix so schnell er konnte das Weite suchen würde. Seine Konfliktfreudigkeit konnte man schließlich guten Gewissens als nicht existent bezeichnen. Doch selbst in einer solchen Situation standen die Chancen, dass er hierher zurückkehren würde, nicht besonders gut.

„Klar, alles bestens. Du, ich bin gerade unglaublich beschäftigt, kann ich dich ein andermal zurückrufen?"

„Äh ... klar, aber –"

„Super, dann bis bald!" Und das meinte ich wörtlich. Denn ich hatte eine Entscheidung getroffen.

Kapitel 13

Eigentlich waren es sogar mehrere Entscheidungen. So warf ich am Samstag drei Briefe in den Briefkasten. Einer enthielt meine Exmatrikulation des Jurastudienganges zum nächsten Semester. Ich wusste, dass ich mit einer Bestätigung erst in einigen Wochen zu rechnen hatte. Eine Reaktion auf den zweiten der drei Briefe erhielt ich aber bereits am Montag. Und zwar in Form eines Anrufs von Elena.

„Du hast gekündigt?", schrie sie mir ins Ohr, kaum dass ich mich gemeldet hatte.

Ich grinste nur.

„Die Schneider ist mindestens auf zweihundertachtzig! Sie sagt, wenn es nach ihr ginge, müsstest du gar nicht mehr hier auftauchen. Sie würde dich auch sofort ohne Kündigungsfrist entlassen."

Mein Grinsen verging mir augenblicklich. So war das nun nicht geplant gewesen. Egal, wie die Reaktion auf meinen dritten Brief ausfiel – einen Monat könnte ich mit Sicherheit noch in der Buchhandlung arbeiten und aus rein finanzieller Perspektive wollte ich das auch. „Dann richte ihr aus, wenn sie das tut, zerre ich sie vors Arbeitsgericht."

Erst hörte ich gar nichts, dann drang ein leises Kichern durch die Leitung. „Würdest du das wirklich tun?"

„Das würde ich. Und es würde mir Spaß machen." Nun grinste ich ebenfalls. Ihr noch mal all die Schikanen zurückzahlen – das wäre ein wahrlich traumhafter Abschluss.

„Schade, dass es wohl nicht dazu kommen wird. So dumm ist sie nicht."

„Nein, leider", stimmte ich zu.

„Aber sag mal: Wieso hast du überhaupt gekündigt?"

„Ach, das wollte ich eigentlich schon lange", sagte ich ausweichend. Ich zerbrach mir noch den Kopf nach einer Ausrede, die keine komplette Lüge war, als meine Freundin sagte: „Es hat etwas mit Felix zu tun, oder?"

Manchmal wünschte ich mir, meine beste Freundin würde mich nicht ganz so gut kennen. Ich nuschelte etwas Unverständliches.

„Schon klar", meinte Elena fröhlich. „Aber du sagst mir doch Bescheid, wenn sich etwas tut, oder?"

„Ich habe keine Ahnung, wovon du sprichst." Ich seufzte. „Aber keiner erfährt es vor dir, versprochen."

Die nächsten Wochen vergingen schrecklich langsam. Obwohl ich wusste, dass so früh nicht mit einer Antwort zu rechnen war, kontrollierte ich zwei Mal täglich den Briefkasten. Auch die Arbeit an meiner Mappe konnte mich nicht richtig ablenken. Zwar schaffte ich es stets, mich zu disziplinieren, aber mit den Gedanken war ich meist woanders. Eine Woche verging, dann die zweite. Mittlerweile hatte ich das Buch über die Acrylmalerei durchgearbeitet und wandte mich nun dem Kohlezeichnen zu. Obwohl es gewisse Ähnlichkeiten mit dem Bleistiftzeichnen aufwies, wurde ich mit meinem neuen Zeicheninstrument nicht richtig warm. Ich quälte mich durch die ersten vier Lektionen, dann gab ich auf. Stattdessen versuchte ich mich nun am Fotografieren. Da ich selbst keine Kamera besaß, bearbeitete ich meinen Vater so lange, bis er mir seine lieh. Zwar war das auch keine professionelle Spitzenkamera, aber besser als nichts. So verging eine weitere Woche.

Und dann hatte ich endlich einen Brief im Postkasten.

Zwei weitere Wochen später stieg ich morgens an einem Montag nach einer fünfundvierzig-minütigen Bahnfahrt aus dem Regionalexpress. Die letzten fünf Wochen waren eine einzige Qual aus Warten und Bangen gewesen – aber es hatte sich gelohnt. Beschwingten Schrittes verließ ich das Bahnhofsgebäude und folgte der Wegbeschreibung, die mir ein gewisser Robin Petry gegeben hatte: Nach rechts und dann immer geradeaus. Es dauerte nicht lange, bis ich vor einem riesigen Gebäude mit einer Glasfront stand. Als ich die Eingangstür durchschritt, erwartete mich ein Empfangsbereich, wo mich eine ältere Frau streng über ihre Brille hinweg musterte. „Kann ich helfen?“

„Ich bin … ähm …“

Doch bevor ich weiter herumstottern konnte, kam ein Mann auf uns zugeeilt. „Schon gut, sie gehört zu mir!“ Er streckte mir die Hand hin. „Du bist doch Maja, oder? Robin Petry, wir hatten telefoniert. Sag einfach Robin und duz’ mich, ja? Das machen wir hier alle so.“ Ich schätzte ihn spontan auf Mitte dreißig. Er hatte schulterlanges, dunkelblondes Haar, welches er zu einem Pferdeschwanz zusammengebunden trug. Sein schwarzes, offenstehendes Hemd gab den Blick frei auf das T-Shirt irgendeiner Metal-Band. Von unserem Telefonat wusste ich, dass er sich mit allen möglichen gestalterischen Fragen der Zeitungswebsite beschäftigte. „Ist das deine Mappe? Darf ich mal sehen?" Während er mit forschen Schritten in ein gut gefülltes Großraumbüro voranging, stöberte er durch meine Arbeiten. „Hmm-mh", machte er mehrmals hintereinander.

Ich knetete nervös meine Hände. Robin war zwar kein Kunsthochschul-Professor, aber die erste Person, die nicht zu meinen Freunden zählte, der ich meine Arbeiten zeigte. Außerdem arbeitete er tagtäglich mit Design.

„Mit dem Acrylmalen hast du erst kürzlich angefangen, oder?" Er legte meine Mappe auf einem Schreibtisch ab, vor dem er stehen geblieben war.

„Äh, ja, vor nicht mal zwei Monaten." Ich senkte beschämt den Blick, weil es offensichtlich war, dass Robin weit davon entfernt stand, sich vor Begeisterung wegen meiner Mappe zu überschlagen.

„Hey, lass den Kopf nicht hängen." Er knuffte mich freundschaftlich in den Arm, als würden wir uns schon ewig kennen. „Dafür, dass du das noch nicht so lange machst, ist es schon recht gut. Aber für die Bewerbungsmappe würde ich mir etwas mehr einfallen lassen. Das sind alles Standardmotive. Aber sieh es mal positiv: Jetzt bist du hier und wirst bei uns sicher auch ein paar wertvolle Eindrücke und Ideen für deine Bewerbung sammeln." Er machte Anstalten, meine Mappe zuzuklappen, als er plötzlich innehielt, und meine zuoberst liegenden Werke beiseiteschob. „Oh, aber das hier

gefällt mir!" Er zog einen meiner Karikatur-Kurzcomics
hervor.

Ich konnte nicht verhindern, dass ich strahlte wie ein
Honigkuchenpferd. „Das ist auch, was ich am liebsten
mache. Damit hat mein Interesse an Kunst überhaupt
angefangen." Unauffällig ließ ich den Blick schweifen.
Die meisten Leute in diesem Büro saßen an ihren
Schreibtischen und arbeiteten, einige standen herum
und redeten miteinander. Das Gesicht, nach dem ich
suchte, entdeckte ich allerdings nicht. „Gibt es hier eine
Kantine, oder so? Einen Ort, wo man in seiner Mittagspause hingeht und Kollegen trifft?"

„Maja, Maja, gerade erst angekommen und schon
denkst du an Pause?" Robin schmunzelte, während ich
spürte, wie ich rot wurde. Als er das sah, lachte er herz-
haft. „Keine Sorge, ich zeige dir schon noch alles, auch
die Mensa. Wobei ich gerade überlege … könntest du dir
vorstellen, gleich in deiner ersten Woche ein eigenes
Projekt zu machen?"

Ich öffnete überrascht den Mund, doch brachte keinen Ton heraus.

„Ich weiß, ich weiß, du solltest mir und den anderen
in deiner ersten Woche eigentlich erst mal über die
Schulter schauen. Aber dein Zeichenstil passt so her-
vorragend zu einem satirischen Artikel, der gerade ent-
steht. Ich hatte ohnehin überlegt, ihn mit irgendeiner
Art von Grafik zu unterlegen, aber das hier …" Er wedelte so heftig mit meiner Zeichnung, dass ich schon
fürchtete, sie nicht im Ganzen wiederzubekommen.
Hätte ich mir nur die Mühe gemacht, meine Arbeiten
schon auf Karton zu ziehen, wie ich es ohnehin für die
Hochschulbewerbung tun musste.

„Das wäre einfach perfekt!", schloss Robin. „Also, was sagst du?" Endlich legte er meine Zeichnung zurück und ich konnte mich darauf konzentrieren, was er mir gerade vorgeschlagen hatte. Ich sollte für die Zeitung zeichnen! Eine Arbeit von mir, die veröffentlicht werden würde! „Ich weiß gar nicht, was ich sagen soll ...“

Aber das breite Grinsen auf meinem Gesicht sagte wohl mehr als tausend Worte, denn Robin lachte nur und klopfte mir zum wiederholten Male an diesem Morgen auf die Schulter. „Na, dann komm mal mit. Ich zeige dir, wo du arbeiten kannst.“

Mit klopfendem Herzen folgte ich ihm, als er durch das Großraumbüro schritt. Schon fühlte ich mich nicht mehr wie die neue dumme Praktikantin, sondern fast wie eine echte Mitarbeiterin. Ihm gefielen meine Arbeiten. Er hielt sie für gut genug, um sie zu veröffentlichen. Ein größeres Kompliment konnte ich mir nicht vorstellen. Die Zweifel, die in letzter Zeit immer öfter an mir genagt hatten, die bange Frage, ob ich wirklich das Zeug zur Kunststudentin hatte, lösten sich zwar nicht in Luft auf, schrumpften aber auf eine annehmbare Größe.

„So, hier wären wir. Hereinspaziert.“
Ich sah auf und mir stockte der Atem. Wir waren vor einem durch gläserne Wände abgetrennten Raum stehengeblieben. Im Inneren dieses Raumes saß Felix.

„Das ist eigentlich unser Besprechungsraum, aber im Moment haben wir leider keine freien Schreibtische mehr, sorry. Setz dich doch schon mal rein, mach dich mit dem anderen Praktikanten bekannt und ich besorg dir einen Laptop und Zeichenmaterial, ja?“

Ich nickte, obwohl ich Robin kaum zugehört hatte. Mein Blick war auf Felix gerichtet, der als einzige Person an dem großen, runden Tisch saß, mit leicht gerunzelter Stirn auf den Notebook-Bildschirm vor ihm starrte und sich abwesend mit der Hand durchs Haar fuhr. Wie in Trance drückte ich die Türklinke herunter und sah, wie Felix aufblickte. Seine Augen weiteten sich, sein Mund öffnete sich leicht.

Ich zwang mich zu einem Lächeln, obwohl mein Herz so stark pochte, dass es fast wehtat. „Hi, Felix."

„Maja …" Er stand auf. Und dann, endlich, wandelte sich sein überraschter Gesichtsausdruck in ein breites Lächeln, mit dem mir ein ganzer Felsbrocken vom Herzen fiel.

Wie oft während der letzten Wochen hatte ich an meiner spontanen Entscheidung, mich bei Felix' Zeitung um einen Praktikumsplatz zu bewerben, in Zweifel gezogen. Wie oft war ich kurz davor gewesen, meine Bewerbung wieder zurückzuziehen, aus Angst, wie Felix darauf reagieren würde.

Ich grinste ebenfalls. Es war richtig gewesen, meinem Gefühl zu folgen. Es hatte mich in die richtige Richtung gelenkt. Wie das Ganze allerdings ausgehen würde, stand wieder auf einem ganz anderen Blatt. Doch vorerst wollte ich nicht daran denken, wieso ich diese neuerliche Nähe zu Felix gesucht hatte. Ich genoss einfach den Moment, als er auf mich zutrat, mit geöffneten Armen, und ließ mich von seiner Wärme, von dieser atemberaubenden Nähe umschließen.

Leider währte dieser Moment nur viel zu kurz. Anscheinend war Felix der Meinung, eine freundschaftliche Umarmung dürfte die zwei-Sekunden-Grenze nicht überschreiten, um noch als solche durchzugehen, und schob mich von sich.

„Da hast du dir aber echt was geleistet!" Er lachte, während ich noch versuchte, den Verlust seiner körperlichen Nähe zu verkraften. „Wieso hast du denn nichts gesagt? Und Daniel? Wusste der Bescheid?"

„Klar, wir wohnen schließlich zusammen." Was ich damit sagen wollte war, dass Daniel eines Tages wie aus dem Nichts plötzlich hinter mir gestanden hatte, als ich mich zum x-ten Mal durch die Website der Zeitung geklickt hatte. Die Vermutung, ich täte dies, um auf absurd indirekte Weise Felix hinterher zu spionieren, hatte ich natürlich nicht so stehen lassen können.

„Und er hat mir nichts gesagt!"

„Das habe ich ihm auch eingeschärft. Und du weißt ja selbst, dass man es sich lieber zweimal überlegen sollte, bevor man es sich mit seiner Mitbewohnerin verscherzt. Apropos", fuhr ich fort, bevor Felix die Gelegenheit hatte, mich von meiner nächsten Frage abzulenken. „Wie steht es denn in deiner WG?" Während der letzten Wochen hatte er zwar sporadisch angerufen, aber nie mehr als ein paar Worte über seine neue Wohnsituation verloren. Also hatte ich mich in Geduld geübt und mir gesagt, dass es ohnehin nichts brachte, mich verrückt zu machen, während ich noch keinen Handlungsspielraum hatte. Das sah jetzt allerdings etwas anders aus.

„Och …"

„Na, ihr beiden habt euch schon bekannt gemacht, wie ich sehe!" Robin unterbrach Felix' Herumgedruckse, was letzteren dankbar lächeln ließ. „So, Maja, hier ist deine Ausstattung, wenn du sonst noch was brauchst, meld' dich einfach, du weißt ja, wo ich sitze." Er legte ein Notebook, einen großen Zeichenblock und Stifte auf den Tisch. „Hat Felix dir schon erklärt, worum es in dem Artikel geht, an dem er schreibt?"

Ich schüttelte den Kopf.

Robin seufzte, doch grinste gleichzeitig. „Nun gut, da ich nicht eure Mama bin, ich will euch mal eure Freiheiten lassen. Felix, wir hatten ja Mittwoch als Abgabetermin ausgemacht, aber falls ihr das nicht schaffen solltet, sag einfach Bescheid, ja?" Ohne eine Antwort abzuwarten, zog Robin sich aus dem Besprechungsraum zurück und schloss die Glastür hinter sich.

Felix und ich schauten ihm einen Moment lang nach.

„Also, deine WG –"

„Wegen des Artikels –"

Wir brachen beide ab. Einen Moment lang sagte keiner etwas, dann gab ich zähneknirschend nach: „Erst die Arbeit..." Schließlich hätte ich auch in der Mittagspause noch Zeit für das zweifelhafte Vergnügen, zu erfahren, ob er gegenüber einer oder beider seiner Mitbewohnerinnen bereits schwach geworden war. Und natürlich für das andere. Das, weswegen ich überhaupt hier war.

„Unglaublich! Wieso hast du mir das nie gezeigt?" Fassungslos starrte Felix auf meine Karikatur-Zeichnungen, die ich aus der Mappe genommen und vor ihm auf dem Tisch ausgebreitet hatte. Ich versuchte, nicht zu breit zu grinsen, doch war mir fast sicher, dass es mir nicht gelang. Felix gefielen meine Arbeiten. Komischerweise machte mich das noch viel stolzer als Robins Lob vorhin. „Du hast mich ja auch nie was Geschriebenes von dir lesen lassen", hielt ich dagegen.

„Ich hatte ja auch nichts, was ich dir hätte zeigen können", kam es postwendend. „Aber das hier ..." Andächtig strich er mit seinen Fingern über eine meiner Zeichnungen, als wolle er sie streicheln. „Woher kannst du das?"

Ich zuckte mit den Achseln und zwang mich endlich, mein dämliches Grinsen einzustellen. Auch wenn ich mir sicher war, wieder damit anfangen zu müssen, sobald Felix seinen Blick von mir abwandte. „Ich hab schon in der Grundschule angefangen, auf die Art zu zeichnen und wurde mit den Jahren wohl immer besser darin. Andere Mädchen haben halt Tagebuch geschrieben, ich habe mir alles von der Seele gezeichnet."

Er sah mich an. In seinem Blick lag so viel Anerkennung, dass ich den Moment einfangen und konservieren wollte, um mich in Zukunft, wann immer mich mein Selbstvertrauen verließ, wieder daran laben zu können. „Aber jetzt erzähl mir doch erst mal, an was für einem Artikel du gerade schreibst."

„Oh, das wird dir gefallen!" Felix grinste und rutschte vor seinem Notebook-Bildschirm zur Seite, damit ich mit meinem Stuhl näher zu ihm rücken konnte und ebenfalls gute Sicht hatte. Wir saßen nun so eng beieinander, dass meine Schulter seinen Arm streifte.

Er vergrößerte die Word-Datei auf dem Bildschirm. „Hier, das ist der Anfang."

Ich begann den Text zu lesen, der es noch kaum auf eine ganze Seite brachte. Doch schon beim zweiten Satz schmunzelte ich und bereits beim vierten musste ich mir ein Lachen verkneifen. Meine Augen flogen nur so über den Text. Es machte Spaß, Felix' Artikelanfang zu lesen und ich war richtiggehend enttäuscht, als ich beim vorläufigen Ende angelangt war. „Du schreibst über Ärzte“, grinste ich.

Felix grinste zurück. „Ich könnte mir kein besseres Thema für eine Satire vorstellen.“

„Zumindest nicht für eine, die von dir geschrieben wird.“

„Ich sehe, wir verstehen uns. Meinst du, du kannst damit was anfangen?“

Felix' Artikel war eine Parodie auf das Bild von den unfehlbaren Göttern in Weiß. Eine Erwartungshaltung, die nicht nur viele Patienten mitbrachten, sondern auch einige Ärzte für sich übernommen hatten.

„Ich glaube, ich habe sogar schon eine Idee.“

Den Rest des Vormittags arbeiteten wir in einträglichem Schweigen vor uns hin. Je länger ich Felix' geschriebene Worte auf mich wirken ließ, desto mehr Ideen kamen mir. Also machte ich mir Notizen und hielt jeden Einfall fest, während Felix abwechselnd rhythmisch auf sein Notebook eintippte und nachdenklich aus dem Fenster sah.

Um die Mittagszeit holte mich Robin ab, um mir die Kantine zu zeigen. Wir aßen zusammen mit Felix und einigen anderen Mitarbeitern, von denen Felix die meisten schon näher kannte, so dass er mit ihnen redete und scherzte wie mit alten Freunden. Nicht nur, dass ich mir wie das fünfte Rad am Wagen vorkam, es bot sich auch keine Gelegenheit, Felix noch mal auf seine WG anzusprechen, geschweige denn, über dieses andere Thema zu reden, das mir auf der Seele brannte.

Nach dem Mittagessen versanken wir wieder in unserem arbeitsamen Schweigen. Ich ließ mir jeden einzelnen meiner Einfälle mehrmals durch den Kopf gehen, dachte ihn weiter und verglich alle Ideen miteinander, bis ich mich gegen Feierabend schließlich für einen entschied.

„Und?" Felix, der meinen stummen Auswahlprozess immer mal wieder durch einen neugierigen Blick verfolgt hatte, sah mich gespannt an.

„Wie wär's, wenn wir noch einen Kaffee trinken gehen?", schlug ich vor. „Dann erzähle ich dir, wie ich mir die Zeichnung zu deinem Artikel vorstelle, und du ..."... *erzählst mir endlich, was da mit deinen Mitbewohnerinnen läuft.*

So oder so ähnlich hätte der Satz enden sollen, doch in diesem Moment ging die Tür zu unserem Glasraum auf und eine junge Frau mit langen, dunklen Locken und einem Gesicht wie ein indischer Filmstar steckte ihren Kopf herein. Sie war auch schon beim Mittagessen in der Kantine dabei gewesen und hatte Felix dabei fast die ganze Zeit in Beschlag genommen. Ihr Name war mir entfallen, oder vielmehr hatte ich gar nicht erst zugehört, als er mir genannt worden war.

„Kommst du noch mit auf ein Feierabendbierchen? Ein paar der anderen sind auch dabei." Die Frage war ausschließlich an Felix gerichtet, so viel war klar.

„Klar! Maja, kommst du auch mit?"

Erst jetzt schien mich die Frau ebenfalls wahrzunehmen und schenkte mir ein Lächeln, das wohl höflich wirken sollte, aber ziemlich säuerlich ausfiel.

„Oh, vielleicht ein andermal." Auf nichts hatte ich weniger Lust, als mir zum zweiten Mal heute anzusehen, wie beliebt Felix in seinem neuen weiblichen Umfeld war. „Bin noch mit Elena verabredet."

„Na, dann aber morgen! Du musst die Leute hier unbedingt alle kennenlernen!"

Ich murmelte etwas Unverständliches, während ich mich daran machte, meine Sachen zusammen zu packen, und blickte nur kurz auf, als Felix sich verabschiedete.

Mittwochabend sollten wir unser gemeinsames Projekt fertig haben. Danach würden wir wahrscheinlich nicht mehr zusammen arbeiten, nicht am selben Projekt und nicht in demselben Raum. Wir würden uns höchstens noch zum Essen sehen, aber wie das ablief, hatte ich ja heute zur Genüge erfahren. Es blieben mir also noch zwei Tage um herauszufinden, ob Felix bereits wieder eine Freundin oder irgendetwas anderes in der Richtung hatte. Und ihm endlich meine Gefühle zu gestehen.

Die Pendelei zehrte bereits am Montagabend an meinen Nerven. Immer die fünfundvierzig Minuten Regionalbahn und dann natürlich noch am Hauptbahnhof umsteigen in die U-Bahn. Ich war mindestens achtzig Minuten pro Strecke unterwegs und ich fragte mich, wie ich das wochenlang durchhalten sollte. Außerdem war die Bahnfahrt nicht gerade billig und fraß einen Großteil meines Praktikantengehalts auf, so dass ich mehr von meinem Gesparten benutzen musste als ursprünglich geplant. Aber die WG mit Daniel aufgeben wollte ich für dieses Praktikum auf keinen Fall. Also biss ich Dienstagmorgen die Zähne zusammen, als ich mich frühmorgens wieder auf den Weg zum Bahnhof machte.

Ich sagte Felix absichtlich nicht, für welches Motiv ich mich schlussendlich entschieden hatte. Gegen

Abend hielt ich ihm jedoch die erste Rohfassung meiner Zeichnung unter die Nase. Sie zeigte einen Arzt, natürlich mit weißem Kittel und Stethoskop, der einer alten, bettlägerigen Patientin mit ernster Miene mitteilte, dass sie bald sterben müsse. Und die Patientin erwiderte mit einem gutmütigen Lächeln: *Aber Herr Doktor, da können Sie doch sicher noch was machen, oder?*

Felix war begeistert. Er selbst war mittlerweile fast mit seinem Artikel fertig, nur das Ende wollte er am Mittwochvormittag noch schreiben und dann den Nachmittag nutzen, um den Artikel zu überarbeiten.

Diesmal sah ich dem Feierabend relativ gelassen entgegen und brachte nur ein müdes Lächeln zustande, als Felix abermals zu einem Feierabendbierchen abgeholt wurde, welches ich abermals ablehnte. Denn ich hatte einen Plan gefasst. So unangenehm das Warten auch war – noch unangenehmer wäre es, nach einer Aussprache mit Felix noch einen weiteren Tag zusammen arbeiten zu müssen. Erst recht, wenn besagte Aussprache nicht so verlief, wie ich es mir in meinen Tagträumen auf den Pendlerfahrten gerne ausmalte. Es würde also der Mittwoch werden.

Und tatsächlich lief alles nach Plan. Etwa eine Stunde vor Feierabend seufzte Felix laut auf und streckte sich. „Endlich!"

Ich lächelte nur verkrampft. Darauf hatte ich gewartet. Ich war mit meiner Zeichnung schon seit Stunden fertig und hatte nur hier und dort noch ein bisschen lustlos herumschraffiert, während ich versuchte, mich mental auf die bevorstehende Unterhaltung vorzubereiten. Ich legte den Bleistift aus der Hand. „Hast du eine Freundin?"

Felix befreites Lächeln gefror auf seinem Gesicht.

Ja, das war direkt gewesen, schon klar. Aber ich konnte mir nicht helfen. Ich musste es endlich hinter mich bringen. Die Feinfühligkeit war mir beim tagelangen Warten einfach abhanden gekommen. „Vielleicht eine deiner Mitbewohnerinnen? Oder von hier, bei der Zeitung? Vielleicht die mit den Locken?"

Felix lachte unsicher. Seine Augen fixierten mich wie einen Terrier, von dem er nicht wusste, ob er ihn süß finden oder Angst vor ihm haben sollte. „Ich ... nein, habe ich nicht. Wieso fragst du?"

„Man wird doch einen Freund noch nach seinem Beziehungsstatus fragen dürfen, oder? Von Daniel weiß ich ja schließlich auch, ob er gerade vergeben oder Single ist." Nur nicht aus dem Konzept bringen lassen. „Und sonst? Verliebt? Affäre? Irgendetwas in der Art?"

Jetzt wich Felix mit erhobenen Handflächen zurück, so weit es die Sitzfläche seines Stuhls zuließ. „Also, Maja, das ist doch kein Gespräch unter Freunden. Das ist ein Verhör."

Ich presste die Lippen aufeinander.

„Was ist denn los? Bist du ... bist du sauer, weil ich die letzten beiden Abende mit den Leuten hier losgezogen bin? Aber du hättest doch mitkommen können."

Ich schüttelte ungeduldig den Kopf. Eigentlich hatte ich gedacht, ihn besser einschätzen zu können, wenn ich nur die Gelegenheit erhielt, wieder mehr Zeit mit ihm zu verbringen. Dass ich auf wundersame Weise wissen würde, ob auch nur die geringste Hoffnung bestand, dass er mir ähnliche Gefühle entgegen brachte wie ich ihm. Was war ich doch naiv gewesen. Ich war keinen Zentimeter weiter gekommen, hatte genau wie vor fünf Wochen nur immer noch Elenas Worte im Ohr: *Du kannst nicht wissen, wie er wirklich fühlt, so lange du es nicht versucht hast.*

„Kannst du nicht einfach meine Frage beantworten? Das wäre sehr hilfreich."

Doch Felix schüttelte den Kopf. „Wieso willst du das denn wissen?" Die sanfte Unsicherheit in seiner Stimme war Gereiztheit gewichen.

Das war nun überhaupt keine gute Voraussetzung, deshalb ruderte ich zurück und ließ meine Stimme betont locker klingen, als ich sagte: „Nur so. Ich dachte halt, wir sprechen endlich mal darüber, wie es dir hier bisher so ergangen ist." Ich rang mich zu einem Lächeln durch, von dem ich sehr hoffte, dass es ehrlich und beiläufig wirkte.

Felix musterte mich lange. Ernst, besorgt. „Du wolltest schon seit Montag mit mir reden", stellte er plötzlich fest.

Ich schluckte. Und nickte.

„Na, dann. Raus damit."

Ich sah ihm in die Augen. Den Ausdruck darin konnte ich nicht lesen. „Felix …", begann ich und brach ab.

Er blinzelte nicht einmal. Wartete einfach ab, ohne die geringste Regung.

Ich tauchte ein in die blaugrüne Iris seiner Augen und spulte die Worte herunter, die ich mir zurechtgelegt hatte. „Du bist für mich nicht nur ein Freund. Schon lange nicht mehr. Vielleicht von Anfang an, ich weiß es nicht. Ist ja auch egal." Ich musste meine ganze Willenskraft aufbringen, ihm weiter ins Gesicht zu sehen und den Blick nicht abzuwenden.

Er reagierte nicht. Schaute mich nur weiterhin an, mit diesem leeren Blick, so dass ich erst fürchtete, er hätte mich gar nicht gehört. Dann wurde es mir plötzlich klar: Er hatte bereits gewusst, was ich sagen würde.

„Und jetzt?", fragte er tonlos.

„Das kommt ja wohl auf dich an!", rief ich aus. Schon spürte ich, wie mir Tränen der Verzweiflung in die Augen traten. Diese Reaktion hatte ich nicht erwartet. Mitleid, ja, darauf war ich vorbereitet gewesen. Dass er sagte: *Oh, du hast dich in mich verliebt? Das tut mir so leid, ich mag dich, aber nicht mehr.*

Wie sollte ich mit dieser Indifferenz umgehen?

Mir fiel nur eine Möglichkeit ein: Flucht. Ich stand auf.

„Maja."

Ich drehte mich nicht zu ihm um, da ich immer noch damit beschäftigt war, nicht loszuheulen.

„Du kannst doch jetzt nicht einfach gehen."

Ich zog lautlos die Nase hoch und verwendete meine ganze Energie darauf, meine Stimme normal klingen zu lassen, als ich erwiderte: „Hast du noch etwas zu sagen?"

„Ja, habe ich!" Ich hörte, wie er aufsprang, doch reagierte nicht schnell genug. Er packte mich an den Schultern und drehte mich zu sich herum. Kurz musterte er mich überrascht, wahrscheinlich aufgrund der Tränen in meinen Augen, und ließ von mir ab.

„Und was?" Ich blickte ihn offen an. Nun gab es ohnehin nichts mehr zu verbergen.

Es fiel ihm sichtlich schwer, das Folgende zu sagen, doch am Ende tat er es. „Was ist mit unserer Freundschaft?"

Ich starrte ihn fassungslos an, dann drehte ich mich kommentarlos zur Tür um.

„Ich *kann* nichts mit dir anfangen. Nicht, dass ich nie daran gedacht hätte."

Die Hand schon auf der Türklinke gefror ich in meinen Bewegungen.

„Ich bin mir ehrlich nicht sicher, ob ich dasselbe für dich fühle, Maja. Vielleicht tue ich das, vielleicht nicht. Eigentlich möchte ich gar nicht darüber nachdenken. Weil es egal ist, verstehst du?"

Langsam drehte ich mich wieder zu ihm um. „Nein, das verstehe ich nicht."

„Ich will keine Beziehung mit dir. Wir sind Freunde. Und ich will, dass das so bleibt. Eine Beziehung zu versuchen, zerstört eine Freundschaft immer. Ich weiß das, denn mit Valerie war es genauso."

Ich verstand Felix' Worte, wusste, was er mir sagen wollte. Ich realisierte auch den flehenden Ausdruck in seinen Augen. Doch all das wurde überschattet von der Erkenntnis: Felix will mich nicht.

„Du bist mir einfach zu wichtig, verstehst du?", redete Felix weiter, doch ich hörte nicht mehr zu.

Egal, was er noch sagte, es hatte keine Bedeutung. Ich wusste, was ich hatte wissen wollen.

„Ich möchte dich nicht mehr sehen."

Kurz fragte ich mich, wo diese fremde Stimme herkam, bis mir klar wurde, dass ich selbst diese Worte gesagt hatte.

Felix starrte mich an, sein Gesicht kreideweiß.

Ich drehte mich um und ging.

Kapitel 14

Am Donnerstag war ich kurz davor, mich einfach krank zu melden. Doch ich riss mich zusammen und ging zu meinem Praktikum, wo mich ein begeisterter Robin erwartete. Felix und ich hätten seine Erwartungen bezüglich des Artikels und der Zeichnung sogar noch übertroffen. Ich hörte gar nicht richtig zu, sondern hielt Ausschau nach Felix, den ich jedoch nirgends entdecken konnte. Wahrscheinlich arbeitete er bereits mit jemand anderem in einem der anderen Büros zusammen.

Als Belohnung für meine Arbeit meinte Robin, ich solle den Rest der Woche einfach den anderen über die Schulter schauen und auch nicht zögern, besonders diejenigen, die selbst ein Kunststudium absolviert hatten, nach Tipps zu meiner Mappe zu fragen. Also wanderte ich von einem Schreibtisch zum nächsten, immer wieder wachsam zur Tür blickend.

In der Mittagspause lehnte ich Robins Angebot, mit den anderen in der Kantine zu essen, ab. Stattdessen kaufte ich mir beim Bäcker ein Brötchen. Als ich ins Büro zurückkehrte, wartete bereits Felix auf mich. Und dass er auf mich gewartet hatte, war offensichtlich.

„Seit wann gehst du nicht mehr mit den anderen essen?", fragte ich kühl.

„Seit ich mir denken kann, dass du nicht mit essen kommst, um mir aus dem Weg zu gehen. Ich muss mit dir reden, Maja. Das gestern –"

„Robin!", rief ich erleichtert, als besagter mit einigen der anderen Kollegen zur Tür hereinkam, und ließ Felix einfach stehen.

Am Abend blieb ich extra länger, um nicht zur selben Zeit wie Felix Feierabend zu haben und ihm vor dem Gebäude in die Arme zu laufen. Doch ich hatte ihn unterschätzt. Als ich auf die Straße trat, stand er da, mit ernster Miene, und kam auf mich zu.

„Maja ..."

„Lass mich einfach in Ruhe, okay?" Zum zweiten Mal an diesem Tag ließ ich ihn stehen. Auf dem Weg zum Bahnhof blickte ich mich ein paar Mal um, doch er folgte mir nicht. Aufatmen konnte ich jedoch erst, als ich in der Bahn saß. Hoffentlich hatte ich mich klar genug ausgedrückt. Das letzte, was ich jetzt brauchte, war Felix, der um unsere Freundschaft kämpfte. Wo ich doch gerade mit aller Kraft versuchte, ihn einfach zu vergessen.

Anscheinend hatte Felix verstanden. Am Freitag bekam ich ihn nicht zu Gesicht und ich war froh darum. Zwar vermisste ein Teil von mir ihn gleichzeitig, doch damit konnte ich leben. Als ich Freitagabend in der WG ankam, ließ ich mich seufzend auf einen der Küchenstühle fallen. Was für eine Woche. Sie hatte so gut angefangen und dann ... Aber ich durfte mich nicht unterkriegen lassen. Das Praktikum hatte ich schließlich nicht nur wegen Felix angefangen, sondern auch als

Investition in meine Zukunft. Und das würde ich mir nicht nehmen lassen. Zumal Felix sich ja nun doch damit abgefunden zu haben schien, dass ich nicht an einer Freundschaft mit ihm interessiert war.

Ich versuchte nicht daran zu denken, was das bedeutete. Wenn Felix und ich keine Freunde waren und auch nicht mehr, dann waren wir gar nichts. Wir würden uns nicht mehr sehen, nicht miteinander sprechen. Ich wäre nicht dabei, wenn er seinem Traum folgte und er konnte mir auch nicht bei der Erreichung meines Traums zur Seite stehen.

Ich wischte mir mit dem Ärmel über die Augen, als Daniel in die Küche kam. „Heute Abend Club?"

Ich zog die Nase hoch, was mein Mitbewohner jedoch nicht mal zur Kenntnis zu nehmen schien.

„Ich muss echt hier raus, die ganze Sache mit Miri ... Benni und ein paar andere sind auch dabei. Also?"

Ich räusperte mich und hoffte, dass mein Make-up nicht allzu verschmiert war, als ich die Hand endlich vom Gesicht nahm. „Wie ist es denn im Moment zwischen dir und Miri?", fragte ich, um Zeit zu gewinnen.

„Ach, sie schreibt mir regelmäßig über Facebook und skypen tun wir auch ab und an. Ihr gefällt es gut in Kanada." Sein Blick verriet, dass er weit davon entfernt war, sich für sie zu freuen.

„Vielleicht solltet ihr den Kontakt einschränken."

„Vielleicht. Was ist nun mit heute Abend?"

„Ich hab keine Lust. Um ehrlich zu sein, ich glaub, ich geh einfach um neun schlafen."

Jetzt musterte mich Daniel plötzlich misstrauisch. „Was ist denn mit deinen Augen?"

„Ich hatte was im Auge, dadurch ist wohl das Make-up etwas verschmiert."

„Aha."

Wenn er jetzt noch danach fragte, wie es denn auf der Arbeit mit mir und Felix lief, wäre es komplett vorbei. Also fragte ich als Ablenkung: „In was für einen Club geht ihr denn?"

Daniel zuckte die Achseln. „Noch nicht entschieden. Aber wenn du mitkommst, sucht Benni bestimmt was raus, was du gut findest."

„Klar, er ist ja auch echt nett."

„Und er mag dich."

„Ich mag ihn auch. Wie gesagt, er ist nett."

„Du weißt genau, wie ich das meine."

Wusste ich das? Eventuell schon, musste ich zugeben. Ja, mir war bereits auf der letzten Party aufgefallen, dass Benni auffällig oft meine Nähe gesucht hatte.

„Um ehrlich zu sein siehst du aus, als könntest du ebenfalls etwas Ablenkung vertragen."

Meinte er das nun in Bezug aufs Tanzen gehen oder auf Benni? Und war Ablenkung wirklich das, was ich brauchte? Oder doch lieber nichts tun, viel schlafen und eventuell ein bisschen weinen? Andererseits konnte ich das auch noch Samstag und Sonntag haben.

„Schön, ich bin dabei."

Wir gingen in einen Club, der gemischte Musik spielte, auch viel aus den 90er Jahren. Daniels und Bennis Freunde waren alle nett, aber aufgrund der Lautstärke sprachen wir sowieso nicht viel. Anfangs fühlte ich mich etwas fehl am Platze und wünschte mir, ich wäre doch zu Hause geblieben. Dann trank ich mein erstes Bier und nach dem zweiten fing ich an zu tanzen.

Erst mit allen zusammen, dann mit Daniel und schließlich mit Benni. Zwischendurch tranken wir noch ein Bier und ich hatte keine Ahnung, wie viel Uhr es war oder wo Daniel und die anderen steckten. Wir gingen wieder auf die Tanzfläche, tanzen jetzt enger miteinander. Irgendwann ließ ich meinen Kopf gegen Bennis Schulter sinken. Seine Hände lagen leicht auf meinen Hüften, während wir uns weiter mehr oder weniger im Takt bewegten. Es fühlte sich gut an, Benni nah zu sein. Nicht zu intensiv, nicht so, dass es wehtat, es war einfach schön. Und ich wünschte, dieser Abend voller Aufmerksamkeit, voller anerkennender Blicke und Komplimente würde nie zu Ende gehen. Ich zwang mich, nicht nachzudenken. Ich wollte mich für eine Weile einfach gut fühlen.

Die Stunden vergingen und je mehr Aufmerksamkeit ich meinerseits Benni widmete, desto mehr positive Dinge fielen mir an ihm auf: Die kleinen Grübchen, wenn er lächelte, die ihn noch sympathischer aussehen ließen; das rötliche Glitzern seiner eigentlich braunen Haare, das ihnen etwas Einzigartiges verlieh.

Als Daniel uns schließlich von der Tanzfläche scheuchte, war es fast fünf Uhr morgens. Was mich noch mehr überraschte als die Uhrzeit war die Tatsache, dass ich noch nicht gehen wollte.

Vor dem Club verabschiedeten Daniel und ich uns von den anderen. Nachdem ich sie alle der Reihe nach freundschaftlich umarmt hatte, war schließlich Benni an der Reihe. Er hielt mich lange fest, so als wollte er mich nicht gehen lassen und drückte mir schließlich einen Kuss auf die Wange.

Ich nickte bereits in der Bahn ein und als wir die Wohnung erreichten war ich so müde, dass ich nur noch ins Bett wollte. Doch Daniel, der anscheinend zu viele Wodka-Cola getrunken hatte und geradezu ungesund wach wirkte, hielt mich zurück. „Willst du die Fotos sehen, die ich heute Abend gemacht habe? Sind echt super Bilder dabei!"

„Morgen vielleicht", stöhnte ich.

„Auch von dir und Benni." Er hob vielsagend die Augenbrauen. „Apropos: War das heute nur Geflirte oder muss ich mich an den Gedanken gewöhnen, dass da mehr draus wird?"

Ich starrte ihn an und verstand erst nicht, was er meinte. Mehr? Aus Benni und mir? Der Gedanke schien mir so absurd, dass ich ihn kaum begreifen konnte. In diesem Moment piepte mein Smartphone. Ich zog es mit meiner freien Hand aus der Hosentasche. Eine SMS von einer unbekannten Nummer.

Daniel lugte über meine Schulter aufs Display. „Das ist Bennis Nummer!"

Neugierig drückte ich auf *Öffnen*.

Hi Maja. Ich bin's, Benni. Hättest du Lust, mal mit mir was essen zu gehen. Nur wir beide, meine ich. Falls du jetzt aus allen Wolken fällst und komplett uninteressiert bist, ist keine Antwort nötig. Dann lösch diese SMS einfach und tu bitte so, als hättest du sie nie bekommen.

Ich starrte die Nachricht an, während Daniel hinter mir zu kichern anfing. Das schlechte Gewissen machte mich mit einem Schlag wach. Hatte ich tatsächlich nur, weil es mir zufällig schlecht ging, einem netten jungen Mann Hoffnungen gemacht, ehrlich an ihm interessiert zu sein?

„Och Maja, jetzt guck' doch nicht so. Er will nur mit dir essen gehen, das ist doch noch kein Heiratsantrag."

„Aber ... ich wollte doch nur mit ihm tanzen ...", murmelte ich.

„Ich erzähl dir jetzt mal was über Benni", begann Daniel in väterlichem Ton und klopfte mir schmerzhaft fest auf die Schulter. „Er ist der Meinung, dass man Chancen nicht einfach ungenutzt lassen sollte, deshalb macht er immer direkt den ersten und zweiten Schritt, wenn ihn jemand interessiert. Das heißt aber noch lange nicht, dass er in dich verliebt ist."

„Meinst du?" Ich wollte glauben, was Daniel da sagte. Und, um ehrlich zu sein, wollte ich Benni auch antworten. Ich wollte mich mit ihm treffen und genau wie heute beim Tanzen einfach alles andere vergessen. Mich gut fühlen, ohne darüber nachdenken zu müssen, ob Benni mehr von mir erwartete. Ob das möglich war?

Als ich Daniel genau das fragte, nickte er nachdrücklich: „Klar, warum soll das nicht gehen? Ich verrat dir mal was: Männer können so was sogar viel besser als Frauen. Ihr seid es doch, die immer gleich eine Beziehung wollen."

Das ließ ich unkommentiert. Auf nichts hatte ich weniger Lust, als in Daniels hyperaktiv-betrunkenem Zustand seine mittelalterlichen Ansichten mit ihm zu diskutieren.

Ich antwortete Benni am nächsten Morgen.

Klar, warum nicht! War ja echt lustig gestern Abend.

Wenn ich Daniels Worten Glauben schenkte, dann war Benni ja durchaus für etwas Lockeres zu haben. Ich hoffte nur, dass meine Antwort genau das rüberbrachte: *Ich finde dich nett. Ich verbringe gerne Zeit mit dir. Aber nicht mehr.*

Nur: Was, wenn nicht? Ich konnte nicht riskieren, Benni auszunutzen, nur weil es mir nicht gut ging und ich Ablenkung von Felix brauchte. Wenn Benni und ich uns trafen, würde ich die Sache ganz klar machen, nahm ich mir vor. Ich würde alle Karten auf den Tisch legen.

Bennis Antwort kam postwendend: *Das Kompliment kann ich nur zurückgeben! Wie wäre es direkt heute Abend?*

Ich sagte zu und wir verabredeten uns für acht Uhr in einem Sushi-Restaurant.

Als ich ankam, war er bereits da. Er stand auf, um mich zu begrüßen und drückte mir, wie gestern Abend schon, einen kurzen Kuss auf die Wange.

Nachdem ich meine Jacke ausgezogen und mich gesetzt hatte, breitete sich unangenehme Stille zwischen uns aus. Ich nahm die Karte zur Hand, um mich abzulenken, und studierte jede abgebildete Sushi-Rolle, jede Suppe und jeden Tee einzeln. Benni tat es mir gleich.

Plötzlich lachte er auf.

Ich sah ihn über den Rand meiner Karte hinweg an.

„Das ist doch albern", meinte er. „Wir kennen uns, eigentlich sind wir doch sogar so etwas wie Freunde. Warum ist die Situation dann gerade so angespannt?"

„Wahrscheinlich genau deshalb. Es gibt wohl kaum etwas Schwierigeres, als den Versuch, aus Freundschaft ... etwas anderes zu machen."

„Klingt, als hättest du damit Erfahrung."

Ich seufzte und legte die Karte weg. „Ich will ganz ehrlich zu dir sein", begann ich. „Gestern war so ein toller Abend. Ich habe mich so wohl gefühlt mit dir."

„Aber?"

Ich unterdrückte ein weiteres Seufzen. Wie sagte man so etwas nur? Oder war es doch besser, gar nichts zu sagen und zu hoffen, dass wir beide dasselbe wollten: Spaß, Gesellschaft, jemanden, der für einen da war, aber nichts im Gegenzug verlangte. Aber was, wenn Daniel sich geirrt hatte und Benni doch mehr von mir wollte? Wenn er sich bereits verliebt hatte? Dann tat ich dasselbe mit ihm, was Felix wochenlang mit mir getan hatte: Flirten, hinhalten, Hoffnungen machen. Nein, ich musste das klären. „Ich bin gerade in einer schwierigen Phase, weißt du. Ich ... es gab da jemanden, mit dem es nicht geklappt hat und jetzt ... ich bin einfach nicht bereit für tiefe Gefühle oder etwas Festes, verstehst du?"

Zu meiner Überraschung entspannte Benni sich sichtlich. Er lachte auf. „Ach Maja, du bist süß, weißt du das?"

Ich lächelte unsicher.

Benni nahm wie selbstverständlich meine Hand und sah mir in die Augen. „Es ist alles gut, okay?"

„Okay." Jetzt lächelte ich ehrlich, während ich in Bennis braune Augen blickte. Seine Hand auf meiner fühlte sich gut an. Es war genau wie gestern Abend. Es fühlte sich gut an, aber nicht *zu* gut. Und damit war es perfekt. Und mitten in diesen perfekten Moment hinein piepte mein Smartphone.

„Oh nein, tut mir leid", seufzte ich und entzog Benni meine Hand. „Ich hab vergessen, es auf lautlos zu stellen." Ich zog das Smartphone aus meiner Handtasche und stöhnte genervt. Eine Benachrichtigung von Facebook, dass einer meiner Freunde – Daniel, um genau zu sein – mich auf einem Foto verlinkt hatte. Gab es sinnlosere Störungen als solche Benachrichtigungen? Ich stellte mein Smartphone auf lautlos und wollte das Ding schon wieder wegpacken, als der Inhalt der Benachrichtigung plötzlich meinen Verstand erreichte. Daniel hatte mich auf einem Foto verlinkt?

„Was ist los?", fragte Benni, doch in dem Moment kam ein vibrierendes Geräusch aus seiner Hosentasche. „Oh", sagte er nur, nachdem er mit dem Finger mehrmals auf den Bildschirm getippt hatte.

Ich wusste, dass ich mit meiner Befürchtung richtig lag, noch bevor Benni mir sein Smartphone hinhielt. Auf dem Bildschirm war ein Foto zu sehen. Dunkel, unscharf, und trotzdem eindeutig zu erkennen: Benni und ich, wie wir eng umschlungen tanzten.

Mir fehlten die Worte.

Nicht so Benni, der zu schimpfen begann: „Manchmal denke ich, Daniels Entwicklung ist bei achtzehn stehen geblieben. Damals war so was ja noch lustig, aber jetzt? Und dann verlinkt er uns noch! Ich ruf ihn sofort an." Er hielt sein Smartphone ans Ohr, doch schüttelte den Kopf. „Mailbox."

„Wahrscheinlich hat er vergessen, den Akku aufzuladen."

Die nächste halbe Stunde lang versuchten wir, ein lockeres Gespräch in Gang zu bringen, während wir abwechselnd immer wieder Daniel anriefen. Schließlich legte Benni die Stäbchen beiseite und sah mich an.

„Vorschlag: Wir fahren jetzt zu dir und knöpfen uns Daniel vor. Und dann gehen wir ins Kino."

Ich nickte erleichtert. Bevor dieses Bild nicht aus dem Internet verschwunden war, konnte ich mich ohnehin auf nichts anderes konzentrieren.

Bis wir bezahlt hatten, zur U-Bahn-Haltestelle gelaufen und in die WG gefahren waren, verging fast eine weitere Stunde. „Daniel!", rief ich, sobald ich den Schlüssel ins Schloss gesteckt hatte. Die Tür schwang auf und gab den Blick auf den Flur frei. Doch dort stand nicht mein Mitbewohner. Sondern Felix.

Ich blieb im Türrahmen stehen und starrte ihn an.

Felix sah ebenfalls in meine Richtung, doch blickte nicht mich an, sondern Benni. Felix' Gesicht war vollkommen ausdruckslos, leer wie eine Maske, die er mühsam aufrecht hielt. Doch in seinen Augen stritten sich die Emotionen.

Ich weiß nicht, wie lange wir so dastanden. Schließlich trat ich in die Wohnung. Benni folgte mir und schloss die Tür hinter sich.

„Wo ist Daniel?", fragte ich, als ob das jetzt noch eine Rolle spielte. Felix war hier. Und er war offensichtlich wütend. Den Grund für beides ahnte ich instinktiv, auch wenn es logisch betrachtet überhaupt keinen Sinn machte.

Felix musterte mich.

Ich wartete darauf, dass er etwas sagte. Denn seinem Blick nach zu urteilen hatte er eine ganze Menge zu sagen. Doch er schwieg.

Anscheinend spürte auch Benni die Anspannung, denn er trat vor, neben mich, und lächelte Felix zu.

„Was machst du hier? Dieses Wochenende keine Lust auf Party mit den Kollegen?“

Felix gab einen Laut von sich, irgendwo zwischen einem sehr bitteren Lachen und einem Schnauben. „Du hast Nerven.“

„Was ist jetzt mit Daniel? Ist er hier?“, hakte ich schnell nach, bevor Benni noch mehr sagte und alles nur noch schlimmer machte.

„Er schläft“, ließ Felix sich endlich zu einer Auskunft herab, doch schob hinterher: „Es war ja anscheinend ganz schön spät gestern Abend, nicht?“ Spöttisch blickte er zwischen mir und Benni hin und her.

Ich hatte mit meiner Ahnung recht gehabt, das wurde mir in diesem Moment klar. Felix war wegen des Fotos hier. Aber wieso? Es machte überhaupt keinen Sinn. Es machte alles nur viel, viel schlimmer, schwerer, schmerzhafter. „Du hättest nicht kommen sollen“, murmelte ich und sagte dann an Benni gewandt: „Wir gehen jetzt besser.“ Ich drehte mich zur Tür, doch in diesem Moment streckte Felix die Hand aus und griff nach meinem Arm. Im selben Augenblick nahm Benni meine Hand.

Die beiden starrten sich über meinen Kopf hinweg an.

„Ihr geht nicht“, verkündete Felix.

„Das hast du ja wohl nicht zu entscheiden!“, sagte ich laut.

„Maja hat recht“, sagte Benni, zwar leiser als ich, doch ebenso fest.

„Du …“ Felix ließ meinen Arm los, schob mich zur Seite und packte Benni am Kragen. Dieser ließ erschrocken von meiner Hand ab.

Felix starrte Benni einige Sekunden lang an, dann schien er zu realisieren, was er da tat. Er ließ seinen Freund mit einem Ruck los, so dass dieser rückwärts gegen die Wohnungstür stolperte.

„Was machst du denn da?", schrie ich. Ich quetschte mich an Felix vorbei. „Alles in Ordnung?", fragte ich Benni.

Der nickte nur. Er schien noch immer erschrocken über Felix' Angriff. „Lass uns das mit dem Kino verschieben."

Das Blut rauschte in meinen Ohren. Ich blickte von Felix, der noch immer mit geballten Fäusten dastand und den anderen Mann anfunkelte, zu Benni, dessen Blick ebenfalls auf seinem Freund ruhte. Ernst, verstehend.

Ich nickte langsam.

„Ruf' mich einfach an, wenn dir danach ist." Er drückte mir einen flüchtigen Kuss auf die Wange. Dann drehte er sich um und ging, ohne Felix noch einmal anzusehen.

Langsam schloss ich die Wohnungstür hinter ihm. Dann drehte ich mich ebenso langsam zu Felix um. „Was sollte das?"

„Das fragst du besser deinen Freund!"

Ich war versucht, ihn zu korrigieren. Doch ich sah an Felix' Blick, dass er mich mit seiner Formulierung geradezu nötigen wollte, ihm zu widersprechen. „Er ist aber nicht da", sagte ich deshalb.

Felix presste die Lippen aufeinander, so dass nur ein schmaler Strich zurückblieb. „Warum tust du das?", fragte er.

„Was denn?"

„Was mit Benni anfangen!"

Ich öffnete den Mund und schloss ihn wieder. „Das geht dich gar nichts an." Meine Stimme brach und ich hasste mich dafür.

„Ach nein? Ich finde schon!" Plötzlich war er bei mir, stand so dicht, dass ich seine Körperwärme durch unsere Kleidung hindurch spüren konnte. „Schließlich bin ich doch derjenige, in den du angeblich verliebt bist."

Mir verschlug es die Sprache. Und bevor ich sie wiederfand, setzte Felix noch einen drauf: „Ich jedenfalls finde es bedenklich, dass du mir Mittwoch deine Liebe gestehst, Donnerstag vor mir davonläufst und dich am Freitag in inniger Umarmung mit einem meiner besten Freunde fotografieren lässt. Du nicht auch?" Sein Ton war so höhnisch, dass es mir körperlich wehtat.

Ich sagte das erstbeste, das mir einfiel: „Du bist also wegen des Fotos hier?"

Er schüttelte den Kopf, die Miene noch immer wutverzerrt. „Nein, wegen so eines dämlichen Fotos ... darum geht es doch gar nicht! Sondern darum, dass ich mit dir reden wollte und du mir nicht mal zugehört hast!"

„Warum sollte ich auch? Du hast mir doch ganz klar gesagt, dass du nur Freundschaft willst!" Ich musste raus hier, ich hielt dieses Gespräch keine Sekunde länger aus. Wieso tat er das? Wieso verstand er nicht, dass er mich mit seinem Verhalten quälte? Dass ich ihn, wenn ich ihn nicht ganz haben konnte, lieber gar nicht mehr sehen wollte.

Ich drehte mich um, doch Felix fasste mich am Handgelenk.

„Hörst du mir jetzt endlich mal zu!", rief er aus.

Ich versuchte, mich aus seinem Griff zu befreien, doch es gelang mir nicht, denn ich zitterte am ganzen Körper.

„Nur, weil ich eine Freundschaft mit dir will, heißt es doch lange nicht, dass ich nur freundschaftliche Gefühle für dich habe!"

Einen Moment lang starrten wir uns an. Dann küsste er mich.

Ich schloss die Augen. Ein leises Seufzen entwich mir. Zu lange hatte ich mir genau das gewünscht. Und obwohl ich wusste, dass sich nichts geändert hatte, dass nichts geklärt war, genoss ich das Gefühl. Das wilde Flattern in meinem Bauch. Das Kribbeln, das sich in meinem ganzen Körper ausbreitete. Das Adrenalin, die Aufregung. Ich genoss diesen bittersüßen Kuss mit all meinen Sinnen.

Leider war er viel zu früh vorbei. Felix löste sich von mir, doch nur so weit, dass er mir in die Augen blicken konnte. „Ich will das, Maja. Ich will das wirklich."

„Was?"

„Na *das*." Er drückte mir noch einmal einen Kuss auf die Lippen.

Trotz der Flüchtigkeit des Kusses zog es sich in meinem Bauch zusammen, als säße ich gerade in einer Achterbahn. „Du willst das?", fragte ich tonlos.

„Und ich will auch das, was wir die ganze Zeit hatten. Unsere Freundschaft. Reden. Lachen. Streiten."

Ich lachte auf, doch es war eher ein Krächzen. „Freundschaft Plus oder was?"

Felix schnaubte. „Du verstehst auch gar nichts, oder?"

„Dann erklär es mir! Was willst du?" Vor Frustration und Verzweiflung kamen mir die Tränen.

Felix blickte mich zärtlich an und wischte mit seinen Finger das Nass von meinen Wangen. „Ich will mit dir zusammen sein. Aber ... ich möchte keine Beziehung. Ist es nicht gut so, wie es jetzt gerade ist?"

Ich trat ein paar Schritte zurück, befreite mich von seiner Nähe. Felix hatte gar nichts verstanden. „Ich kann so nicht leben! Es tut mir weh, jeden Tag mit dir zusammen zu sein, aber dich nicht haben zu können!"

„Meinst du vielleicht, mir nicht?", brach es aus Felix heraus.

Ich wollte antworten, doch er schnitt mir das Wort ab: „Nein! Jetzt hältst du einfach mal den Mund und ich rede!"

Ich presste die Lippen aufeinander.

„Du denkst, nur du hattest es die ganze Zeit schwer, ja? Nur weil du zufällig diejenige warst, die den ganzen Gefühlskram angesprochen hat." Er schnaubte. Was meinst du eigentlich, wieso ich aus der Stadt weg wollte? Oder dachtest du tatsächlich, ich hätte nicht auch pendeln können, wie du es tust? Aber dich jeden Tag zu sehen, mit dir zusammen zu wohnen, und zu wissen, dass ich unsere Freundschaft gefährde, wenn ich meinen Gefühlen nachgebe! All die Nächte, in denen ich deinen Atem gehört habe, nicht mal zwei Meter von mir entfernt."

Ich spürte nichts mehr, nur mein Herz, das wild auf meiner Zunge klopfte. „Du hast Gefühle für mich?"

„Habe ich das jemals abgestritten?"

„Nein", gab ich zu. „Nicht direkt."

„Ich liebe dich, Maja. Ist das direkt genug?"

Ich schüttelte den Kopf. Erst langsam, dann immer heftiger. „Dann ... Warum ...?“

„Das habe ich dir doch schon tausendmal erklärt. Ich will keine Beziehung, weil ich dich nicht verlieren will. Ich glaube nicht an den ganzen Mist von wegen wir bleiben zusammen und leben glücklich bis an unser Lebensende. Die Statistik spricht gegen uns. Aber ... als du gesagt hast, du willst mich nicht mehr sehen, wusste ich, dass ich einen Fehler gemacht habe.“

Ich hing an seinen Lippen, nahm jedes einzelne Wort in mich auf.

„Es war dumm zu glauben, man könnte mit mehr als freundschaftlichen Gefühlen eine Freundschaft führen, das weiß ich jetzt. Das hast du mir mit deiner Reaktion gezeigt und weißt du was? Du hast recht. Auch ich bin es leid, dich um mich zu haben, aber dich nicht berühren zu dürfen. Es war eine richtig bescheuerte Idee!“

Ich beobachtete ihn und traute mich nicht, auch nur einen Muskel zu bewegen. Was würde noch kommen?

„Deswegen ... will ich dich etwas fragen. Das wollte ich schon am Donnerstag.“ Er zögerte, schien in meinen Augen nach etwas zu suchen. Dann sagte er: „Ich will dich nicht verlieren. Ich will unsere Freundschaft und auch das andere: Küssen und Berührungen, reden, herumalbern, zusammen was unternehmen ...“ Er stockte und sah mich erwartungsvoll an. „Ich will all das mit dir haben. Wollen wir es versuchen?“

„Versuchen ... was denn genau?“ Ich wagte nicht einmal zu atmen.

„Was ich gerade aufgezählt habe.“

Er würde es nicht sagen, ich hätte es wissen sollen. Dann würde ich es eben tun. „Für mich hört sich das sehr nach einer Bezieh-"

Felix' Hand, die sich blitzschnell auf meinen Mund gelegt hatte, hinderte mich am Weitersprechen.

„Sag es nicht", flüsterte er.

Ich wusste nicht, ob ich lachen oder heulen oder ihn anschreien sollte.

Er nahm vorsichtig die Hand von meinem Mund.

„Du meinst es ernst ...?", hauchte ich.

„Es ist, wie es ist!"

Jetzt konnte ich nicht mehr anders: Ich musste grinsen. Ich grinste von einem Ohr zum anderen.

Auch auf Felix' Gesicht erschien ein leises Lächeln.

Und obwohl ich im Moment alles andere mit ihm machen wollte als zu streiten, konnte ich mir eine kleine Provokation nicht verkneifen: „Du hast Angst vor einem Wort!"

„Ich habe keine Angst!", stellte er klar. „Ich traue nur dem Konzept hinter dem Wort nicht. Bei mir ist das schon einmal gründlich schief gelaufen, also lass uns doch einfach tun, was wir wollen. Ohne uns dauernd an diesem vorgegebenem Konzept zu orientieren. Lass uns eine eigene Definition finden!"

Ich starrte ihn an, unfähig, mit dem Grinsen aufzuhören. Meine Hand fand den Weg zu Felix' Gesicht. Fuhr über seinen Wangenknochen und hinunter bis zum Kinn. Schließlich beugte ich mich vor und hauchte ihm einen Kuss auf die Lippen. Felix hielt sekundenlang still. Erst, als ich meinte, es nicht mehr aushalten zu können, erwiderte er den Kuss. Öffnete meine Lippen mit seinen und spielte mit meiner Zunge, dass mir die

Luft weg blieb. Ich lächelte und gleichzeitig traten mir Tränen in die Augen. Die Welt um mich herum begann sich zu drehen.

Felix löste sich abrupt von mir, als mir die ersten Tränen über die Wangen liefen.

„Es tut mir leid", murmelte ich, doch konnte nicht aufhören zu weinen. „Es ist nur ..."

„Nein, Maja." Felix sah so unglücklich aus, als würden ihm selbst jeden Moment die Tränen kommen. Er schloss die Arme um mich, hielt mich so fest, dass sich die Welt langsam wieder beruhigte. „Mir tut es leid", hauchte Felix an meinem Ohr. „Ich liebe dich seit der siebten Klasse ..." Er brach ab.

Erschrocken sah ich ihm ins Gesicht, was nicht so einfach war, denn seine Arme wollten mich noch immer nicht loslassen. Er blinzelte und lächelte, als ihn mein Blick traf, doch ich hatte den verräterischen Schimmer in seinen Augen bereits gesehen.

„Du bist die Frau meines Lebens. Das weiß ich, spätestens seit ich dich hier wieder getroffen habe. Und trotzdem ... du bist nicht nur die Frau meines Lebens, Maja, sondern der Mensch meines Lebens. Ich habe einfach solche Angst, dich zu verlieren."

Ich strich ihm über die Wange, umfasste sein Gesicht mit beiden Händen und sah ihm ernst in die Augen. „Du wirst mich nicht verlieren, Felix. Niemals. Ich liebe dich. Und egal, was die Statistik sagt, egal, was wir bisher für Erfahrungen gemacht haben – wir werden es schaffen."

Er lachte leise auf, glücklich, doch auch neckisch. „Du meinst so etwas wie: Sie lebten glücklich bis an ihr Lebensende?"

„Wir haben so lange aufeinander gewartet. Ich glaube, glücklich bis an unser Lebensende haben wir uns verdient."

Er intensivierte seine Umarmung abermals, vergrub das Gesicht an meiner Halsbeuge. Ich strich ihm über den Rücken, den Nacken, sein Haar. Versuchte, ihm die Angst zu nehmen. Wir standen lange so da, hielten uns aneinander fest, bis Felix sich plötzlich von mir löste. Der Schimmer war aus seinen Augen verschwunden, ebenso die Sorge und Angst. Er fuhr mit dem Daumen über meine Wange und küsste mich. Lange, leidenschaftlich. Und während er mich küsste, schob er mich langsam zum Bett, genau wie damals, unserer ersten Nacht. Ich musste bei der Erinnerung lachen und fühlte mich befreit. Wir würden es schaffen, das spürte ich plötzlich ganz deutlich.

Felix lachte ebenfalls, hob mich mit Schwung hoch und trug mich auf seinen Armen zum Bett. Er legte mich vorsichtig ab und beugte sich über mich. Die Art, wie er mich betrachtete, mit dieser Leidenschaft in den Augen, sein Körper über meinem, trieb mir mein Lachen augenblicklich aus.

„Gut so", hauchte Felix und beugte sich zur mir herab. „Denn jetzt wird es wirklich ernst." Er küsste mich und ich schloss die Augen. Versank in seinen Berührungen, seiner Leidenschaft, seiner Liebe – und unserer tiefen Freundschaft.